U0117102

主编
[中] 乐黛云
[法] 李比雄

执行主编
钱林森

跨文化对话

5

上海文化出版社

图书在版编目（CIP）数据

跨文化对话.5/乐黛云等主编. – 上海：上海文化出版社,2001
ISBN 7 – 80646 – 258 – 9
Ⅰ.跨… Ⅱ.乐… Ⅲ.比较文化 – 研究 – 文集 Ⅳ.G04 – 53
中国版本图书馆 CIP 数据核字(2000)第 52848 号

责任编辑：李国强
封面设计：陆震伟

| 跨文化对话（五） | 主编〔中〕乐黛云〔法〕李比雄 |
| | 执行主编　钱林森 |

上海文化出版社出版、发行　　　上 海 绍 兴 路 74 号

电子邮件：cslcm@public1.sta.net.cn　　网址：www.slcm.com

新 华 书 店 经销　　　吴县文艺印刷厂印刷

开本 636×939　1/16　印张 13　插页 2　字数 170,000

2001 年 1 月第 1 版　2001 年 1 月第 1 次印刷

印数：1—6,000 册

ISBN 7 – 80646 – 258 – 9/I·311　　　　定价：19.00 元

本丛书列入法国夏尔－雷奥波·马耶
人类进步基金会(FPH)

面向未来的文化向文库

《跨文化对话》学术委员会成员
(以音序排列)

中国委员

丁光训 南京大学前副校长,金陵神学院院长,宗教学家,教授

丁石孙 北京大学前校长,数学家,教授

季羡林 北京大学前副校长,中国文化书院名誉院长,印度学专家,语言学家,教授

李慎之 中国社会科学院前副院长,国际问题专家,教授

厉以宁 北京大学管理学院院长,经济学家,教授

庞 朴 中国社会科学院研究员,历史学家,教授

任继愈 北京图书馆馆长,哲学家,教授

汤一介 中国文化书院院长,北京大学中国哲学与文化研究所所长,哲学家,教授

王元化 华东师范大学教授,文学评论家

张岱年 中国孔子学会会长,哲学家,北京大学教授

张 维 清华大学前校长,中国工程院院士,工程学家,教授

西方委员

Mike Cooley 英国布莱顿大学技术科学委员会主席

Antoine Danchin 法国巴斯德学院科学委员会主席,生物学教授

Umberto Eco 意大利波洛那大学哲学系教授,欧洲跨文化研究院学术委员会主席,哲学家

Xavier le Pichon 法国科学院院士,美国科学院院士,法兰西学院地质地理系主任、教授

Jacques Louis Lions 法国科学院院士,法兰西学院数学系主任、教授

Carmelo Lison Tolosana 西班牙皇家学院院士,孔普鲁登塞大学人类学系主任、教授

Alain Rey 法国词典学家,国际词典学联合会主席

《跨文化对话》编辑委员会成员

主编　乐黛云教授（北京大学）

通讯地址：中国　北京 100871，北京大学比较文学与比较文化研究所

电话与传真：(010)62752964

E – MAIL：Tyjydy@ pku. edu. cn

主编　李比雄教授（Alain Le Pichon，欧洲跨文化研究院）

通讯地址：Universite de Cergy – Pontoise, 33bd du port 95011 Cergy – Pontoise

电话：0033 – 1 – 34256166　传真：0033 – 1 – 34256267

E – MAIL：lepichon@ paris. u – cergy. fr

执行主编　钱林森教授（南京大学）

通讯地址：中国　南京 210093，南京大学比较文学与比较文化研究所

电话：(025)3594733　传真：(025)3309703

E – MAIL：lsqian@ nju. edu. cn

执行副主编　杨正润教授（南京大学）

通讯地址：中国　南京 210093，南京大学比较文学与比较文化研究所

电话：(025)3593917　传真：(025)3309703

E – MAIL：zryang@ nju. edu. cn

执行副主编　郝铭鉴编审（上海文化出版社）

通讯地址：中国　上海 200020，绍兴路 74 号

电话：(021)64372608　传真：(021)64332019

E – MAIL：cslcm@ public 1. sta. net. cn

编委会巴黎联络处主任　金丝燕博士、副教授（Dr. Jin Siyan，法国阿尔瓦德大学）

通讯地址：15 Rue Victor Cousin, 75005 Paris, France

电话：0033 – 1 – 56240483　传真：0033 – 1 – 56240921

执行编辑　李国强副编审（上海文化出版社）

通讯地址：中国　上海 200020，绍兴路 74 号

电话：(021)64372608　传真：(021)64332019

E – MAIL：cslcm@ public 1. sta. net. cn

卷首语

乐黛云

[法]阿兰·李比雄

本辑开辟了两个新栏目:"科学与人文",是为了进一步探索二十世纪以来疯狂发展的科学究竟给人类带来了什么?特别是如果人类每天摄取的食物都是人为的"转基因"食品,人类自己的基因密码也正在被破译、被改造、甚至被垄断时,人类生活的前景究竟如何?我们十分荣幸地请到两位当代顶尖科学家来为这个栏目提供开篇之作。一位是法国巴斯德学院科学委员会主席、香港大学巴斯德研究中心主任安托瓦纳·唐善(Antoine Danchin)教授;另一位是国际人类基因组计划中国项目执行人、国家自然科学基金会人类基因组重大项目秘书长杨焕明博士。另一个新栏目"中国文化发微"是想更深入地发掘中国文化的深层模式和思维方式。庞朴先生发表于本刊第一辑的"道家的玄思和先民的纺轮"在法文版《跨文化对话》第一辑(法国 Seuil 出版社 2000 年出版)发表后,引起很多外国读者的兴趣。本期特约庞朴先生将他的名著《一分为三》的精华在此加以发挥和阐述;李零教授的《中国方术史》名震遐迩,这里发表的是他在北京师范大学的一次公开讲演,谈到中国最早的巫术等十分有趣的问题。

"圆桌会议"主要讨论了普遍主义与相对主义(孤立主义)的问题,也就是从希腊哲学到黑格尔到马克思一直在讨论的"普遍与特殊"的问题。时至今日,在很多人心中,这也还是一个挥之不去的梦魇。人一生下来,就被"嵌陷"在一定的社会文化环境中,不能不受种种规范的诸多约束;另一方面,他又不能不极力挣脱这些约束,以求个人的自由发展。扩而大之,各个民族都有保存和发展自己特殊文化的权利,但同时又必须遵守一个最低的共同规范,否则差异就难以共存。然而,在很多情况下,这个"最低的共同规范"往往成为文化霸权主义强加于其他民族的遮羞布;而强调零碎化、离散化、各自发展的后现代主义又往往成为文化孤立主义的借口。美国国家人文研究所所长、《人性》杂志主编、华盛顿天主教大学克莱斯·瑞恩(Claes Ryn)教授应邀在北京大学作了三次公开讲演,就以上问题和北大师生展开了广泛讨论,特别是他提出的如何对待"新雅各宾主义"和后现代主义的想法,引发了很多人的思考。围绕这一中心,我们组织了一组很有意思的笔谈。叶舒宪教授虽未直接参与笔谈,但他的"道家伦理与后现代精神"却恰与笔谈的中心问题遥相呼应。

另外,法籍华人艺术家熊秉明同钱林森教授关于艺术、哲学和宗教的对话,画家范曾的美学随笔都有很为精彩睿智的内容,值得一读。

目　录

中国文化发微

前沿碰撞

文化透视

说东道西

文化随笔

要籍时评

信息窗

本辑作者介绍

唐善
Antoine Danchin(法国)：
　　法国巴斯德学院生物学教授
授

杨焕明(中国)
　　中国科学院遗传研究所人类基因组主任,博士

德里达
Jacques Derrida(法国)：
　　法国著名学者

程抱一(法国)：
　　法国巴黎东方语言文化学院教授,诗人、作家

克莱斯·瑞恩
Claes Ryn(瑞士)
　　美国华盛顿天主教大学讲座教授,美国《人性》杂志主编

王岳川(中国)
　　北京大学中文系教授

陶东风(中国)
　　首都师范大学中文系教授

张沛(中国)
　　北京大学比较文学与比较文化研究所博士候选人

庞朴(中国)
　　中国社会科学院研究员,历史学家

李零(中国)
　　北京大学中文系教授

熊秉明(法国)
　　法国巴黎东方语言文化学院教授,雕刻家

钱林森(中国)
　　南京大学比较文学与比较文化研究所教授

叶舒宪(中国)
　　中国社会科学院文学研究所研究员

弗朗索瓦·于连
François Jullien(法国)
　　巴黎第七大学教授

范曾(中国)
　　南开大学艺术史教授、画家

陈焜(中国)
　　旅美学者

孙小礼(中国)
　　北京大学科学与社会研究中心教授

自 然 与 人 为

[法]安托瓦纳·唐善

假如除去源于生命的形态，则自然中形态的多样远远不是无穷的。自然的多样性遵循着许多规则，以永久地保持固体——四面体、立方体、八面体、十二面体、二十面体——的基本属性，或者更为复杂的结构之属性。在这些结构中普遍存在着形式的守恒，并不受研究者对物体进行研究的规模大小的影响——贝诺特·曼德尔布洛特(Benot Mandelbrodt)称其研究之物体为不规则的碎片。这就是为什么通常仅仅孤立地看一块石头或泥块就足以弄清它是否曾经存在过生命：生命总像是某种人工的结果。当美国国家航空和宇宙航行局的科学家们在分析来自火星的陨石时，发现有些陨石是管状的，于是他们就把它当作火星上有生命的见证，并试图使全世界相信这一点。但不久人们就发现，即便是没有生命形式，泥土不仅能生发出树状结构，而且也会形成管状或小球体结构，而这些形式确实与生命体不无相像之处。但无论如何，这些形式的丰富性与规则性都距生命形式令人难以置信的创造相去甚远。

因此，对于生物学家来说，生命与无生命的自然一眼就能区分开来，因为即使变成化石，生命形式也展示出某种任性与专断，某种具有创造力的特性，而通常的物理法则是不允许事物轻易达到这种状态的。与此相反，对于不懂生物学的门外汉来说，至少在今天的西方文明中，自然的概念已蕴含了某种生机：一片纯矿物场地会被认为是死气沉沉、冷酷无情的，而人们当作自然的是那些被赋

1

予了生命火花的东西。某种化学药品，如果是经设计制造出来的，就被当作是人为的，而同样的化学物质如果直接从植物或动物身上分离出来，则会被认为是天然的。与此形成对比，所有的文明都依赖于一种正相反的自然观。每一文明都竭力将人从自然中分立出来，人统治自然，人制定的规则与自然规则不相吻合——每一文明都按照这一事实规定人的特性，即便是把自然当作动物来看待也是如此，或者正由于把自然当作动物才是如此。甚至是巫术，在使用天然物品时，赋予它们一些性质，使操作者可以辨识出非人性的自然及人性之间的区别。The practice of ordaly ① 被认为是最好地说明了人对自然的控制——至少是人群中那些没有违反社会正常规则的人，包括对自然本身予以适当尊敬的规则。因此，对于传统文明来说，自然必须由人来驯服和统治。它显示出了许多危险的特性，因而人必然通过适当的社会实践来行使他的统治。但同时，自然又被看作是非常脆弱的，必须保护它免受人的侵犯与干扰。这些懂得人工匠心之正面（及危险）的特点的实践，正处于社会的核心，是它们奠定了社会成员之间的关系。然而近来，人们对社会规则的专断越来越提出质疑，而对个体的自我倍加重视，随之而来的是，自然在西方人的背景观念中的位置颠倒过来了。在此，我将对这种位移的某些重要后果作一回顾。

对这种颠倒了自然与人为的相互位置的转变进行究根探源，这超出了本文的范围，但此处我将描述一下这一转变如何危险地确定了西方的未言明的思想方向，这思想的结果是产生了最为危险的习惯，由它们会扩散出堪称是险恶的疾病和观念。

人类的天性

人是万物的尺度。从婴儿的诞生之日起——甚而更早于彼时——他（她）就已经开始扎根于一种文明之中，这文明使用某一给

---

① 拉丁语 ordalium，意谓"死神判决"，多半通过野蛮的实际考验，如在火上行走，服毒等。如果被考验者无罪，神会保佑其平安无恙。

定的语言,奉行各种各样的风俗习惯。因此,对每个人的初始要求,并不是对这语言及习俗的来源提出疑问,而是把它们当作自然而然的事接纳下来。长期以来,社会的主要任务就是使其成员相信,他所属的位置是惟一恰当的位置,它知道应当怎样举止,怎样理解周围的事物。然而,当孩子长大成人之后,他必须面对这样一个事实:他所属的社会并不是世界上的惟一的社会。其他的社会也存在着,它们有着另外的实践,另外的语言,另外的习惯,以及另外的世界观。"成人"仪式的深刻功能——只有极少部分经过这种仪式的人真正明白这一功能——就是使个体理解并且接受,社会实践是人工的,如果他或她降生于别处,他或她就会以另外的方式行动或者信仰。到目前为止,一切顺利。这样,非洲大陆的撒哈拉以南地区就成了进行社会实验的场所,在这个实验室中,各种类型的社会结构都可以得到检验,并使它们面临成百上千的行为及语言。但这些各异的文明都有一个共同的特点,那就是人,人类的天性,是由许多具体社会实践所规定的。而成人式的目的,也正是使个体通过接受他或她所在社会的符码、语言及规则,而真正成为人类的一员,这些符码、语言及规则虽属人工的,但也正因此而具有如此的重要性。因此,对人性的定义也就关系到这样一个事实:每一个体必须具有并且服从于专断的规则。人类被其社会实践所定义,因为他们通过语言与符码而承继遗产,而从属于完全与自然相异的领域。

当然这种行为在全世界皆然,无论是西方还是东方,南方还是北方。但是,在世界上各异的文明中,有些却具有推广某种普适真理的雄心,他们愿把这一真理推及世界的其他地方,这样就能使所有人都成为人类的一部分。对这一现象及其根本原因(一神论宗教及科学在其中扮演着重要角色)加以讨论,在本文是不适当的。此处仅指出一点,为这种普适行为提出解释的原因有多种多样,其中之一就是,对人性的规定已经由社会定义转变成一种风行各地的"普适"的定义,一种个体、自我的定义(使我成为人类之一员的,正是我自己,一个具有各种价值的个体——事实上,其中最重要的一种价值,是由财力所决定的,是可以买下的)。这种从社会价值到个

3

人主义价值的转变，其发生的语境是，人口的分布，由于迅速的城市化，由全境分布而为严重的地区集中性分布所替代。

在此背景下，自由之观念本身也披上了怪衣。它重又回到了人类社会建立之前的状态。当越来越少的社会法则越来越多地制造出自发的集体行为之时，现在的自由与古老的"强者定律"已十分相似。这显得有些自相矛盾，但实际上并非如此：个体的自发性，只认得与之接近的自发性，这便很容易产生自发的集体行为。我清楚地记得在巴黎地铁打出的一批广告，当时中国刚刚开始向西方开放。这是些为蓝色牛仔裤作的广告：画面上是东方人，广告词是，"如今我们可以自由选择了，我们应当选购这种裤子。"注意这则广告是明确地谈论自由、谈论个体行为的，但是很清楚，它所带来的后果却正是自由的反面——是奴役，以及集体自发行为——因为广告出资者的目的，是让十亿中国人都穿上同样的蓝裤子！如今这已成事实，一个人在世界各地旅行，很难发现任何地方没有男人和女人穿着同样的衣服，同样丑陋的蓝牛仔服。这简直是在自由的名义下对奴役的重建。有趣的是，这一点显示出一种权力的转移，从建立于数世纪的反思与实践之上的社会结构权力，转移到了少数狡智的投资者的权力。与裤子一例相同，我们也可以从汽车、电视机、极其泛味的旋律、千篇一律的噪音等等之中读出同样道理。探讨一下是什么对人性作出规定，其中有什么新的意义，将是非常有趣的。但这不是本文的目的，让我们重新回到自然与人为。

自然与人为

前面一段意在设置舞台布景。风靡西方文明的自然新概念，必须被置于这种高度城市化的语境之中，置于强调自我、强调由此而产生的集体自发无意识行为的语境之中。城市里充满了人造物品，房屋、街道、汽车、电灯……不时会出现一棵树，或者是一座公园，但被监禁在隔栏之中：鸟也是有的，但品种极为有限。而在城市之外，比如在法国，构成风景的是丑陋的招贴画，各处的房子都毫无

4

魅力，而且，由于绿色革命的结果，大片大片的玉米地与麦田整齐划一到了极点，没有昆虫，没有罂粟，没有矢车菊。连自然也成了人工的。甚至在市场上，水果的大小是符合标准的，找不到斑点，形状一致。年复一年，水果的种类也越来越少，代之而来的是来自其他地区、其他气候带的标准化的水果，四季如一。人造的灯光、暖气及气候调节已使四季的观念渐渐淡化消失了。

自然，原是人类社会必须去驯服、保护，同时又心怀畏惧的，或至少是需加以控制的对象，因为它包含了太多的模糊的力量，人类难以轻易驾驭。突然之间，它变成了美好的回忆，人们对它满怀思乡之情。在如今的社会里，每个人都随心所欲去做（或尽力去做）他喜欢做的事情，不受限制，现在还有了新法律的支持，在这样的社会中，自然仅是一个回忆。我们没有认识到我们有多么无知，也忘掉了在以往的社会中我们曾经经历的宗教的敬畏，而自然已退居为某种游戏，供我们在动物园或者电视中观看。我们怀念自然，我们对它不再感到恐惧。事实上，现在世界上已经没有什么我们不能轻而易举地到达的地方了，大概只除了最寒冷的地带。即便是神秘无限的撒哈拉，也要每年蒙受可怕得难以置信的汽车与摩托车大赛的戕害，留下几个世纪甚至几千年也抹拭不去的令人厌恶的痕迹。这里，充当破坏文化艺术的汪达尔人角色的，并不是士兵，仅仅是游客而已。人类社会曾经与礼仪和实践控制之下的力量分享世界，与脆弱而又令人敬畏的自然的力量分享世界，而人则在宇宙中仅占极微小的地位。而现在，全能的婴儿期的自我以其无知的形象已经完全改变了世界的面貌。下面以几个例子说明西方社会近来的这种姿态所带来的后果。

示例

虽然人对自然拥有越来越大的权力（或许也正因如此），近年来许多疾病（重新）出现了。一个说明问题的例子是艾滋病，它的流行是与人们对人体物质，尤其是血液的缺乏了解密切相关的（甚至畏惧也会使人有更好的洞察力）。很清楚，艾滋病是一种传染性很差的疾病，它本来无论如何也不应当得到如此的传播。这种疾病，以其极端严重的影响，说明了社会纽带分崩的后果，以及将这些纽带代之以自我的婴儿期规则的后果。显然，直接/间接地牵涉到血液的社会实践（输液、扎针、皮肤划破、任何对身体的暴力/相关疾病），使艾滋病毒如同火星遇到干燥的草原，迅速蔓延。事实上该病仅仅起源于为供食用宰杀猿猴的行为。可能是在非洲中部，染病动物的血液传染了屠夫，结果是疾病通过人与人的接触而传播开来。该病很可能已在人们中间存在了很长时间，只是由于社会结构的力量，其传播受到很大局限，仅有极少数人被传染。病毒从非洲来到美洲，在那里，由于社会结构的缺失——或者说支持个体行为而非社会约束的社会结构的流行——使该疾病遍及全世界。而非洲，由于与西方文化的接触，以及无限制的城市化，破坏了阻止疾病传播的篱障，使得不久前还具有免疫力的民众，也开始遭到病毒的侵袭。

我们可以认为，这个例子只是一个极端的例子，它与我们目前应当面对的问题无关。我选择该例的原因，是由于我认为，艾滋病将成为我们要长期面对的一种瘟疫，其原因是我们已经破坏了以组织人类行为为目的精心建立的社会关系，替换了这种社会关系中人为的精华，代之以一种未言明的自然概念，而它具有极端危险的前景。对自我的膜拜蕴含于对即时快感的强调之中，就如回到无知儿童的自然状态。

在未来几年中，风行全球的自我将展开与公共利益的争斗。其后果将是令人瞩目的。从道德的原因来看，这一点很明显（假如一个人具有道德价值观，与普世的利益价值观形成对立，后者尊崇新的上帝，即"金钱带来快乐"）。但是我恐怕就连需要道德行为的想法也已在西方过时了。"政治正确"的"伦理"一词被使用，正是由于世界的"道德"已经几乎被看成是猥亵。让我们选出即将成为公众话题的一个例子。人类的寿命不断得到提高，几乎在哪儿都是如此。这一事实的结果是，染有各种疾病的老年人的数量急剧上升。

许多疾病在技术上可以被治愈,其中一些需要更换患病器官(肾脏、肝脏、心脏)。到目前为止,新器官均是来自年轻死者,通常是死于车祸(愤世嫉俗者可在其中发现不要过于激烈地反对对这些危险的机器征以重税的原因)。但是,新鲜器官供不应求,若能找到其他可用器官的途径,将有助于问题的解决。异种移植(即移植动物器官于人体)是一有趣的出路,但移植拒绝现象极为严重。因此,科学家提出要将动物(猪或猴)"人化",即培育出跨基因动物,它们的组织适应性标记(移植器官的上皮细胞表层抗原)将与人类的相同。培育这种动物的动机是直接受促动于病人的个体利益的。当然,还有一个金钱价值方面的非常重大的动机(对生产这种动物的集团,以及实行移植手术的医生有利)。这就解释了为什么人们并未对这种作法带来的一个重要问题(如果它确实存在)予以足够重视。

这一问题与我们今天对自然的看法有关。猴与猪都是与人类十分接近的哺乳动物。这是它们的器官可用于置换我们的器官的原因。这是上述建议显得十分自然而又十分另人惊异的原因。也正是这个原因解释了为什么这样的做法从病人个体自我的角度来看是有益的,而对社会整体来说又是极端危险的。在哺乳动物的细胞中,蓄养了许多病毒。这些病毒常常在动物中引起轻微的传染,正如某些病毒常在儿童中得到传染一样。其在正常状态的寄宿主体(normal host)中,被加以改变而接受下来,并且被削弱。相反,当其从寄宿主体转移到人体内时,它们便很有可能引起传染性极高的或具有莫测性质的病毒的产生,例如人体免疫缺陷病毒(Human Immunodeficiency Virus)。如果病人器官携带逆转录酶病毒多年,则更是极大地增加了这种危险,动物病毒与寄宿主体的逆转录酶病毒的结合也更加容易。这将为病原体侵袭人类提供新的实验场。人们不能只考虑这种做法对延长接受移植手术者的寿命方面的显然的利益,而忽视确实存在的这种危险。我已经谈到艾滋病毒可能起源于对猿猴的宰杀。那么,是否有迹象表明,杀牛可能也会成为疾病的起源?不幸的是,答案是肯定的。很清楚,人直接接触新鲜血液十分危险。动物与人越不相像,危险就越小;在猿猴类,危险是最大的,当然牛类的危险也已经足够大了。

因此,理智的做法应该是,注意自然可能具有的危险特性,这同我们与物种间的亲缘关系的远近有关。植物比动物的危险性要小(虽然毒药的存在显示出,在植物和草食动物间的共同进化中,有时某些草食动物不能靠身的植物得到厚遇,它们或者能分泌出刺激性分子,或者能合成毒药,要么就长有尖刺)。从这一点看来,对基因变异植物(Genetically Modified Plants)(至少在其并未携带动物基因时)心存畏惧是没有道理的。当人们把基因治疗技术或异种移植技术看成是肯定的进步时,这一点就尤其真实:在危险的事实与人们对危险的看法之间,存在着逆反的关系。人们对物体与自然的亲近程度的看法也是如此。

结论

现在对当代社会现象作出说明或许为时过早,但我们可以猜想,这一深层的语义转变是否是使得抵挡 HIV(爱滋病毒)一类病毒于外的坚强堡垒消失的主要原因:从具有人之特性的东西也就是人为的东西这一主要观点——也即人类社会的习俗与实践是用以将人从其自然背景中转移出来,而把社会的内在价值赋予人类——转向任何个体行为均可被接受为自然的这一观点。确实,当前西方文明对自然的强调,及其相关的"自然我所欲也"的说法,是自人类社会存在以来,社会缓慢进步中的严重的后退。

自由的本性,如果从个体角度考虑(典型的美国式自由观),是与从社会角度考虑不同的。民主概念的起源,即诞生于古希腊的城邦的民主,也与个体的民主有很大差异,后一类型的民主是很危险的,而它正散布在世界各地,甚至包括最边远的角落。其结果,对自然相对于人类之地位的错误分配,将带来严重影响。不幸的是,即便有人能看到这一点,也没有人具有足够的说服力去改变历史的进程,只有在可怕的事件发生之后,一种新的人性才会出现。

关于唐善教授《自然与人为》的回应

杨焕明

人类进入了纪元以来的第二十一个世纪,第三个千年。

时间是最自然的,又是最人为的。自然似乎只给我们时间的启示,如斗转星移的相应位置造成的物理变化,以及与此有关的生物的生死循环等等。而 21 与 1000 等数字和时间的"关卡"却是人为的。中国有句古话:"年难过,难过年,年年难过年年过",指的是年关还债的旧习,可是几千年来,还从来没有人真的过不了"年"这一时间的关卡。

然而,"千年虫"却真的突然把时间变成了一个关卡,这也完完全全是人为的。那一刻多少人守在电视机前度过了不眠之夜,亲眼看到了二十一世纪的第一道曙光照在新西兰的那个小岛上,又照亮了全球。千千万万颗悬着的心放了下来。我曾感慨万千,给国际人类基因组计划的几个负责人挥笔交谈:

"人类平安进入了二十一世纪,让我们担心了几年的'千年虫'并没有使这个世界瘫痪。作为国际人类基因组计划的执行者,我相信经过我们所有正直的、负责任的科学家的努力,人类基因组计划也将造福于人类,而将所有的我们担心的灾难消除在发生之前。"

我赞美自然,我歌颂科学。

科学是人为的。科学之所以谓为科学,它是那些自然存在的事物的新发现与自然中并不存在的事物的新发明。科学又是最自然的,所有科学的发现与发明都是基于自然界的固有规律。科学又应该是自然与人为的统一。科学是人类文明的一部分,而人类的文明依赖于其对自然的了解和与自然的和谐。但是科学给人类带来了繁荣幸福,又给人类带来了新的危险。领略了它的危险,有人退缩了:呼吁抛弃科学,走回"自然"。看到了它的威力,有人狂妄了,居然要"扮演上帝(play god)"的角色。这两种倾向,我都不能认同。

自然与人为的问题,从根本上来说,是如何认识人类在自然界中的位置的问题,本文是有感而发的。作为工作在自然科学前沿的一位科学家,本文意在会友,也是希望同我们的行内行外专家与所有读者认真而轻松地交谈。本文或有"真理",或有"谬论",或有几分"真理"或几分"谬论",如果句句是"真理"才能成文,我是绝不敢提笔的。本文也不可理解成正式的"中西文化"对话或"辩论",我不可能"学贯东西",虽然我的思想真是东西文化的小杂种。我也不可能"博古通今",虽然我的观点确实是中国传统与如今的"新文化"的大杂烩。不管怎样,心中有话,不吐不快。

1. 自然与生命——前生命的自然与非生命的自然

我们这个地球多大年纪啦?似乎能说出具体数字的人不多,也不如对"生命多大年纪"那样关切。我们的地球是宇宙的一部分,老得只能留给专家们去研究。而我们或许需要关切的是它的寿命有没有尽头。"泰山之下,岂有完卵"。地球完了,我们已知的一切的一切都将最自然地寿终正寝。尽管到那时,所有在今天这个世界上的人早已逝去,可仍使今天的我们不寒而栗。到那时,人类能做的,只有"人为"的保住这个星球,不让它"完蛋"。而这显然是道道地地反自然的。据说有人提议把所有的本来曾打算毁掉的原子弹、氢弹留着用来对付"外来之祸"——因为外来的"自然"的东西要毁掉地球的机率是存在的。这里的对策大概只有一个:对抗自然要毁灭人类的企图。我不这样看,"天行有常"。到那时,创造人类而受人类顶礼

10

膜拜的自然不需要人类的存在啦。即使留下的可能已不是人类，而是"超"人。保留这么多原子弹，就把今天的人类放在道道地地的火药桶上。想到此，谁也不会睡得安稳。我宁可毁之于自然之手，也不愿毁于这一科学之威。借科学之威把人类举家迁至另一个星球重建家园倒可以考虑。但我又怕人类还将毁掉那一个自然的星球。

这里要说到上帝。我对所有上帝都表示最大程度的尊敬，因为他(她)们确确实实得到了很多我的同类同胞的尊敬。中国人说：朋友的朋友就是我的朋友。朋友的上帝也是我的上帝。我没有理由也没有企图对他们心目中最尊敬的上帝表示一点点轻蔑与亵渎。我更庆幸，我们有一个以上的上帝可以选择。至少在二战以来，心目中有不同上帝的我们都能和平共处。这首先要归功于所有的上帝，他们是宽容大度的。

中国的上帝更加宽宏。三教能居一室以共享人间烟火，九流能同一方而不同室操戈。如果世界上要讲"认真"二字的话，我倒觉得西方历史上讨伐异教徒的圣战有其值得"歌颂"的一面。至少他们中很多人的信仰是比较认真的，是玩真格的。我对天主教徒，特别是女天主教徒，有着超乎寻常的信任感。正是这样，我昂首步入教堂，欣然跨进佛门。我在教堂面对耶稣划十字，为父母、亲人朋友、自己祷告。我在佛堂面对菩萨合掌以至于下跪，也为父母、亲人朋友、自己许愿。

但上帝的神力到底及于何方？是整个茫茫无际的宇宙？还是只及于这个孤零零的地球？在我的心目中上帝几乎等于自然！上帝创造了自然(她自己)，上帝创造了地球上的生命(如果宇宙里的另一个角落还有生命，也一定是我们的上帝或他们的上帝、或我们与他们的上帝一起创造的)。最原始的生灵来到这个地球，据说是三十亿至四十亿年前的事啦！如果接受这一点，上帝一定比它要老得多得多。如果说没有生灵以前的世界是自然的话，我们是否可以说生命的出现本身就是反自然呢？不是改变了整个原先那没有生命的安静的自然吗？是不是可以说，生命是第一个人为或"神"为的产品呢？

生命来自非生命或前生命的自然，如果将将就就接受某种或某一部分进化的理论的话。生命进化的第一步是无机的小分子形成了有机的小分子，这一"信息"是内源的，来自自然。米勒(Muller)实验的正确之处，是部分地回答了这一问题。米勒用电火花来模拟自然的雷电,在真空的环境里,从无机小分子氮、氢、氧等得到了最简单的核酸与蛋白质的基本单位中最简单的有机分子(一些较小的核苷酸或氨基酸)。米勒实验的不足之处是生命前或非生命自然似乎不是真空,也似乎没有雷电,至少不是现在的带不同电荷的云彩造成的雷电。

后来的有机小分子形成有机大分子，如核苷酸分子通过相互作用形成化学键(3'—5'磷酸二酯键)形成长长的,不知是有序的还是无序的核酸,据说首先是单链的 RNA(核糖核酸)。氨基酸分子通过相互作用形成肽键而最后形成无序或有序的肽链（或形成蛋白质)。生命的原始材料有了——这是上帝的第一次"神"为!

生命的进化的下一步，最关键的一步是生命的基本单位——核苷酸与氨基酸的有序化,核苷酸与氨基酸之间的关系的阐明,即遗传密码的解读是人类认识自然,揭开自然奥秘的最重要的突破之一。作为一个学生,我曾把遗传密码看了一遍又一遍,试图找出脱氧核糖核酸的基本单位脱氧核苷酸(就那么四个,即 A、T、C、G,分别代表腺嘌呤、胸腺嘧啶、胞嘧啶、鸟嘌呤这四种脱氧核苷酸分子),是不是与蛋白质的基本单位氨基酸("自然"的也就那么二十来种)有一定的内在信息联系,但我没有成功。我隐隐约约地感觉到遗传密码似乎不像是内源的。如果不是内源,那么是外源的吗?是天外飞来的吗?我百思仍不得其解。

有了原始材料,有了生命的信息,后面的问题只是努力工作啦!不管是上帝,还是这些原始的生命构件自己,就开始干啦!首先是解决"自我复制"或"克隆"的问题,双链 DNA(脱氧核糖核酸)这也许是生命区别于非生命的最本质的东西,以及它双链反向互补的特点(互补原则是迄今所有分子生物学技术的基础)解决了这一问题。其次是有了膜。这时脂类开始加盟,把生命物质从环境中区分开来。第一个原始细胞形成了！这大概就是生命对"自然"的第一次闹独立性（如果细胞前生命还没有能力或没有胆量向上帝挑战）！然后，是膜把细胞里面隔成一个个小室细胞器，各有自己的领地。这大概就是"瓜分领地"的开始，各细胞器各尽其职——这就是一个家族中分工与合作的开始。即使是最原始的细胞，也知道特别高度保护自己的遗传信息。有细胞膜还不够，还有两层膜（核膜）把自己的 DNA 自我保护起来，养尊处优，发号施令，就像蚁王、蚁后那样。

于是以单个细胞存在的生命就第一次向自然"索取"！它们依仗核苷酸分子的自我复制的能力，开始自己的自我复制——细胞分裂，它们开始了野心勃勃地扩张，以至于最后遍布了原先的自然界！我也说不上原始细胞的扩张——生命的第一次全球性扩张是自然的，还是"人"（人之前的生物）为的。细胞的出现（也许是前细胞生命的形式如 DNA 出现）第一次提出了一个生存的问题——这通过自我复制来解决了，也第一次提出了一个新的关系问题：这个细胞与那个细胞的关系问题。以及一个细胞与一群细胞的关系问题——个体与群体的概念——这一概念直至现在仍然是所有自然与人为、道德与伦理问题的核心之一。

如果说是上帝制造了生命，那么，先不管上帝是否是生命，在生命来到这个世界之前，一切都是"神"为的。上帝创造了生命，就给自己创造了第一个麻烦。这是第一个"潘多拉魔瓶"！但自然（上帝）对自己的产物表示了最大的宽容，把它作为自己的孩子。我总觉得上帝马上感觉到了这一点。他首先也许让所有的细胞都一样，都是一模一样的克隆。后来也许是上帝自己觉得不合适，也许是内在的（自然的）什么东西使 DNA 发生了改变。细胞的种类不止一种了。生物的多样性从细胞开始了（也许前细胞时代便开始了）。上帝也许改变了主意，用自己的威力对细胞的以 DNA 为基础的多样性进行"天择"。没想到，这正帮了细胞的忙——变异与多样性的细胞已开始改变自然了。生物是聪明的，它与上帝妥协了，把自己化为自然的一部分。这个世界开始由原先的上帝与现在的生物一起来管啦! 因此我们来讨论自然与人为的时候,有必要搞清楚"自然"的定义是否包括生命——生命的存在与生命的行为。以至于今天,我们已自然地把自然这一概念涵括了生命,当然是非人的生命啦。

个体在群体中的地位是永远难以给出简单答案的。单细胞生物走向海洋或从海洋走出,走向高山,走向那时的自然所能接纳的所有环境。他们自己在开辟一个又一个领地,到了这个领地的个体在改造世界的同时又改造自己本身——进化。最重要的是植物(含有叶绿体、能进行光合作用的自养生物)细胞的形成,他们如果有文化的话, 就类似我们现在的农业文化——也许他就是农业文化的本身! 还有动物细胞的形成,他们天性好动,开始动享其成(包括能移动的自养生物,或以"同类"为食的异养生物)。他们的文化类似于人类后来的畜牧文化。植物类生命的直接贡献,便是对原先的自然加以最大程度的改造 (如果氧气是光合作用的产物的话),地球成为有大气层覆盖(包括厌氧层)的并且拥有氧气的一个新的世界。自然的"神为"与生物的"生为"一起改变了自然的状态与定义。

如果上帝创造了生命的话, 我常常把上帝想像成一个该受到保护(受另一个或一群上帝,或上帝的爸爸或妈妈的保护),没有生存问题,也没有衣食之忧,好动而富于想像力的像今天我的儿子这样的小精灵。他整天玩耍,也许用泥巴玩出了生命(而不是因为好奇打开了什么魔瓶)。很难想像他是一个工程师那样的角色,他手里没有蓝图,他脑子里只有"创新",他看着这些他"创造"的新的小生命,与他们一起嬉笑玩耍,称兄道弟。最后他对它们说:"走吧,你们现在如何,是你们自己的事啦"。

我又把上帝设想成一个更像上帝的神灵, 他不断地创造新意。他一点也不认为自己是最聪明的,他最清楚"实践是检验真理的惟一标准"。他从不怕否定自己原先有过的思想,他知道自己的第一创造不可能十全十美。他也对它们说:"走吧,现在走你们自己的路啦。"然而,他一转身,就翻了脸,就用自己的魔力给他自己的孩子施加最残酷的"选择压力"。就像中国的《西游记》里的那个无所不能的如来佛，非要唐僧师徒四人历经千辛万苦，才赐给他们本来他不费吹灰之力就能给的"真经"。他说："只有经历千辛万苦的你们才是合格的!"这就形成中国人后来的思想："天将降大任与斯人也，必先苦其心智，劳其筋骨……"上帝尽管被他的弟子或孩子誉为能够"洞察一切"，而他自己则有自知之明。对"合理"行为的最终回报，是上帝改正错误的一种方式。而"受难值得"，则是上帝对自己错误的一种辩护或仅仅是一种自嘲。

我最佩服上帝的，是他（她）的自知之明的另一方面——它所安排的鉴于环境多样性的生命多样性。他创造的环境是多样的，有高低之别，冷暖之分，干湿之差……以及说不尽的千变万化，他要求生命也千姿百态。上帝告诉我们：多样性是自然的重要特点之一，是一个生物群体赖以生存的基础，在水沟里，草履虫与人一样高级，不然的话早就活不下去了。滥施淫威，通过环境改变来选择少数"优生"者，而毁掉大多数"劣生"的个体。我想是够残忍的。就像有人告诉我解决人类的人口问题就是把未出生的婴儿都杀掉，或瘟疫，或战争。我还想到，上帝在"多样性"的创造的同时，也没有忘记自然——后来的社会——发展的一条主线。很难用"人性"来描绘这条主线。但我们可以看到多细胞比单细胞高级，后口动物比原口动物高级，两栖类比鱼类高级，哺乳类比爬行类高级，而人类则更加高级——这里的"高级"标准是什么?结构的复杂?信息加工的数量与程度?抗逆即反自然能力?不管怎么样，我们还是"一般"地、较容易地区分高、低。

这里又引出一个很复杂又很简单的定理：进化主线与多样性共存。而多样性在环境发生变化时，就拯救了整个群体。当我们人类社会为现代科学的主线统治时，我们应该像考虑生物多样性那样考虑社会观念的多样性。多样性又是进化主线的来源，离开了多样性，进化的主线就成了无源之水。

"生力"（生物的力量）随后的问题就复杂了!生命在人类产生之前，已经改变了地球，使它郁郁葱葱，生机盎然，有别于任何一个我们知道的星球。这时的地球与自然界,已是"神力"与"生力"共同结合的自然! 我们常说"回到自然",我想,谁也不想回到那非生命或前生命的自然,要回去的"自然"想必是有生物而前人类的自然或相似的自然。那样的自然合理吗?我们可以看到:

(1)物种之间的"不平等"

生物链是生物之间赖以生存的联系方式之一,不知上帝是否一开始对一部分生命有所歧视,另一部分有所偏爱,很多植物是动物的美餐,而很多动物又是另一些动物(肉食)的佳肴,如果要回到那样的自然,我想谁也不想成为人家腹中之食,相反是把人家食之腹中。

(2)一个物种之中个体的"不平等"

生物个体的地位与责任不可能平等。弱小个体为群体牺牲据说是"合理"而被歌颂的。兵蚁与工蚁命中注定要成为蚁后、蚁王的牺牲品,这也许可以理解。但当我听到有人讲述那么一个情景,蚁窝起火了,工蚁与兵蚁组成了一个蚁球,球的中心是蚁王与蚁后。我听了之后,不禁不寒而栗。

(3)个体无谓的牺牲

如果牺牲是为了有谓,自己对此有一定的选择的权利,又有殉道的"光荣感"与精神上的安慰,那倒好。可是上帝的精心安排真叫人纳闷。一条黄鱼,要产几十万个卵与小鱼,最后成活的不过数条!据说因为环境的恶劣,只有这样才能确保几个个体为了群体存活。这合理吗?事实上,我对"基因决定论"的憎恨,是从这儿开始的,弱小个体的命运,居然在出生时就是为了死,不管有无选择,不管为什么为谁而死。

(4)同类相残

物种之间的"不平等"尚可宽恕,自然界的毁灭还能接受。在一个物种内,"不食同类"的原则不被遵守就可怕了。多少物种以残害弱者为荣?正因为这样,我们才称某些同类为"动物",某些人类行为为"兽性"。当然,我们还没有来得及谴责植物的残忍。一棵弱小的嫩苗,马上被周围的粗壮者揽尽阳光雨露,只能萎缩而死。一条枯藤把一棵树缠死,不过我们总是原谅植物,还把它说成是爱得难解难分,最后选择了同归于尽,尽管藤在树死后还活了好久,这样的爱情不是好受的。不知读者中是否有人有此经历。为什么没有人谴责过寄生于别的植物之上的植物呢?

除了不平等外,还有区域性。大概是上帝感觉到这个世界太大了。上帝以地理或其他为标记,把这个自然也区域化了。上帝像中国的皇帝一样把臣民(生物)固定在一个有限的领地上。不能动的就不能动,还通过食物链安排一个天敌来盯着,一动就有灭顶之灾。如果不是另一物种的灭绝,便是自己的灭绝——或自己独霸的最后灭绝。这种方式,被我们称为"自然制约","一物降一物"。如果一个地区的环境变化,迁移便成了挑战与机遇。我们呢?还是几十年不动窝好呢?

这样的自然,如果以一定的"标准"来说,已经受到了生物——特别是动物的践踏。如果还有什么东西留下,那不是由于它们的慈悲而是它们糟蹋的能力还不足。这样的自然有没有人要回去呢?自然界"合理"吗?

一切的存在都是必然的,但存在的一切绝对不是都合理的。人类只能学习自然界的和谐(且不管这一和谐的代价),而不应该回到这样一个野蛮的自然!那不是人类可以理性生活的世界。这样的自然也不是和谐的。不过"命中注定",自然的规律是无需谴责的。这样的自然中的一切生物,倒真可以说:过去决定他们命运的是自然,现在决定他们命运的是 DNA。

无论如何,我们似乎看到自然已接纳了生物,生物也已把自己融进了自然而成为其中的一部分。生物改变了自然。与前生命或非生命的自然相比,有生物的自然已经是原先的无生物的大自然与生物的大自然(Nature of Life)的综合体了。我们今天要保护的自然,如果暂时不把人类计算在内,应该是这样的一个综合体。这倒似乎是最自然的,但问题已经够复杂了。或许我们的读者已经看出:我真正要说的话,是要把人性(人的自然)也看成是生物的自然的一部分。

2. 自然与人类——前文明的人类

据说有那么一群猴子或古猿,他们采日月之精华,慢慢地进化了强壮的身体,发达的四肢,还有一个超众的(超自然的)脑子,他们不愿意忍受丛林的寂寞,不愿意四脚落地,顽强地站立了起来。其中一只,仅仅是一只或者是一对,居然跳下了枝头,走出丛林,走得很远很远。当然,更为可能的是自然——不管是生命的还是非生命的,通过毁灭丛林而把他们赶走。只有走出丛林,走出原先的栖息地,才能谋生。这发生在三百——四百万年以前,发生在非洲的"原始"森林里,这是人类第一次走出非洲。

有了人类,自然已不再成为自然啦。人类接受了自然,也许首先是气候的挑战,开始了或近或远的大规模迁移!人类不满足于自己肢体的功能,以自己创造的工具作为肢体的延伸!人类无视自然的安排,以前所未有的凶残开始了大规模的对别的植物与动物的杀戮!幸好,这时的人类,文明前的人类,对自然的破坏力,还没有造成自然的灭顶之灾。

人类本身是自然的产物,但又成了自然的灾难!我们可以设想,那时的人类,以自然为敌的情绪要比与自然为友的愿望更为强烈。他们总是抱怨环境的险恶,高山、深谷、海洋;气候的恶劣,狂风、暴风、飞沙、地震。他们要同自然为他们安排的命运抗争!他们巧妙地借用自然界的力量,利用了他们从自然界获得的得天独厚、超众绝伦的一切,不顾一切地追求自己这一群体的私利,他们只是在自然惩罚他们时,才臣服于自然面前。他们在此时便已开始产生非分之想,他们是道道地地的歌德笔下的浮士德,他们总是抱怨自己聪明(intelligence)与能力(power)不够。如果那时有魔力,为了聪明与能力,他们是不惜卖身甚至于出卖灵魂的!至少一部分他们是这样。

不能否认,这时人类已带有原始的理性。我以矛盾的心情来对待人类的初期"人性"。首先,就人类的生物属性来说,这确确实实

18

是反自然的。他们的"人性"中有最闪光的东西——善待同类。自然中的非人类生物从来没有这样的"性（Nature）"，这是人性的最实质的部分——平等思想的萌芽。他们开始懂得照顾弱者。正是这种反自然，才有了人类的今天和睦的基础。遗憾的是，这时的人类的理性或人性是很脆弱的。人类还带有很大的野性或兽性！而后来，不知道是由于脆弱的平等概念的自然崩溃，还是环境所逼的生存竞争，他们又开始了对另一群体的杀戮。"食人"的极端行为，不绝于前文明的人类。到二十——四十万年前，据说这个星球上的大部分人类群体的祖先都灭绝了——现代人的基因组里，据说没有或已很少有他们的基因组啦！看，上帝是不喜欢人类的。一开始便是这样，第一次较量，上帝赢啦。

人类不止一次（也许只有一次）收缩到了他们原先的根据地或原来发现的更美好的根据地。他们也许在苦苦地思索，在聚集力量，休养生息。上帝也许有了怜悯之心——至少这班子弟还是挺累的。也许是上帝也累啦，已经困得（老得）没有力量把他们斩尽杀绝！

人类利用了上帝的宽恕。

人类走出非洲——地球的新的篇章就这样揭开了帷幕！如果说第一次走出非洲的人类还是自然的一部分的话，那么第二次走出非洲的本身更是反自然的。他们更具侵略性与挑战性，更加肆无忌惮地毁灭一切。后来上帝用火（射日的传说），用水（挪亚方舟及其他传说），一次又一次地要毁掉人类，但人类一次一次"虎"口余生。或是人类得到了上帝的宽恕而允许少数人生存。如果说上帝对人类进行以"人性"为标准对人类作出选择的话，那么幸存而得以繁衍的人类全都辜负了上帝的愿望。

3. 前科学与自然

第二次走出非洲的人类，或经历一场又一场劫难的幸存者的后代已非从前了。自然养育了他们，也锻炼了他们。他们在完全自立的同时,还找到了与自然抗衡的工具——称为前科学的技术。科学来到这个世界,也是反自然的。他们的双手已经会制造与使用简单的工具了,这首先要归咎于自然或上帝给予他们的创造力及完全的独创性。他们这时的双脚已更加矫健,他们的脑子更加发达而诡计多端,据说他们有了面部表情,也许这种原始的表情更加真诚而不像现在那样做作。他们精确地开发了嘴巴的另一种功能:除了动物的本能吃以外,又有了另一种与脑子向配合的能力——语言。人类跨洋过海,其第一代的交通工具,很可能是原始的船,而不是车辆。驾自然界的水流,借自然界的风力,在若干万年内,他们的足迹遍布地球的各个角落!

据说那时的人类还是依赖自然界提供的食物,但借助于发达的脑子与基于脑子创造的工具,他们对植物的掠夺与对动物的杀戮已非昔日可比。他们为了抗拒自然界的气候变化与生命的四季周期,开始储藏食物。更重要的是,如果环境的变化是进化的动力的话,他们开始拒绝进化。他们以房子避寒抗热,后来又有了御寒之衣,他们可以保持自己的37摄氏度的体温。他们也许更重视群体的合理结构,他们也许从群居的蚂蚁或蜜蜂那里得到了启发,他们抛弃了原始的人性中的平等,而强化了他们的社会层次,使他们的群体力量更能发挥。认识群体的合理结构,是人类社会得以发展的另一重要因素,其代价是原始的人性中的平等的堕落。

他们不仅自己拒绝进化,还以自己积累的智力开始向上帝叫板啦:以前是你安排万物,现在至少该轮到我们一起干啦。植物与动物的驯化、家养及育种,是人类与上帝的第一次不知是超自然还是反自然的合作。上帝居然没有看到这一潜在的挑战与威胁,牺牲了别的生物,特别是动物。上帝把它们的出生、生存与命运,都双手奉送给人类。人类把它们作为佳肴美餐,以至膝上的玩物。也许同上次一样,上帝又一次感觉到了自己的软弱无力。也许上帝是欲擒故纵,让人类自我毁灭。

人类不满足于自然给自己的脑子的记忆的功能。我想,上帝的本意是不允许人类的一代个体把自己积累的反自然的经验直接传给下一代的,上帝要人类把经验与知识带进棺材或一起化为灰烬,使每一代都重新在黑暗、愚昧中开始摸索。尽管上代可以对下代言传身教,但这是直接的、短距离的、小范围的。文字的产生,使经验与知识可以像物质的工具一样传递给下一代,传播给语言不能达及的别的群体与个体。经验与知识积累的连续性,是人类反自然的最大成功。中国传说"仓颉造字,天哭三日",那么计算机的问世,上帝至少得哭上三年三十年了!

医学的建立与发展,是人类继房屋、衣服之后,拒绝进化的一大手笔!上帝是慈悲的,它宽容了人类群体的发展!上帝是最偷懒的,他想以最轻松的手段来结束弱者的生命。其手段开始是利用那些比人类更为凶猛的动物,后来是食物,再后来是人类的寄生病原与环境中的病原,还有人的基因。上帝告诉人类:我消灭的这些个体对你们群体是有害的,我赐给你们的病痛是一种群体的自然的防御反应。可是这时,人性最典型的反自然力已经蓬勃生长,人类回答说:我们要拯救弱者,我们要减轻疾病的痛苦。医学使人类又一次断绝了与别的生物的联系!当然,人类最初的医学只是采用自然的产品——植物、动物、矿物以及物理的方法。而后来呢?从合成的非自然药物的问世,到把人当成动物一样宰割的手术刀、锯子、剪刀等外科工具的发明,直至发展到今天的基因治疗,人已非人——不是自然界的人啦!

人类不愿意接受上帝的旨意,人类要有自己的思想。当人类在居住、食物、天敌等问题稍稍解决,或者在解决的同时稍有喘息之机时,便开始建立起自己的文化、哲学等,即我们现在说的人类文明(humanity)!

人性与人文体系的建立具有双重性。它标志着人类在开始背离自然的道路上越走越远,又意味着人性与人文存在着同自然建立和谐的关系的可能性。这也是我们今天有可能建立新的文明的现实性。我相信人类的祖先,至少一部分先哲者,如中国三千——五千年前的哲学家,已经开始认真思考这一问题。但是,这时的人类,手中掌握的还只是技术,还没有科学。尽管我不敢苟同现有的对科学与技术的异同的说法，我还是把五百年前才开始有的那些似乎有别于技术、又高于技术的东西称之为科学。科学已成为自然的文化或文明(人文)的一部分。

4. 科学技术与自然

我很欣赏《圣经》,不管把它当成经典,还是故事,还是文学作品。当然这不会是我一个人的看法。《圣经》已被翻译成世界上差不多所有的文字,它所累积的发行量超过任何一本书籍。

《圣经》作为一本书,也许还有不足之处,那便是鼓励人类与自然作对,或者说与上帝创造的其他生物作对。在《圣经》里,上帝似乎把一些动物,更不要说植物,钦定为人类的食物,使人类的杀戮(狩猎)合法化。不像如今大多数国家与地方对野生动物的狩猎已视为非法的了。

我很尊重天主教及基督教。我想也许只有这一种宗教,鼓励人们去谛听上帝的心声,去揭示自然的奥秘,去理解上帝的旨意。上帝又号召我们用这些奥秘使自然/上帝至善至美。正由于此,我现在还是坚持任何伦理的讨论都不应影响科学研究的自由。也因而更加反对以政治为理由,行政为手段来干预科学家的不同观点。上帝与圣经,哺育了一批又一批杰出的科学家,孕育了近代的西方的科学,奠定了现代科学技术的根基。圣经与别的文化渊源一样,以科学推动了人类社会的发展。按"自然"学家的一些说法,如这些所谓科学,在呱呱落地之时,便助长了人类的反自然行为,自然有失偏颇。

我确实是把欧洲走出"黑暗时期"(我不想去深究这一段历史的经验与教训)之后、随着"文艺复兴"而来的科学发现与技术建立称之为"科学的技术"或"科学与技术"。而把在此以前的类似于科学的那些东西都称为"前科学的技术"。

我不想多去援引那些轰动世界的发现,那些史无前例的发明。不管如何,科学把人类推上了它的列车,以前所未有的速度向前轰隆隆地奔驰。可惜这一列车没有人给它铺上轨道,连驶往什么方向都还不能肯定。但到今天为止,我相信它还是保持着对人类来说是正确的方向。

作为一个中国科学家,我得承认现代的科学技术是在欧洲大地上发源的。我不会否认,我的祖宗做出了很大的贡献,他们的贡献的价值也许在以后还将进一步证明。我们的白种人朋友也一定认同曾吸取了欧洲之外的人们的创造与发明,如中国的"四大发明"。

我们一定要看到,科学在征服自然的同时,也开始被一部分先掌握的人用来征服同类。这一群人的欲望随掌握的科学而膨胀,就必然会与原先的与自然已建立起相对稳定或较为和谐关系的人类另外一些群体(土著)发生冲突! 这一冲突是很难以一言定性的。我首先要强调的是,今天我们应清醒看到这一冲突的后遗症,即还没掌握科学的另一群人对科学的敌视与拒绝。首先,科学成为这一群人向自然"索取"的力量,并与另一群或几群人拉开了很大的差距,使后者成为弱者。五百年前的向大西洋驶出的坚船利炮,开始了人类科学史上最为辉煌又最为黑暗的时期。其最极端的事例便是行驶在大西洋上的"贩奴船"。这是人类科学文明史上的耻辱! 其次,我们又不得不承认打开这些地域的铜墙铁壁的,不只是科学的力量,还有代表着一种现在称之为"生产力"的先进成分,还有伴随着与这种科学与生产力相适应的一整套人文,如宗教与平等的观念。尽管平等的观念在这时候已被模糊了,以至于非西方人未免产生这样的问题:为什么弱者只有挨打的份。科学在一个得天独厚的地域不平衡地发展,是应该为这个世界的一些大家都承认的不平等与不安宁负责的。

这一次科学对自然的讨伐是全面的、彻底的。人类的活动本身便一直是对大自然最大的干预,科学的每一步发展都使人类对自然界的破坏更甚。五十年代的中国与很多国家一样,认为烟囱林立是发达的标志。蒸汽机对大气造成了污染,制冷器使用的氟使臭氧

23

层出现了空洞,现在又有几条河流还可以饮用?瓶装水原本是对自然的一种破坏,人类不以为耻,居然还视为文明的象征。我担心人类很快还要将污染引向月球。为此,我支持"太空协定",使美国一些公司放弃原先的商业性的"太空计划"。

首先遭殃的是作为已融于自然、成为自然一部分的生物世界。野生动物迅速灭绝,原始森林迅速减少。可耕地的增加居然也成为发达的标志之一。抗虫药、除草剂等等的大面积喷洒,殃及多少无辜的生灵,使自然的平衡受到严重的破坏。

近代科学的发展使人类离自然更远,但是自然的规律还在起作用。上帝为自己,也为自然与人类展开生死拉锯战,因而人类本身也遭受了意想不到的灾难:自然的区域地理隔离被全部打破,原来相对隔离的人群一下子裸露在对其原先没有免疫力的病原之前;哥伦布与他的朋友带来的天花、麻疹,杀死了成千上万的印第安人,作为回报,印第安人把梅毒与烟草传遍了世界;艾滋病从世界的一个角落流遍全球,特别是全无免疫能力的亚洲人更是深受其害;一种感冒,如果不是及早发现,就将由千千万万的旅游者传遍全球。

医学的发展与生活环境的改善使婴儿的出生率与死亡率降低,人类的每一个个体都愈发健康长寿,或许因过多的做爱或传染病与其他常见病得以控制,又使世界人口急剧膨胀而印验了马尔萨斯的人口论(他的理论在中国曾受到最大的歪曲与无端的批判)。而另一方面,避孕药物与工具的使用,使做爱似乎已与生育无关,流产的合法又使人类的生命权利需要重要定义……

我们不禁要问:科学到底是什么?是不是人类为了自己的私利与自然对抗的工具?

科学的发展是人类文明发展的界碑。它曾极大地提高了人类的生活水平与质量,已使人类成了这个地球道道地地的主宰。然而,它给人类带来的究竟是幸福还是灾难?科学和人类究竟要向何处去?这正是人类不得不面对并需要极其慎重对待的一个问题。

世纪与宽恕 (续)*

[法]德里达

《论坛报》：在最可怖的情形里，如在非洲一些地区，科索沃，不就出现同宗杀戮的野蛮行径么，它就发生在相识的人之间。宽恕不正包含着不可能性么：这不是既不再和罪行发生以前的情形一样，可同时又理解以前的情形吗？

　　德里达：在您所说的"以前的情形"里，事实上可能有各种亲缘关系：语言、近邻、亲近的人甚至家人，等等。但若要使恶，甚至更糟的、不可饶恕的"极恶"——能引起宽恕问题的那个恶发生，那么在这一亲情的最深处，必须有绝对的仇恨来中断平和。这种毁灭性的仇恨只能针对列维纳斯 (Levinas) ①所说的相似的他者，最亲近的人，如波斯尼亚与塞尔维亚，就在同一街区内，同一栋房子里，有时在同一家庭。那样，宽恕就该填满深渊了？宽恕就该在和解进程中弥合创伤了？或者它该建立新的和平，没有遗忘没有赦免，进行融合或混合了？当然，没有人敢出面对和解的必要性表示反对。最好立即结束罪行与分裂。然而，我还是认为应当把宽恕与这和解进程区分开来，把宽恕与极其需要并深受期待的健康或正常化的重建区分开来，后者可以通过赦免、哀悼等得以实现。有目的的宽恕不是宽恕，它不过是一种政治策略或一种精神疗法似的协调。

---

* 　《跨文化对话》(4)曾发表了该文的上半部分，这里发表的是该文的下半部分，全文完。

① 　Emmanuel Levinas　二十世纪犹太血统的法国哲学家。

在今天的阿尔及利亚,尽管受害者有着无限痛苦,永远受着无可弥补的伤害,人们还是可以设想通过所宣布的和解进程使社会与国家得以生存。从这一角度就会"明白"投票是在确认 Bouteflika 许诺的政治。但我以为这个时候用宽恕一词,尤其出于阿尔及利亚国家总统之口,是不适当的。这不仅出于对暴行受害者的尊重(任何国家元首都无权替他们宽恕),而且也是出于对宽恕这个词的尊重,对它所要求的无条件性、无商讨性、非协调性、非政治性与非策略性的尊重。而对此词及其概念的尊重并不意味着要求词义学或哲学上的纯粹主义。所有不可明言的"政治",所有形形色色的策略计谋都可以藏匿在宽恕的"雄辩性"及"戏剧性"之后,以超越法律阶段。在政治上,当涉及分析、评判甚至在事实上阻止(对宽恕——译者)的滥用时,该词的概念就必须十分严密,即便在有困惑、有悖论与疑难并难以明确指出它们的时候,这仍是责任的前提。

《论坛报》:那么您就永远游离在宽恕的"夸张"伦理观——纯宽恕与从事实质性和解进程的社会现实之间了?

德里达:您说得很对,我就游离于这两者之间。这里没有权力,没有意愿,也没有裁决的义务。这两极之间绝不能互约,可又不能分离。要影响政治,或者说要影响刚才您谈到的"实质性进程",要影响法律(它围于这"理想"与"经验论"两极之间,在我看来,重要的是处于这两极间的这种普遍化思考、这一法律的历史及其进步的可能性),就必须参照您刚才所说的"宽恕的'夸张'伦理观"。尽管我对用"观"、"伦理"这些词没有把握,但在这一情况下,可以说也只有这(对词义——译者注)不可妥协的严格规范可以影响法律和历史的发展。只有这严格规范,才会刻不容缓地激发回应和责任感。

我们再回到人权的问题与反人类罪及主权问题上来。这三大主题从未像现在这样与公民空间与政治语言连在一起。尽管主权的某些含义实际上往往与人的权力、自治权、解放的理想——其实就是与自由的理念本身连在一起,与人权原则连在一起,但是人们为了惩罚或者防止反人类罪,往往以人权的名义,去通过国际干预来限制某些联合国成员国的主权。但这只针对某几个成员国而已。最近的例子是对科索沃和东帝汶的干预。这些干预的性质与目的是不同的。(海湾战争则是另一种复杂情形:以维护一小国主权的名义,来限制伊拉克的主权——略带其他利益,且不谈它。)让我们永远警惕,如阿兰特(Hanah Arendt)也明确提醒的那样,这种对主权的限制,从来只适用于(肉体、军事、经济上)可能企及的地方,也就是说,它永远是强国强加于弱小国家的。这些强国在限制他国主权的同时却惟恐失去自身的主权。他们在国际组织决议上也发号施令。一种秩序,一个既成事实的国家,或者因为符合强国的利益而得以存在、巩固;或者相反,逐渐解体,陷入危机,并受到观念的威胁(这里指已成体制的观念,历史的或可变的事件),诸如根据有关种族灭绝、酷刑及恐怖主义公约而定的新"人权"或"反人类罪"等等。在这两者间,一切都取决于实施这两个概念的政治。尽管它们的来源与理论基础源远流长,但其概念,当属新生事物,至少在作为国际法的设置上是这样。1964年,也就是昨天,当法国认为应当把反人类罪定为永不失时效的时候(该决定使所有众所周知的诉讼如昨天对巴彭 Papon 的诉讼成为可能),她就暗暗地在法律中寻求某种超法律。永不失时效,作为法律概念,我们前面已经谈到,决不是不可宽恕。我再回到这点上来,永不失时效,使无条件性、宽恕与不可宽恕性都具有超越性,具有非历史性,尤其具有某种永恒,它是超越历史与时间的最后审判,是法律时代的终结。反人类罪,将会永久地、永恒地、自始至终到处受到审判,而法律档案永不再会被销毁。这宽恕与不可宽恕的某些理念使立法者与国会议员们受到启发,比如,他们在法国,或在更大的范围内,在改革国际法、建立国际法庭的时候,为反人类罪的永不失时效性立法。这清楚地表明,尽管有着理论性、思辨性、纯粹、抽象的表象,对宽恕绝对严密性的思考已经开始,并且完全贯穿在具体的历史事件之中。这样的思考能够促进政治、法律的变革,而且它是无止境的。

　　既然您提醒我"游离"在这些看来无法解决的难题之间,那我就试从两个方面来回答。一方面,必须承认,在政治上以及政治之外,存在着,应该存在着"无法解决性"。当某个问题或某项工作的论据并不显得十分矛盾时，当我处在一种双重指令的疑难之中时，那时，我预先知道该做什么，我认为我知道，并设计行动：一旦做了，就没有什么决定或责任可担的了。相反，某种无知会使我在要做的事情面前，在我该做、为自由感到有责任有义务去做的事情面前，感到举足无措。因此，我必须也只能对这两种既矛盾又合法的绝对需要之间的妥协负责。并不是因为必须无知。相反，应该尽可能多、尽可能详尽地了解，但在广泛细密及必要性与负责的决定之间，有一道，也必须有一道鸿沟。我们在这里又碰到两种范畴（不可分离却又完全相异）的区分问题上来，它从谈话开始就一直缠绕着我们。另一方面，如果把您说的"实质性和解进程"称为"政治"的话，那么，我在重视政治上的紧急性的同时，仍然相信我们始终没有完全被政治体制所限定，尤其没有被公民性、国家－民族法定表象所限定。难道我们不能在情理之中接受，当涉及到宽恕的时候，有某种超越一切机制、一切权力、一切政法机构的东西存在？我们可以想像，某个人，自己与同代或上代的家人都是极恶的受害者，他要求法庭偿还正义，审判惩罚罪犯，而他心里却在宽恕。

《论坛报》：那么相反的情形呢？

德里达：相反的情形当然有。我们也可以设想并接受，一个人永远不宽恕，即使是在开释与大赦程序出现之后。这一体验的私密性是存在的。它应该是纯净的，与法律、政治和道德本身无关，也就是绝对的。不过，我倒要将这超政治的原则变成一个政治原则，一种政治规则或政治立场。在政治上，也必须尊重秘密，尊重超出政治或不属于司法范围的一切。这就是我称之为"未来的民主"。在我们上面谈到的极恶中，因而也在对不可宽恕进行宽恕的谜语里，存在一种法律政治无法接近的"疯狂"，更谈不上控制它。试想一下，一位恐怖主义的受害者，一位其孩子被抹了脖子或押送集中营的父母，或家人死于焚尸炉的受害者，无论他说"我宽恕"或者说"我不宽恕"，在这两种情况下，我都不能肯定能理解，我倒是可以肯定不理解，但无论如何，我没什么可说的。这一体验区域是人们无法进入的，我只能尊重它的神秘性。而余下能在公众、政治、法律方面做的事情也同样困难。拿阿尔及利亚为例。我理解、甚至赞同那些说如下话语的人的愿望:"要建立和平,这一国家得生存下去,够了,这些可怕的屠杀,必须全力制止它们。"而为此,可以用计甚至说谎或含糊过去(就像Bouteflika说:"我们将释放双手不沾血的政治犯。")那么,就算这一过分的说法成立,它在该国的这一"逻辑"成立,而我也同样理解与之相反的"逻辑":不惜一切地就从原则出发拒绝这种有效的骗局。最困难的就是这个时候,就是这负有责任的妥协法则。根据不同的情况与时间,所要担负的责任是不相同的。我想今天,在法国,不应该发生在阿尔及利亚会发生的事儿了。今天的法国社会可以毫不客气地坚决把过去的所有罪行公之于众(包括在阿尔及利亚犯的罪行,甚至尚未犯的罪行),它能够加以审判,而不任其沉睡在记忆里。相反,在有些情形里,必须做到,如果不是让记忆沉睡(而这,如果可能的话,永远不应该这样),至少在政治舞台上也得作出放弃追究一切后果的样子,人们永远不确信是否做出了正确的选择,人们永远不知道,永远不会知道什么是知道。未来也不会让我们知道得更多,因为未来,它自己也将被这一选择所限定。这才要求领导人士随时根据具体情况,对那些意想不到的情形,对那些时间不允许再三思虑的情况作出新判断。在今天、昨天或明天的阿尔及利亚,在1945年,1969 – 1970年或2000年的法国,回答都会不一样。这不仅很困难,而且极为令人困惑烦恼。这是夜。而承认这些具体情况的不同,与凭经验的、相对的或实用主义的放弃完全不是一回事。正因为困难是由于无条件的原则造成的,因此与经验的、相对的与实用主义的简单想法完全不相容。无论怎样,我都不会把"宽恕"一词这样的大问题简化成为那些"进程",而在这些好像是那么复杂和不可避免的进程中,宽恕问题首先被介入。

《论坛报》:复杂的是介于政治与绝对伦理之间的游移。鲜有国家能避免这样的事实:它可能是问题的根源,这就是有罪行、暴力发生,用 René Girard① 的话说,就是奠基的暴力,而后,宽恕一词变得十分通用,以证实国家的历史。

---

① René Girard 法国社会学家,长期任教于美国斯坦福大学。

德里达：所有的国家——民族均诞生和建立在暴力之上。我相信这一不容置疑的真实。甚至都不用拿残酷的场景来展开这一话题，我们只需指出一种构建法则：国家的创建总是先于法律的建立，因而创建本身就在法律之外，是暴力。不过您知道，人们可以用所有古老或年轻国家历史上可怖的资料来图解（多么轻巧的词！）这一抽象的真实。在人们所说的严格意义上的"殖民主义"出现之前，所有国家（我甚至敢说，所有的文明，而不玩弄词藻和人类学的概念）都有它们的殖民侵略起源。奠基是为了遮盖暴力；奠基尤其试图筹划遗忘，有时通过庆祝伟大的开端并将之兑现。而今天，奇特而闻所未闻的是，计划将国家或至少是原国家首领（如 Pinochet），甚至仍在执政的国家首领（如 Milosevic）传讯到国际法庭。尽管这还只是计划和设想，但这一可能性已经显示出一种变化：它本身就是重大的事件。国家的主权，国家元首的豁免权，在原则上，法律上，已经不再是不可触犯的了。当然，许许多多的含糊将会长期存在，眼下还难见把这些计划付诸实现，但我们必须特别提高警惕，因为国际法尚还过于依赖强国。此外，当一些国家以普遍人权或反人类罪的名义付诸行动，往往已经把国际法变得有利害关系了，它要考虑复杂而有时是矛盾的策略，它还受制于那些不仅惟恐失去自己的主权，而且在国际舞台上发号施令、急于在这儿或那儿插手的国家。

我们不时地回到主权问题上来。我们谈宽恕，而让"我宽恕你"，有时会变得不可忍受、令人发指甚至是淫秽的。它常常居高临下，作为受害者或以受害者的名义，肯定自己的自由，窃取宽恕的权力。不过，也应该考虑到有一种绝对的受害，即剥夺受害者的生活或说话的权利，剥夺他有权采取"我宽恕"立场的自由、力量与权利。不宽恕造成剥夺受害者说话的这一权利，剥夺话语本身，使受害者丧失一切表示、一切作证的可能性，受害者因而进一步受害。受害者被剥夺最起码的基本的可能考虑宽恕不可宽恕的权利。这种绝对的犯罪不一定以凶杀的面目出现。

这是一个巨大的困难。每每宽恕在事实上被实施，就似乎意味着有某种至高无上的权力。这可以是某个高贵而强大的灵魂的至

30

高无上的权力,也可以是一个国家的权力,这个国家具有不容置疑的合法性,有着力量去组织诉讼、实施判决,或宣告无罪、大赦、宽恕。如果,像 Jankelévitch 与 Arendt 所阐述的那样(我对此有保留),人们只有在审判、惩罚并作出评估时才去宽恕,那么,判决机构的设置就意味着一种权力,一种强力,一种最高权力。您知道有一种"修正主义"的论点:纽伦堡法庭是战胜者的创造,它为这些战胜国服务,无论立法、判决、惩罚、宣判无罪等都是如此。

我所梦想的,我所试图设想的,就是,宽恕的"纯粹性"要配得上宽恕这个词,它应该是一种没有权力的宽恕:无条件的而又不带绝对权力。最困难的工作——它既是必须的又看来是不可能的,就是将无条件与绝对权力分离。人们有一天会这么做么?正像俗话所说"你且等着吧"。然而,既然这一还不太像样的工作,其假设已经诞生——尽管它对于思想似乎是一场梦,那么,这一疯狂就不一定真的是那么疯……(全文完)   (金丝燕 译)

·信息窗·

中国当代文学国际学术讨论会在巴黎举行

由法国国家科学研究中心现当代中国研究中心和法国阿尔瓦德大学文化与文本关系研究中心共同组织,法国外交部、法国文化部、法国国家图书馆、法国人文科学研究院协作资助的"中国当代文学二十年国际研讨会"于2000年3月9日至14日在法国巴黎国家图书馆举行。研讨会的三个议题是:中国当代文学二十年回顾;文学写作;文学传统的承继。作家北岛、高行健、韩少功、李锐、苏童、张炜、也斯应邀与会并作讲演。来自法国、丹麦的中国现当代文学研究及比较文学学者安妮·居里安、杜特莱·德特丽、诺埃尔·杜特莱、金丝燕、张寅德、安娜·韦代尔-韦代尔斯伯格作了学术报告。与会者还就"作家在当今社会中的角色"举行了一次圆桌研讨。此次研讨会是继1988年中国作家代表团访法以来比较重要的一次活动。

(鸳 雁)

法国当代诗人与中国

[法]程抱一

　　谈到二十世纪法国作家与中国的关系,在诗的领域里,大家当然会念及克劳岱尔、谢阁兰、波斯、米修这几位大师。但是二次大战之后,特别是六十年代以来,法国文化界有一批新诗人出现,其中不少在创作实践上直接或间接受过中国文化(包括哲学、诗歌和艺术)的影响。我尝试在此介绍六位法国诗坛上各占一席的诗人。为此,我曾请他们每一位将自己和中国的关系略述一下。他们所说,虽然简短,我认为非常可贵,且对我们不无启示之意。

　　此外有一点应该说明一下。诸位诗人在来函或自述中均不免提到我的两本著作《中国诗语言》和《中国画语言》。我切望不因此而涉"自我吹擂"之嫌。这两部书二十年来获得法国文学和艺术界普遍阅读,起过作用,这是事实,然而这因归功于中国美学精髓本身。我不过用较新的分析方法——主要是符号学方法——把它承托出来。

　　我愿将这篇报告献给罗阿(Claude Roy)。这位前年以高龄去世的诗人生前常与汉学家合作翻译中国诗,还写有专著介绍苏东坡的生平。他的诗风颇近宋诗,中国人读来甚感亲切。

让·芒宾诺(Jean Mambrino)

　　让·芒宾诺于 1923 年生于伦敦。其先祖分别有意大利、西班牙和法国的血统。这位兼为耶稣会会士的大诗人，经由叶汝琏先生和尹玲女士的先后介绍，对国内读者说来已不陌生。这里可以简单指明的是：诗人的特质是怀有高度的宗教信仰，以及对大自然的极度敏感。所以他的诗作呈现出充满哲理而又空灵超越的境界。他喜爱以左右分列或中间断开的诗行去捕捉实存世界背后显现的影像、景色。透过瞬间印证永恒；透过表面领悟"真在"。

至于他和中国的关系，还是让诗人自己来说吧：

我极早就梦幻中国，这从我作品中可以看到。在后来认识到中国画家和诗人之前，那梦幻一直是非直接、非意识的。好似在我心胸隐处有那么个细微的人物，他坐在茅屋前，观看着，沉思着。周遭展延开无边的风景：山景、湖景、云景，——像在朱怀瑾的那张画里，或千百张其他的画里，他"独坐幽篁里，弹琴复长啸"，和王维遥遥作伴，多少世纪以前，或是昨日……

在中国文化所孕育出的精神世界中，我重觅到一种我熟悉的内心经验，一种出于自然却又超自然的境界，就是：在生命宇宙中心，透过纯净和空灵，人的眼光突然看到"另一边"，在那边，依然是同样的风景，可是有什么实质微妙地变幻了。不正是"见山有山"和"见山非山"之后的"见山是山"么？在诗集《圣光》中，我曾有一首诗尝试表达这经验。我愿把它特别献给中国友人：

透明　　　　充实
　　　混凝天空之树
　　　　　　香草香在蓝影里
山峰
　　　因沉寂而黯化了
　　橄榄枝叶
　　　　　晨光中分外清新
远处那些岛屿

自海之肉身脱出

不得越过啊！

只看那位看似乞丐

正躺睡着的

他在外

在钻石闪耀的墙脚下

看见众门向各方

开启

空隙　　进展　　通道

引向

另一边

引向同一山峰

同一树群

同一海

然而从何而来呢，那

微妙的一点‘不同’？

此外——也许使你奇怪——，我还愿说出另一点：中国传统春宫画中那优雅的一部分也触动着我。其中所表现的肉欲是那么自然、自由而由衷地丰满。往往又陪衬以外界风景，以至于阴与阳之交配溶合入天地之大和中。

主要诗集有：《林间空地》(Clairière)、《圣光》(Sainte Lumière)、《心鸟》(L'oiseau‒coeur)、《奥秘这般取巧》(Ainsi ruse le Mystère)、《口令》(Le mot de passe)、《深沉歌》(Le chant profond)、《世界之季节》(La saison du monde)、《暗夜密码》(Le chiffre de la nuit)。

下译诗摘自《圣光》：

燕子鸣叫　　　　　　　Le cri des hirondelles

光照我　　　　　　　　m'illumine

在草原气息间	dans l'odeur des prairies
有泉源	les sources
不断涌现	sans fin commencent
清晨开启	L'aube s'ouvre
从它	à l'intérieur
众瓣之内心	de ses pétales
那冰冷之翅	Les ailes glacées
只勾描出	dessinent seulement
原生之	le duvet
绒毛	de l'origine
此时	Maintenant
在一切时光之前	Avant toujours
开始了	Commence
开始了我的魂灵	commence mon âme
鸣叫	crie

夏尔勒·朱里叶(Charles Juliet)

　　朱里叶于 1934 年出生在法国东部近瑞士边境的一个小村庄里。少年时被送入军事学校,直到二十三岁,经受过训练严格的艰苦生活。这一段历程后来给记述在一部使他一举成名的自传性小说《醒悟年代》(L'année de l'éveil)中。在那之前,他曾出版过多部诗集以及与画家的对话录,仅为少数读者赏识。此外,他逐年问世的"日记"也是他创作中极为重要的一环。诗人性格内向而寡言。他以简短、真诚的口吻说出他和中国的交往:

三十年来我对中国思想、中国文学以及中国艺术发生兴趣。不用说,我只能接触到那已经给介绍和翻译过的。为此,我愿先把念过的书笼统地列名如下。在思想方面,我主要涉及道家与佛教,也常念孔子。除了道家三大师老子、庄子、列子及佛教经典外,我念了程艾蓝(Anne Cheng)所著中国思想史和她所译论语;雷恩(Simon Leys)关于中国的专文;还有比勒特(Jean - François Billeter)的中国文字史和专讲李贽的论文。在文学方面,我读过诗人屈原、李白、王维、寒山、白居易、李清照;小说《西游记》、《浮生六记》、《老残游记》等;现代作家鲁迅、沈从文、老舍、钱锺书、陆文夫、阿城。艺术方面,我不断翻阅尼柯拉夫人(Nicole Vandrer - Nicolas)关于米芾的著作,以及程抱一所著《中国诗语言》、《中国画语言》,和他先后出版的画册:《中国千年古典画》、《朱耷》、《石涛》。

对我的影响是一定的,然而如何衡量呢?可以特别指明的是几个重要的基本观念:阴阳二气交互作用;诗与画中“虚”的重要性;艺术创造中“不完成”的积极作用。

最近有一性质相当独特的文学史计划请一些作家各自选人介绍,我本能地选了庄子。也许正因为他的思想和我的生命观、写作观深深契合。我大致是这样引荐庄子的:

我想像庄子其人眼光暝黯深藏,然而嘴角却常带微笑,给人遒劲而具有生命力之感。他在思想与言词上总是保持绝对自由。他虽然贫穷,从不自屈,一生拒绝接受官职。

风格简明而直接;言词清新,好似来自意念萌生之际。为了探测真生,他的思考是哲人式的;表达方式则是诗人式的,行文音调响朗,让人读来得到醒悟。

他所说的“道”是什么?不只是通常所设想的智慧发挥和直线型推理。它是生命原则与生命道路。它让人从内省而达外悟,以至于超越小我,而参与、享受众生所共有之宝藏。

神游并不意味一种无谓的奔放。它处于权力与欲念之上,

36

一心朝向无限,所谓"返朴归真"是也。因为人生最终目的正是要成为"真人"。

　　至今已出版二十来部著作,包括日记四册、与当代画家对话录、诗集,以及自传性小说《醒悟年代》(L'année de l'éveil)。主要诗集有:《挖掘》(Fouilles)、《低诉》(A voix basse)、《他途》(L' autre chemin)、《静默国度》(Le pays du silence)。下面所译为尚未发表诗之一:

有时	Souvent
当他摸索前行	quand il avançait
在夜底	à tâlons dans sa nuit
他怀疑,他抗拒	il a douté s'est révolté
于是又愿望	a voulu remonter
返回旧日之光里	vers la vieille lumière
总有什么力量	mais une force le tenait
逼他前行	qui lui engoignait
逼他一次探索	de poursuivre
再次	de s'aventurer
朝向他乌黯最深处	une fois de plus
在哀伤极端	une fois encore
精疲力竭	au plus épais
自认不得抵达	de sa ténèbre
那不可及	un jour
自认必须放弃	au comble de la détresse
令他惊讶的是	vidé de toute force
就在那时	acculé à reconnaître

不必再前行一步　　　　　que l'inaccessible se refusait
他竟跨过坎界　　　　　　il admit qu'il lui fallait
坠入光辉里　　　　　　　renoncer

à sa vive surprise
sans qu'il eût
à progresser d'un seul pas
il franchit le seuil
déboucha dans la lumière

杰拉尔·马瑟(Gérard Macé)

马瑟于1946年生于巴黎。著作甚为丰富,然而很少有作品以诗行出现。他之所以被公认为诗人,是因为他所写总以诗意文字表达想像性的沉思。他的想像往往滋生于古代文化或异国特色。有鉴于此,我们可以了解,他在创作道路上,不免有朝一日会和中国结缘。下面是他的自述:

中国于我是一个想像的国度,这可以追溯到我的童年。那时,这个国度在法文听来非常悦耳的名字已经吸引了我。那是一个可以不断延长的音节;它在我想像中和夜、和月,也和咏唱这些意象渗合。

后来有较为清晰的记忆。在我父母仍然居留的巴黎郊区小城里,家中没有书,我偶然去图书馆时,曾借出一本专讲孔子的书。为什么是讲孔子的书呢?也许又是那个拉丁化了的称呼吧。它给我的感觉是在空间中相近而在时间上悠远。对于那本书我可能丝毫未谙。但不管怎样,我揣摩出有那么个与我相关的另一个精神世界。

再后,我少年时代更重要的发现是在一些诗选辑中读到的中国诗的译作。开始有意做诗人的我欣赏中国诗那种奇迹式的简洁风格,以及那些供我梦幻的重复出现的主题。为了不让梦幻散失,我甚至致力去拟想诗句背后的诗式。虽然不识汉字,我尝试把读到的译作依照我自己的节奏和憧憬再现出来。既然任何翻译都包含"不定",它也就给我某种程度的自由。穿过我这异国人的情移,我几乎觉得这些诗不但属于我,竟真是自己写的了!

走出少年之后,决定性的事件是读到谢阁兰(Victor Segalan)的作品。我尚在中学,适逢六十年代出版的诗人三大著作——古今碑石,图画,远游——的合并本。这部书使我得以在想像中把我祖籍的故乡不列颠(La Bretagne)和遥远的中国联系起来。原书的物质面貌也不无其重要性:他那方整重实、红黑相参的装订也使我有把中国一块土握在手中之感,穿过其中插图,我更久久地观赏汉字书法和风景照片。

至于作品本身给与我的启示和影响,我已在不少专文中陈述,此处不赘。值得加注的是,继谢阁兰之后,我也油然萌生了学中文的念头。目的并不为了掌握该文字,而是欲求弄清楚这象形文字制度到底是怎么回事。并借此以另一眼光来看待自己的语言:法文。学中文过程中所获经验,我在《中文课》那本书中说明了。

不应忘记我对庄子的欣赏。那欣赏首先来自我对西欧当今某些人搞哲学方式的反感。那些人从希腊文或德文字源出发而作出种种繁琐、空泛的发挥。相反,在庄子那里,一切都是动态的、诗意的,和宇宙肉身息息相关,却并不排除生命的神秘性。

我虽然去过北京一次,然而短短一周。所以中国于我依然蕴藏"未知"。我所知依然是通过画、通过诗、通过具有同等艺术质素的风景片或摄影。那"未知"也牵涉到一些政治悲剧所导致的我们暂不得知或永不得知的事实。我迟疑于直接去中国也许是怕遭遇失望,但与中国相邻的朝鲜和日本我则去过多次,在它们所保留了的中国宝贵传统中,我继续梦幻着中国。

作品均是散文诗集。主要有:《语言花园》(Le jardin des langues)、《巴贝塔之看台》(Les balcons de Babel)、《中文课》(Leçon de chinois)、《睡林》(Bois dormant)、《罗马或天穹》(Rome ou le firmament)、《石头滋长处》(Où grandissent les pierres)、《最后埃及人》(Le dernier des Egyptiens)、《前生》(Vies antérieures)、《时间之另一半球》(L'autre hémisphère du temps)、《无言艺术》(L'art sans paroles)。下译三段摘自《中文课》:

中文中之数字进位是百,是千,是万。我们用三个零(千)为大单位时,他们则用四个零(万)。从一文字到另一文字意味价值转换,那转换是思想性的,因为数字所转换乃牵涉到窨与时间,牵涉到天与地的关系:一圆与九洲,八大与四方。

Les mots qui désignent les mombres: cent, mille, et dix – mille ici; bai, qian, wan en Chine. Pour nous les zéros se comptent par trois, pour les Chinois par quatre. Passer d'une langue à l'autre implique donc une opération de change – qui est aussi une conversion mentale, car il s'agit du change de l'espace et du temps. Entre ciel et terre, c'est à dire entre le cercle et le chiffre neuf, la quadrature et le carré.

中国人不难自手书中认出外国人。那瘠瘦而颤抖之笔划,不能给你"如在"之感,也不能托出空灵。无厚度、无记忆,那些笔划无恨亦无天。

Un Chinois reconnait un étranger à son écriture aussi: à ce tracé grêle et tremblant, qui ne crée aucune présence, ni aucun vide. Traits sans épaisseur et sans mémoire, sans haine et sans ciel.

老学生,老学徒,空想家,我学中文时再创童年。方块字难以辨认,四声调难以捉摸,于是返回了当年那桌下的孩子,他尝试了解大人们谈话,迢遥、失落,有如大陆向远方迁移。在另一文字之前,那惊迷也不下于平生念第一首诗:坦呈眼前,满布密码……

Vieil écolier, éternel apprenti et trop réel fabulateur, je réinvente une enfance en apprenant le chinois. Devant ces caractères d' abord illisibles, en écoutant ce babil dont je ne parviens qu'avec peine à isoler les sonorités, revit l'enfant sous la table qui tâchait de trouver un peu de sens à la conversation des adultes, lointaine et perdue comme un continent à la dérive···La fascination devant la langue la plus étrangère est parente encore du premier éblouissement devant le poème; offert et chiffré, lui aussi.

弗兰索娃丝·杭(Françoise Han)

杭于 1928 年生于巴黎。她是诗人兼文学评论家,很多重要的当代诗史(英、法、德、意诸国)均曾选载其作品。她是《欧洲》杂志撰稿人,英法诗节所出季刊之编辑,以及法国作家联盟之成员。作为女诗人,她的诗固然显示出纤细隽永的感情境界;然而由于她长期在科学读物出版界工作, 所以也包含了不少对宇宙神秘和生命形成的沉思。她有亚洲血统;自述虽只短短数行,却至为真切、透澈:

> 我是越南、法国混血。我的姓"杭"——可能是韩——渊源于中国。出生后在巴黎母亲家庭长大,因此所受教育纯为法国式的。成长后,和我同代有些西方人一样,开始把视野扩大向亚洲。在思想和感情上和那边的文化无疑有某种程度的感应,但是在写作上,特别是在文字运用上,则无任何直接关系。汉字所具有的惊人表达能力可能曾令我梦幻,尤其是在 1979 年念到程抱一所著《中国诗语言》以后。我甚至于 1988 年还写了《面对象形会意的方块字》一文。然而我也深知无法将那些特

殊质素转运到法文中。至少，穿过对那文字和诗歌的领略，我体会到有另一种和事物相处的方式；那是和笛卡尔所关注的"主宰自然，占有自然"的方式相异的。

如果说文字障碍不易打破，绘画却可由我直接欣赏。中国画那种由"虚"出发而达到的人和天的交合，那种层层推进的透视，那种以短短数笔透露出辽阔空间的手法，我都曾尝试纳入我的诗境。现代艺术家中，赵无极的画给我亲切的感觉。在他作品面前，我宛若进入一个久待我的风景。那吸引力来自我们大家都本能向往的：把西方技巧和中国意境巧妙地结合起来。

我曾写过一首题名为"靶"的诗；它的主题涉及诗作的灵感和指向。那首诗是在读到袁枚《随园诗话》中的一段兴起而作的；那段话则是由汉学家兼女诗人尚德兰（Chantel Andro）特别译给我的。袁枚说："诗，如射也。一题到手，如射之有鹄，能者一箭中，不能者千百箭不能中。能之精者，正中其心；次者中其心之半；再其次者，与鹄相离不远；其下焉者，则旁穿杂出，而无可捉摸焉。其中不中，不离天分学力四字。"真是说得中肯极了！

主要诗集有《人之城》(La cité des hommes)、《季外》(Hors saisons)、《甚至我们伤痕》(Même nos cicatrices)、《飞行空间之深度》(Profondeur du champ de vol)、《节庆，即使在黯影里》(Une fête, même au creux du sombre)、《合一或分裂》(L'unité ou la déchirure)。此外可以提到一点：诗人于多年前结识了汉学家尚德兰女士。这位女士也是诗人，她对译介中国现代诗作出极大贡献。在她工作中曾受惠于杭给她的指点。相反，她也让杭对中国诗传统有更深了解。前边所引《随园诗话》就是由她介绍的。

下译诗摘自《季外》：

众神　　　　　　　　　　Les dieux

他们来访	Ils viennent
好似久违之友人	comme des amis longtemps absents
在花园门口按铃	qui sonnent à la porte du jardin
衣着之间	dans leurs vêtements
飘荡着远国芬芳	flotte un parfum de lointains pays
他们全然不知灾难	Ils ne savent rien de deuils
曾给我们带来之摧毁	qui nous ont dévastés
我们发现他们缓慢	Nous dévouvrons leur lenteur
他们手姿受阻	leurs gestes entravés
不得抵达我们	qui ne parviennent pas jusqu'à nous
这是节日	C'est un jour de fête
有礼物放在桌上	avec des cadeaux sur la table
无人	Personne
打开	ne les ouvre
午后天空	Le ciel d'après – midi
骤然广阔	se fait très vaste

吉尔·儒安纳(Gil Jouanard)

儒安纳于 1937 年生于法国南部一小城。他是以极为真切、深思的方式同中国艺术精神打过交道的散文家兼诗人。他的自述解说得非常透彻,让我们倾耳听吧:

1974 年左右,我开始成为一个八世纪左右的中国人。

我那时生活在法国南部那种由石灰质形成的风景里:峻峭的高岩,窄隘的峡谷,树木丛生其中,密集得使晨露久久悬留枝间而不得向远方散发出去。虽然对中国诗一无所知,却本能地欣赏了像李成那些大师们绢画里的意境。那些作品表现了我周围风景所蕴藏的同等幽深的神秘性。

可是在诗创作上,我那时尚极力模仿一位多少有点好弄词令的大诗人。他大言不惭地自认是古希腊哲人赫拉克利特的再世。我也因之花费了不少时日去推敲一些过分撰写的诗句。那些故作穿插、故含多义,只指望供应一些寻求不解谜的少数幸运者、happy few 去玩赏。

那本于1974年由汉学家戴密微(Paul Demiéville)主编的厚厚一册的中国古典诗选带来了第一声春讯。我的注意力集中于唐代诗人。尽管翻译太守法文旧式,可是有那么一种不惯见的情意打动了我。更何况,正在同时,我自己已开始脱离那以夏尔(René Char)为首的自以为深刻的"玄理诗"(得承认,夏尔在更早期曾写过不少值得品味的明澈而自然的诗),并逐渐尝试接近一种表达实存却并不因此排除奥秘的创作语言。后来偶尔读到佛兰(Jean Follain)和霍维第(Pierre Reverdy)的作品也给我启示,把我引向宇宙那隽永不测的大单纯。

就在这充满预感的时际,突然惊雷劈响。法国出版界的天际出现一颗新星。当时虽未轰动大众,却给所有的诗爱好者带来了"多一点光!"(歌德语)。那就是程抱一的《中国诗语言》。一切我正急切向往,并开始摸索的,终于赫然呈现在那些经过精细解析、确切转译的诗篇里。在他那长篇引言中,程抱一以令人折服的方式让我们看到这个诗传统如何把人重置入"泛神经"的生命宇宙中,如何在"表达"了那宇宙之后,把它纳入一种周期型节奏的感受里。那诗传统示明:真正的"神圣"与"真谛"可以不经由"宗教"的教条规范而被诗语言透露出来。我的直觉在那里得到证实,正如我一次再次观看李成的溪山图。

至于把中文转化为法文,程抱一给每首诗以三重翻译:音译、字译和意译。字译果真是逐字翻译，意译则是近于法文传统的诗译。不用说，最激动我的是那逐字翻译，因为它最能显示中国诗语言的真正奇迹。它包含着那么多的无法译出。首先是象形会意的方块字本身，极像拉斯科石窟保存的史前时期素描所具有的象征力。那些方块字所含之多义，所能引申出的暗示、影射，更充满无尽的韵致。

我进一步看到，在逐渐形成为传统的意象贮藏中，诗人可以用巧妙的结合使抒情以新姿跃现。好似敏感的心灵会从每个清晨中看出新颖，虽然那清晨表面上看来是每日重复的；也好似西方人初听琵琶演奏时总觉得是一再回到原调，其实如果耐心细听可以从那每次略为变化的再现中获得愉悦。

有那么一种客观型的抒情，它有异于我们西欧中古或文艺复兴以来所树立的自我中心表露方式。这个极为自然又极为精妙的诗传统教示我们：可以把时间流中每一时辰转化为诗之真。更何况，其运用的文字没有动词的时间性，特别是在诗中，它把过去、现在、未来渗合并提升到超时境界。

还可以提出的是：在古代中国，作为诗人必须同时也是思想家、书法家、画家，甚至音乐家。文人进入官职制度时，先得通过包括诗项的考试。这让人揣想到可能的前景：有朝一日达到诗意的生命。我说到这一点是因为我忆及德国诗人荷德龄的至言："我们应该诗意地居住大地。"这般对诗的憧憬也许是中国的弱点又是她的潜力吧：遭受了那么强力侵犯、残害，她终能慢慢地以有机方式去同化、消化一切。

从那以后，我就不断地阅读中国诗，观赏中国画。每次都得以从中温故知新，接近原生意境。在这方面，我一直倾心追随的大师无疑是王维。是的，二十五年来，我遵循中国古诗的金科玉律：不要过分倾泻，不要滥用形容，拒绝使用亢奋的口吻。点明真实事物，点明它们的时与位，然而以真诚沉静的态度把它们承托出来。一过分就会骚扰它们，致使它们变质，或是逃跑，甚至消逝。相反让它们以至深的本像呈现在读者面前。记住：诗人首先是媒介者，他的命名艺术所要显示的不是小我，而是生命宇宙的大感应。

空山不见人，但闻人语响。

主要诗集或散文集如下：《无事日子》(Jours sans événements)、《静水》(L'eau qui dort)、《知何处》(Savoir où)、《大地之目》(L'oeil de la terre)、《万物滋味》(Le goût des choses)、《与其淌泪》(Plutôt que d'en pleurer)、《这就是生活》(C'est la vie)、《日与时》(Le jour et l'heure)、《世界之宽度》(L'envergure du monde)。

下译三首散文诗为诗人自选：

屋子西墙脚有长石凳面临黄昏。它和周遭风景一样由无尽石灰质岩构成。一切从开始就在此；可是从开始每分每秒都不知不觉在变。有时一只狗走向草间；它似乎比我们更能领会这宇宙表面无动于衷背后所正在交错谋求的。风景中有什么在动，是疑惑么？是预兆么？是秘密么？是留迹么？也许只是一只无灵魂无理性的兔子，它在无限苍穹下冒生命危险寻觅食物。

Contre le mur occidental de la mainson, un banc de pierre affronte cette fin du jour. Il est fait de ce calcaire qui aussi l'environne à perte de vue. Tout a toujours été là, et cependant tout change imperceptiblement de seconde en seconde depuis toujours. Parfois, un chien qui va parmi les herbes semble plus conscient que nous de tout ce qui se trame en filigrane dans l'impassiblité du monde. Quelque chose remue au fond du paysage. Est-ce un doute? un présage? un indice, un secret? Plus simplement peut-être quelque lapin sans âme ni raison qui cherche dans l'immensité sa nourriture, et y risque sa vie.

午后至深处漫出了滴答钟声。整个空间乃化为此声；宛若远处传来之歌音。每一预感均好似宇宙重新组合。有楼梯直下音阶进入这寂静之呼吸。桌上所置一些失去用处之用具返回到原料之追忆中。屋子在时光中明亮。垂首入眠前，霎那间，暮霭中一张面容显现……

Du fond le plus reculé de l'après – midi monte soudain le tic tac d'une horloge. L'espace entier n'est bientôt que ce bruit; c'est comme un chant dans le lointain. Chaque pressentiment prend valeur d'origine. Un escalier s'enfonce de plusieurs octaves dans la respiration de ce silence. Sur une table, des objets hors service retournent à la mémoire qui veille dans la matière dont ils sont faits. Une maison s'éclaire dans le temps. Avant de s'assoupir, on a juste le temps d'entrevoir un visage qui se précise dans le soir.

那边，在过道黯影里，一面镜子映照外界原野；其中呆立着一棵树。可以听见鸦啼和打麦机激响。有人正走向逐渐变绿的天边。然后有红有紫地平线上点出时辰。继续前行的那人成为小小一点了。这时可闻天地之脉搏跳动。

Là – bas, dans la pénombre du couloir, un miroir laisse filtrer le reflet d'une plaine où somnole un vieil arbre. On y entend le croassement des corbeaux et le souffle précipité d'une batteuse. Quelqu'un s'avance vers le ciel qui verdit progressivement. Puis c'est du rouge et du violet qui marquent l'heure à l'horizon. Celui qui continue n'est plus qu'un point. On entend respirer le monde.

旦尼尔·吉罗(Daniel Giraud)

这位长发大胡的诗人是个拒绝登堂入室的边缘人物。性格慷慨奔放，精神自由无羁，他有时会自认是寒山或李白再世。四十年代出生，在学校不能专心念书，中学出来以后，在马赛的美术学院呆过一阵。此后在操练种种副业之外，就投身写作，在许多小杂志上发表过作品，陆续出版了数部诗集以及记述性或思考性的著作；还办过杂志，题名为《内心革命》(Révolution Intérieure)。深受中国思想影响，他费力学过中文，翻译过易经，道佛经典如老子、庄子、信心铭等。也译介了不少古典诗。1988 年在中国度过四个月，跋涉数千里周游各方。他自己说：

> 我是个不学无术的人。但是我却研习了中文。由于记性不好，所以每次翻译什么都好似重新起始，终日与那三大本中文字典为伍。我曾在中国浪游各处。我写过李白传。至于易经和道德经之翻译，则花费了我二十年时光。不用说，我所倾心的是道与禅。

诗集有《浪游》(L'échappée belle)、《道与途》(Par voie et par chemin)、《沉默空间》(L'espace du silence)、《忘情》(A coeur perdu)。其他著作有《直升旅行》(Voyage vertical)、《白日星辰》(Les étoiles en plein jour)、《中国之游》(Randonnée chinoise)、《时刻尖端》(Au vif de l'instant)。

下文摘自《时刻尖端》：

> 我身躯于清晨醒来，跟太阳及造物一样。以活光召来真光，那身躯镇日来来去去，直到阴阳交混时辰。那时它乃微笑，因为只有笑才能安抚创伤。
>
> 太阳沿锋而下。越下降，它的回光却越拂照对面较低之群峦。
>
> 我则顺幽径而上。我越上攀，太阳也越在我前边重登斜坡。
>
> 隐在山石或野树之间……不为谁，也不为什么。徒然尝试去捉握不可思议。

先天字眼突出，好似为了要不谈而说，用一些不得表述的无字之字。不得表述怎能被听懂？语言是失败了，当它期望有再无关连、再无辨别之话语来临。

行到水穷之前，何不坐看云起呢……

有鸢飞翔

指向猎物

我之影

Le corps se réveille le matin comme le soleil et la création. Lumière vivante qui aspire la lumière, il se déplace jusqu'au moment où, beculé sous les coups du clair – obscur, il sourit car le rire guérit la blessure.

Le soleil descendait le long des cimes. Plus il se couchait et plus son reflet montait sur les collines face aux montagnes.

Je montais par un sentier···Plus je grimpais et plus le soleil s'élevait devant moisur la pente de la colline.

Caché dans les pierres des montagnes ou les arbres des campagnes···Sans pour qui ni pour quoi. Dérisoire approche que celle de l'inconcevable.

Les mots antérieurs se décochent comme pour dire sans parler. Les mots sans mots de l'inexprimable inouï··· Comment ce que l'on ne peut énoncer pourrait – il s'entendre? Dans l'éventualité de l'avènement d'une parole sans références, d'une inconnaissance qui se retire des mots, le langage défaille.

Avant de se promener le long du ruisseau jusqu'à l'endroit où il prend fin, pourquoi ne pas s'asseoir pour regarder les nuages qui commencent à s'élever?

Le vol de la buse

vers sa proie

mon ombre

关于普遍主义与后现代主义的笔谈

新雅各宾主义与后现代主义

〔瑞士〕克莱斯·瑞恩

生命或生活中蕴含着具有内在价值的潜能，这些潜能通过努力是可以实现的。这样看来，普遍性就不仅仅意味着所有人或所有社会均应听命于一种生活模式，或诉诸政治手段便可从外部强行指定一种"普遍性"。为了进一步说明普遍性的概念，将其与"普遍主义意识形态"（a universalist ideology）作一比照或许不无裨益。这种普遍主义思想在西方尤其在美国很有市场，其代表人物坚信存在着某种适用于一切社会的政治制度，并主张对持有异议的社会进行干涉。

意识形态"普遍主义"（ideological "universalism"）

很奇怪，这些意识形态一元论的鼓吹者在美国被称作是"新保守主义者"（neoconservatives）。这部分是因为他们大谈"普遍价值"和"德行"，有时还引经据典地从柏拉图、古希腊思想那里寻找理论支持。但所谓"新保守主义者"这个名号实在有些古怪，因为上述学人与传统意义上的欧美保守主义者相比有很大的不同，事实上他们倒是更接近十八世纪法国大革命时期的雅各宾派。——后者曾竭力倡导的"自由"、"平等"、"博爱"原则，逐渐以各种变异体形式在全世界范围内引起了反响。——今天的新保守主义者袭用当年雅各宾派的普遍主义思想，认为无论在主观上还是客观上，一切民族或国家都需要某种特定的社会－政治范式。自觉的保守主义思想在西方内部产生之初，恰恰是对雅各宾派普遍主义思想以及抽象的、非历史的善恶观做出了反拨，而其后世流变如此，这一点实在是意味深长的。

柏拉图贬抑历史的特殊性并宣扬政治正义有单一标准，在这一点上新保守主义者奉柏拉图为其精神祖师不无道理。但柏拉图也对他所认为的民主制度进行了严厉的批评，其矛头不仅指向民主统治，同时也指向其发动者——"民主人"（democratic man）。雅各宾派持论正好相反，他们把民主（常常还附带上所谓的"资本主义制度"）当成一贴济世良方，认为"民主的资本主义制度"正是人类长久以来所追寻的最佳社会类型。像美国的天主教作家米歇尔·诺瓦克（Michael Novak）甚至认为民主制度是经过神恩钦准的一种社会类型。这一观点与传统的基督教思想可说是大相径庭。后者同亚里士多德一样，认为政府自应为全体社会成员的利益着想，不过情形不同，具体统治方式也该随之有异。但在新雅各宾派中人看来，以资本主义、人权为其有机组成的民主政体是人类政治制度的最终发展形态，是人类一直追寻的、放诸四海而皆准的制度。怀有这种思维定式的学人宣称"历史终结了"，并因此认为人类业已一劳永逸地找到了生活（生命）的最佳方案，而当世人最终都认识到民主制度的优越性时，一切意识形态方面的争论均将销声匿迹，这时怀有善意的政府（尤其是作为领袖的美国）就应该出力帮助这种政体在全球范围内实现。

有一点很重要，即这种踌躇满志的普遍主义思想尽管在西方有很大影响，但也并非人人叫好，它与西方早先的传统相比更有本质的不同。尤其是新雅各宾派思想，它与美国开国宪法起草者的生活观、政治观可以说是扞格不入。尽管美国 1789 年宪法问世之时正值法国大革命,但二者却体现出迥乎不同的政治理念。该宪法的起草者们对于人性及社会的看法与卢梭正好相反,新雅各宾派虽然也援引1789年的美国宪法以为自己张目,将美国的"定国方针"与其所谓普遍真理攀扯到一起,但他们对其中不合胃口的部分刊而不问,仅仅是按其普遍主义意识形态,不顾历史事实地重新诠释了这部历史文献。

十几年前新雅各宾派大将艾伦·布卢姆(Allen Bloom)之重新界说美国的文化特性(the American identity),就是一个明显的例子。布氏在他所写的一本畅销书中宣称,"当我们美国人认真谈论起政治时,我们认为我们的自由、平等原则以及建立在此基础之上的其他原则是合乎理性的,是放之四海而皆准的";"一部美国史,就是一曲追求自由和平等的凯旋之歌"云云。布卢姆在文中流露出这样一种偏见,即认为有了现代"自由主义"政治理念与操作规程就可万事大吉了,用他本人的话来说就是:"民主制度以外的任何政体一概没有理论依据。"在布卢姆看来,美国与英国、欧洲并无任何历史渊源,它只是根据非历史的、适用于一切国家的标准而规划的一项思想工程。布氏宣称:"如果说哲人的政治理想曾经变成过现实,那就是美国了,而美国几乎是一帆风顺地达到了这一目标。"

布卢姆此说典型地反映了新雅各宾派的思想,即漠视、憎恶由于历史原因而形成的文化特殊性,同时鼓吹某种政治理论的霸权或垄断地位。作如是想的学人、政客因此便赋予美国一项在全球推行民主和人权的政治使命。用两位政治学学者的话来说,既然美国是奉行普适原则的"特殊国家",那么它就应该采取"一种以国力和道德自信为后盾的外交政策"。在这一点上,美国政要们往往也流露出同样的口风。如布什政府的国务卿詹姆斯·贝克(James Baker)便公然认为,美国外交政策的旨归即是推行"普适的启蒙理想"。

新雅各宾派宣称"理性"是其普遍主义的基础,但他们所说的理性对于异议并无虚怀若谷的心胸。在读他们谈论"美国的特殊使命"一类的文章时,我们能明显感到他们在"普遍主义"的遮掩下,其思想已经被权力欲所控制、替代了。不妨说,意识形态取代了哲学思考。新老雅各宾派亟欲采取政治乃至军事手段来为全人类谋求他们自己所认可的"善"。当代美国雅各宾派之攀附柏拉图实在是很勉强,这不仅因为柏拉图本人对民主制度颇有微词,而且他也不信政客们通过征伐就能从外部把"善"强加给政治。柏拉图之普遍主义自有值得商榷之处(如其非历史主义倾向),但他认为伦理-政治意义上的德行(moral-political virtue)源自个体灵魂,是一种稀罕的、甚至娇嫩的力量,强调德行有赖于长期的道德文化修养,而只有当少数天才达到灵魂的和谐状态后,社会上才有可能诞生正义的精神。在柏拉图看来,哲学智慧与经过长期养性修身得来的健全品德无甚区别,它并非是雅各宾派所谓"理性"的产物。与此相反,雅各宾派所说的"理性"、"德行"具有强烈的政治色彩。他们认为,将权力交予那些声称要为人类谋求福利的个人乃是题中应有之义。这种理性和道德所关注的不再是抑制、提升自身,而是表现出一种控制、完善他人的欲望。这样,雅各宾派的普遍主义思想不但没有限制权力欲,反而还刺激了权利欲的生长。

异中之同(unity from diversity)

新雅各宾派对美国"定国方针"的曲解贻误匪浅,了解这一点相当重要。美国的开国元勋们与法国大革命的领袖不同,他们在领导1776年独立战争和起草1789年宪法时,并无兴趣发动一场意识形态圣战。美国人只是希望为别国树立一个好的榜样,而不是将一己的意愿强加给他人。美国宪法的主要目的之一,就是限制大众及其代表的权力。"民主"一词在宪法的起草者那里主要用于贬义,意谓一种以煽情、投机、短视和不负责任为特征的制度。美国式的立宪政体是符合当时西方世界的标准的,但它并不希求建立一种以普选制度为基础的大众统治(a majoritarian mass-democracy),而是建立起一种准贵族式代表制度,如设置参议院、最高法院、总统选举团及总统一职等等,以此来"完善扩充民众的意见"。美国的立宪者们认为，有必要指定职有专司的官员为百姓的长远根本利益而陈言。1789年宪法并未将大众视为无差别的个体集合而赋予其权力，相反，它认为社会是有层级的、高度疏散的。如果说当年美国宪法所要建立的是一个"民主"的政体，那么，必须先就笔者所说的"立宪民主"(constitutional democracy) 及"大（庸）众民主"(majoritiarian, or plebiscitary, democracy)作一区分。前者是由民众通过宪法自我约束、经过代表制度与机构来治理国家；后者则是单纯按照多数人的意见实现大众统治。二者同是大众统治，但它们具有根本性的差别，可以说其中包含了两种根本不同的人性观与社会观。笔者曾于另文指出："庸众民主"往往对文明社会造成危害。另一方面，立宪式民主对于社会成员的道德、思想、文化均有较高的要求，它不会因为人们宣称它理应存在就会自动产生出来。不同的国家或多或少均具备这种政体所必需的条件和责任能力（the restraints and responsibilities）。新雅各宾派对民主的看法相当草率，时常带有多数主义的偏见，而且他们对于在具体社会中历史境况是否适于那种有责任能力的民主制度（responsible democracy）这一关键问题，并不特别关心。

按照新雅各宾派的普遍主义思想，民族、社会在特定历史条件下形成的多样性（前民主时代形成的风俗与成见即为其典型代表），似乎成了人类实现其真正命运的绊脚石。他们憧憬着道德、文化和政治的同一。布卢姆所称道的"美国工程"即代表了这种观念。布氏曾以一种极为可疑的方式描述美国意识形态的起源和目标，在此他如是评论美利坚民族：

> 通过承认和接受天赋的人权，人类找到了"同一"(unity and sameness)的基础。当人类沐浴在自然权利之中时，不同阶级、种族、宗教、国家以及文化间的一切差别就此淡化、消失，而全人类也因此休戚相关而成为真正的兄弟姐妹。

雅各宾派的"普遍性"(universality)是以牺牲特殊性为代价的。在布卢姆看来,人们在美国应当"放弃他们的'文化'个性并融入普遍的、抽象的存在,从而分享天赋的人权"。不这么做的人,布氏宣称,"注定了滑向生存的边缘"。

事实上,新雅各宾派对抽象同一性的热爱、对历史特殊性的贬抑,与美国的历史和传统恰恰背道而驰。人们经常用"合众为一"(e pluribus unum)这句拉丁格言来描述美国的政治社会状况(尤其是美国的宪法),但在此语境中它并不意味着要有意识地消除多样性。美国人在起草1789年宪法时,非常珍惜本国的独立自主及其多样性传统,绝不肯让它受到政治中心的任何侵犯。通过宪法建立起来的联邦制度只赋予中央政府以有限的、与地方共享的统治权力,即中央政府与其权力的来源——各州及地方政府、特别是当地人士合作,共同治理国家。这种做法的目标便是合众为一、异中求同。联邦制度志在促进多样性的协调发展并从中汲取力量,决不是要取消这些多样性。

美国的制宪者们并未打算制订一种大全式的单一国家目标。他们发现,他们所渴求的自由同允许广大利益集团为自己声言,这二者间有着密切的关系。他们希望通过各种制衡手段,个体的责任能够使各个团体调节自身并相互尊重。这些制宪者秉承基督教的传统,肯定了个人道德努力及宽容的重要性,企盼文化的多样性由此可以变得对他人负责(responsible),从而维系整体(the whole)并进一步将之发扬光大。

像布卢姆等新雅各宾派人士往往无视历史事实,认定美国从一开始便信奉抽象的普遍主义;这一观点正表明了他们的意识形态狂热。他们所追求的是一种大一统的同一性。柏拉图认为异(特殊性)同(普遍性)对立,而新雅各宾派的普遍主义正是这种观点的意识形态化和政治化翻版。鉴于他们亟欲为行使权力而辩护,其漠视、憎恶从历史演变来的文化特性,因而便具有令人不安的政治内涵。

不幸的是,后现代多元文化主义虽然肯定了多样性,但也未能有效祛除新雅各宾派的恶劣影响。后现代多元文化思想为具有文化差异的实体及其和平共处，仅仅提供了微不足道的支持。若真如后现代者所说，没有普遍的人性，也不存在人类生存的共同目标，那么"人文主义"也就会成为一句空话。如果个人、集团或社会缺乏限制、调整多样性的共同价值核心，那么他们彼此之间的差异必将成为国内及国际和平的沉重负担。历史表明，狭隘排外与自我膨胀是一种时代流行病。如果社会中坚缺乏强有力的内在道德－文化约束，仅仅依靠后现代思想与自由主义的"宽容"说教很难防范冲突的产生。如果对人性缺乏深切的共同感受，那么，某一文化或社会的代表人物就极有可能会因自身利益而试图去支配他人。西方自由主义分子也许会说，这是为了自身利益与生存而采取的文明做法，但若是按照他们的道德相对论，把人类生命和生活中恒久的、更高的目标都摈弃了，那么长远的看"文明"云云又意义何在呢？我们又怎能指望和平甚至生存成为众望所归的目标呢？后现代主义者一方面肯定人类始终企盼着和平与宽容，一方面却寄希望于早先的一种生活观，而这种生活观恰恰却是他们所要革除替代的。毫不奇怪，如果人们否认存在着主观喜好之外的行为准则，他们就会开始贬损其他民族并将他人视为一己之意的奴仆。

令人堪忧的是，在文化多元互动的今天，西方世界竟受制于鼓吹"普适价值"的意识形态帝国主义，同时还受到激进道德论或虚无主义的蛊惑。选择任何一方都将是一个错误，因为二者至少有一点是共同的，即他们都不肯限制一己的意愿。新雅各宾派可以说是以人道主义为幌子而企图支配其他民族或国家。后现代主义者抛弃更高标准的做法，则是在为人类实施其主观意愿清除障碍。鉴于人类往往因一己之私利而偏于一执，无论是像新雅各宾派那样宣称普适价值排斥小集团思想，抑或如后现代多元文化主义者那样，认为既然不存在更高的标准，那么小集团思想完全有理由存在，二者其实并无多大区别。

个人、集团和国家间的和平共处，需要对人类的自私自大做出强有力的制衡。除了谦恭与克制，真正的相互尊重还需要有一种共享更高人性的意识，并承认存在着一种能以多种形式出现的更高

56

人性。

我们在此讨论艾伦·布卢姆所代表的美国政治思想，并不是因为它在哲学上具有重要的内在价值，而是由于它在美国政坛及新闻界有着很大的势力。该派思想对"历史主义"大加挞伐；任何一种学说，但凡承认因历史原因而形成的做法或特点有其规范性价值（normative values），就无不被他们贴上"历史主义"的标签。他们认为，只有通过理性得来的标准才是有效的。例如埃德蒙德·伯克反对把"抽象的"和"形而上的"理性视为社会秩序的根本，因之亦成为他们批判的对象。伯克强调人类得益于前人积累起来的智慧（他称其为"国家及时代的银行与资本"），认为理性根植于人类历史，文明的更高目标必须同特定的时空环境协调一致。于是列奥·斯特劳斯（Leo Strauss）这位反历史主义代表便指责伯克是诋毁理性的历史相对论者。他批评伯克不肯认同以某种单一理性规划社会的理论，并反对伯克对于历史环境的强调，尤其是他对历史特殊性和"个体性"的尊重，——在斯特劳斯看来，这些观点与对普遍性的信仰水火不容。他认为只有理性与普遍有效的方案才值得我们重视。这样看来，斯特劳斯的反历史主义成为众多新雅各宾主义者灵感的来源，可说是不足为奇了。

笔者曾多次就普遍性与特殊性提出过自己的看法。有过硬的证据表明，如果一种哲学不了解普遍性是历史的、具体的，不了解普遍性与特殊性二者间有着密切的关系，那么这种哲学是要不得的；它（不管有意还是无意）将真正的普遍性逐出了现实世界而代之以抽象的"原则"，但如果试图应用这一原则的话，往往就会导致暴政及其他种种不人道行为。

事实上，抽象的普遍主义意味着对特定的个人、集团及其特殊的需要和机会缺乏应有的尊重。后现代"历史主义"也未见得高明多少。不错，我们必须承认人类生存不可避免地具有历史性与偶然性，但后现代主义者对普遍性一概违心地予以抹煞，这就使得历史成为一句空谈。其实，如果人类经验缺乏共同一致的东西（some unity or "oneness"），意识也就不会存在，而没有持续的人类意识，

57

所谓历史也就会消失,剩下的也就只能是些凌乱无谓的碎片了。

后现代主义者声辩说,由于个体视野的限制,人们对历史各有不同的看法,这样他们就无法与他人分享共同的意义而只能是自说自话,连作品也成了因人而异的待解读"文本"。然而,当某种思潮对人类经验所揭示的事实予以否定时,其动机便很值得怀疑了。德国唯心主义与克罗齐的哲学思想认为:两个人对事物的感觉和反应绝不会完全一致。后现代主义者对此予以了歪曲理解,武断地指出:人类不可能有真正的共同经验。我们承认个人均有其独特的历史及人格,其思维、想像也不会与他人完全一致,但这并不排斥存在着超越个人的意义(transpersonal meaning)。如果特殊的历史局限使理解他人成为不可能,那么此时之我亦将难以理解彼时之我了。但每个人毕竟由具体经验得知:既有连续的自我与意识,也有断裂的自我与意识。尽管有时不无困难,个人还是可以了解不同时期中的自身的。与之相应,同一种文化内部的成员一般也足以彼此辨识并相互进行交流。同理,不同社会与文化中的人在付出必要的努力熟悉了其他参照系之后,也可以达到相互交流思想的目的。

普遍性与特殊性的整合
(synthesis of universality and particularity)

欣赏伟大的艺术作品,同时也是在探测自身与全人类的潜能。伟大的艺术家使我们看到了人类经验中的某些方面,没有他我们就无法对之产生深切的认识。当人们欣赏伟大的诗歌、音乐、绘画作品时,无不需要付出高度的个人情感投入。作品径直向个人言说,而个人同时也通过想像用自己的生活阅历调整作品,使之成为自身生命的代言与拓展。这样,个人就将作品内化为自己的东西;其审美感受取决于他自己的生命(生活)而非相反。

但个人在欣赏伟大艺术品的同时,也都明白作品不但和自己对话,同时也与任何可能的欣赏者进行着交流。当我们读一本高品位的小说时并不感到孤独,而是意识到与此同时还存在着其他潜

58

在读者——他们正站在我们身后一起阅读这本小说呢。即使我们读的是一本尘封已久无人问津的旧书,情形也是一样的。在阅读过程中,读者不但表现了人性,同时也分享了共同的人性。如果在他心目中并无他人的参与,那么对他来说这本书的意义就会两样了。事实上,他是渴望与其他需要这本书的人分享其阅读经验的。

欣赏戏剧或音乐同样也是一种兼有个体性与共同性的审美经验。以此方式与众人相聚,是一国家、一文化为其所是的关键因素。当然,所谓共同性并不一定要求采取公众聚会的形式,但在人类历史上却往往如是。公众表演或艺术展览一直就是凝聚力、归属感、区别意识与自豪感的本质表现。例如,当古代雅典人聚集在圆形剧场观看索福克里斯(Sophocles)的忒拜三部曲时,他们中的大多数人对此故事早已耳熟能详,但此时则在某种程度上把观赏戏剧视为一种展示"同"的集体酬神仪式。而荷马更先此在更为私人化的领域内塑就了古希腊人的想像力,这难道意味着雅典人的想像、思考和行动是一致的吗?显然不是。虽然古希腊人还未能像十九世纪的欧洲人那样深切意识到个体的重要性与必然性,但他们也和今人一样,个别的人就某种文学传统做出了个体化的回应。

杰出的加拿大小说家罗伯特·戴维斯(Robert Davis)也是一位著名的文学和社会评论家,他曾敏锐地指出,艺术家通过构建、表达一民族或一文化——即人类学家所说的"族群"(tribe)——的经验而做了许多"梦",这种梦在赋予个人以归属感的同时也提升了个体存在。戴氏在论及读莎士比亚名剧《仲夏夜之梦》的感受时,自云在剧中所有角色身上都认出了自己:

> 我们知道,该剧是人类族群之梦中最伟大的一个,我每次读它都感到自身的无限充实,同时也无限加深了我的族群归属感。在当下的阅读过程中,"过去"向我进行言说;同时我深知,它也会向我身后的未来进行言说。

这里,伟大艺术品之糅合普遍性与特殊性的辩证、多元功能得到了印证。艺术可以用来证明普遍性与特殊性是整合统一的,而这恰恰也是哲学与道德生活中真与善的至高境界。

在某种意义上讲,审美经验具有不可化约的个体性,但它在塑造和表达超越个人之文化意识方面(即特殊性的另一种形式)一样发挥着重大的作用;同时,它还超越一切普遍性/特殊性而直接与全人类对话,换言之,即内在性与超越性、特殊性与普遍性由此而结成了浑然的一体。伟大的艺术品确实能作为某个民族特殊的固有财富而促成该民族的文化特性(identity),但它也可以成为全人类的共同财富。伟大的艺术品在竖起文化壁垒的同时,恰恰又在人文方面拆除了这些壁垒,从而为全人类(人性)建立起共同的参照坐标。

某些具体的文学作品也印证了这一点。今天的斯堪的纳维亚人就不能对古希腊悲剧《俄底浦斯王》中所展现的人类之懵懂自大产生共鸣吗?难道法国人会对莎士比亚的作品全然无动于衷吗?是否德国人就理解不了陀思妥也夫斯基的世界呢?简言之,一种欧洲或西方世界共有的文学传统并非纯然是天方夜谭罢! 否认这一点即是否认历史事实,因为在西方确实存在着这样一种兼有特殊性和普遍性的文化,而这种文化曾塑就好几代西方人的想像与行为方式。可以说,这种文化至今仍然保存着。循此思路,中国人同样能够体味包法利夫人的忧思奇想, 正如美国读者可以领会西门庆(《金瓶梅》)的冷酷无情与反复无常一样。

提出这一问题是为了说明,后现代主义者之否认个体赖以相互交流的共同人性是多么的矫情和勉强。欣赏伟大艺术的实际经验表明:通过想像,背景不同的个人可以分享某一特殊情景并为之所感动。阅读感受因人而异这一事实,非但否认不了人类有可能共享审美经验,它恰恰还证明一致性与多样性(unity and diversity)是并行不悖的。向世界艺术宝库敞开自身便会获得这样一种意识:不仅处于不同时空的个人对生活/生命具有相同的感受,而且最上乘艺术的本质就是使人对“同”及人类的更高使命有所认识。不同文化内部的成员在培养这一最高共同基础的过程中便提升了上述认识。正如前文所云,伟大的艺术能够整合普遍性与特殊性;在这一点上,它与伟大的思想和道德操行正起着相似的作用。

一如个人,国家和民族也深深受到过去历史的制约,其思想观念也因此而各具特色。但它们也同个人一样被本文化中最具有人文价值者所提升,从而超越了一己之家庭、族群、地域和国家。他们尽管浸淫于自身文化,但同时也参与了对普遍性的追寻。

后现代主义者与反历史主义的普遍主义者一致断言普遍性与特殊性扦格不入。新雅各宾派则从抽象的普遍性出发,批判由于历史原因而形成的文化特性。双方未能也不愿考虑普遍性与特殊性的整合可能。他们有意无意地采取了一种长期困扰西方学界的做法,即孤立地对待人类生活中的种种现象,——如把活生生的行为、艺术或思想肢解为各不相属的实体或"物"(things),通过条分缕析的切割来认识有机的整体。依照这种机械的认识论,一现象不可能同时既是又不是某物,特殊事物就更不可能是普遍事物了。非此即彼,舍此无它。亚里士多德这位通人曾强调"逻辑的同一律"云:A 是 A,不是非 A。这里他竟忘了他曾在别处指出:生活或生命永远变动不居。须知变化着的现象不可能是"非此即彼"的截然两极。即便是思力最深的哲学家,在其思想发展到全知(omniscience)境界之前,也只能不断深化理解、追求更明晰的认识。其思想远未达到全知之境,并不意味着他的思考就必然是纷乱零散的,相反它倒可能是缜密连贯的思想。高明的哲学家对于真理既有知也无知。人性的局限使他难以完全认识事物的本质,但他的认识可以不断加深。哲学家生活在既明且蔽的状态之中,这里除了纯抽象的数学,并无任何已完成的、本然的思想,而其思想也绝不会具有"A 是A,不是非 A"这一公式所代表的完全自我同一性(complete self-identity)。这个公式并不足以说明人类在追寻真理时既有知亦无知的辩证现实。亚氏的同一性逻辑(identitarian logic)仅适用于死板、抽象的事物,与今天的象征逻辑(symbolic logic)与分析哲学——尽管它们在其他方面是风马牛不相及——可谓沆瀣一气。这种抽象的、形式主义的逻辑并未说明我们实际上是如何思想的:它赋予人类生活诸现象以某种静止的特性，而这一特性在具体经验中恰恰是不存在的。真正的思想遵循着另一种逻辑，它按照存在的本来面目对其加以认识，即它是动态的、辩证的、活生生的存在而非相反。

此处所谓"真"的辩证特点同样也适用于"美"和"善"的人类经验。后者并非全无价值动力的纯审美或纯道德样本，它们同样也是人类为更好实现自身潜能而付出的某种努力。一般的人类生命(生活)亦可作如是观。生命或生活是一不断完善的过程而非其结果。不妨说，个人境况总是处于发展变化之中，他确实是有人性，但同时也不完全具备人性。个人之有人性，是因为他教养甚好并因此受到他人的尊敬；但他之未有纯全的人性，是因为人类实现自身潜能是一永无止境的过程。如音乐、绘画作品亦有类似的特点，即它们也是"变成为"其自身的：可以说它们预先存在于艺术家的头脑之中，不过此时仍处于未完成状态，有待艺术家的加工方能成为真正的艺术品，而即便到了此时它们仍具可开发的艺术潜力。不幸的是，西方一直到黑格尔那里才真正认识到人类经验的辩证本质，而甚至直到今天人们还未能完全认同这一见解，如当代派别林立的西方哲学基本上仍受制于这样一种意见，即：普遍性或特殊性其中一方是有害的。

我们可以用最浅显的话语来解释普遍性与特殊性的对立统一关系。真、善、美在某种意义上讲确实是不存在的；它们总是处于未完成状态，具有着无数未完成行为、思想与艺术品所具有的特征。但同时真、善、美又都存在着，因为无数行为、思想与艺术品业已将它们创造了出来，而这些创造反过来又促使着个人进行新的创造。

那么是否存在着普遍性事物 (universals) 呢？反历史主义者宣扬孤立的纯粹普遍性而褫夺了一切特殊性，他们认为特殊性本身没有什么价值，仅仅模糊、歪曲地反映了普遍性；后现代历史主义者则认为并不存在所谓普遍者，只存在着最终是无意义的特殊者，而后者不过暂时满足了个体——他们必然是孤独的——破坏偶像的欲望罢了。

二者都错了。由于贫乏的哲学思想和狭隘的意识形态,他们忽视了现实生活中屡见不鲜的普遍性与特殊性整合统一的事实。仍以艺术为例。如伦勃朗(Rembrandt)的画作,它们既是画家本人的创作,同时又具有普遍的美感。贝多芬的交响乐也是如此:若无贝多芬的天才创造,这些交响乐就不可能成为今天这个样子。当然,正如持抽象尚同论者所云,艺术品之所以伟大,是由于艺术家虚静精神而传达了纯粹的普遍性。后现代主义者也会反驳说,艺术只能表达受到历史局限的个体感受,而普遍性与作品可说了无干系。其实,正确的看法应该是这样的:在伟大的艺术作品中,——正如在伟大的伦理思想著作中一样——普遍性与特殊性彼此涵纳而结为浑然的一体。

艺术家进行创作时,比在其他任何时候都更是本真的自身。任何事物都休想分散他们的注意力;艺术家在创作时一旦分神就背叛了那个本真的自我。伦勃朗与贝多芬仅仅是作为画家或作曲家而进行艺术创作的;不过他们又不仅仅是其自身:在他们的个性深处,有一不仅仅属于其本身的自我,这个自我也正是艺术家本人所希冀的最高境界。艺术家的内心深处有一种需要得到满足的东西,他们对此无能助力而只有服从听命的份儿。这就是对普遍性的欲求。这种欲求只有在完成艺术创作之后才能平息下来。在完成了的作品中,普遍性与艺术家的个性,便作为彼此渴慕、相互涵纳始终的两种"力"而结合到了一起。

对于那些自绝于活生生的现实之外而师心自用的人来说,这种整合可能,是很难接受和理解的。但在正视人类经验之本真面目的人看来,这种普遍与特殊、个人与非个人的统一却是再真实不过的了。

人类固有的低劣天性往往对维系生存及其意义形成破坏作用,因此个人的、特殊的事物也有可能对普遍性构成威胁。人性中的某些弱点会危害生活、加剧冲突,对此我们实在是耳熟能详而毋庸赘言了。在最糟糕的情况下,个人的、特殊的东西不但能摧毁人际关系,甚至还会瓦解个体性本身。——例如癫狂即往往是出于自家原因。后现代主义者之否认普遍性,是造成个人崩溃、社会解体与冲突爆发的一个原因;而雅各宾派之鼓吹抽象的普遍性,对于真正的自我与社会秩序来说,也具有同样的破坏力,因为它一味强调外部控制而严重忽视了内心反省和自我矫正的重要性。

真正的人文主义克服了上述两种做法的弊端,将健全的历史主义与全球多元文化主义(cosmopolitan multiculturalism)有机地结合在了一起,从而成为存异求同(unity through diversity)的一条途径。

(张 沛译)

全球化与本土化的对峙

王岳川

从多元文化语境看当代中国问题,确乎可以超越文本层面的无休止争论,而直面全球化处境中的当代问题。如今,本质主义被逐渐消解,多元文化日益成为当代文化研究的基本共识。这意味着在全球化时代,任何民族都不可能不接受外来文化影响,而只能在多元文化对话和交流的框架中,既保持自身文化的相对独立性,又使自身文化保持持续敞开性和长久交汇性。这不仅成为第三世界与第一世界"对话"的文化策略,而且有可能使边缘文化得以重新认识自我及其民族文化前景。换言之,只有在开放的文化语境中,在多元文化交流的框架中,跨文化对话才具有真正的建设性意义。

超越全球化与本土化的对峙

全球化理论对东方和西方之间复杂文化关系的揭示,将有助于中国知识界对现实语境的再认识,并将对中国文化价值重建的方向定位提供一个清晰的坐标。东方主义话语大抵是边缘学者用来拆解主流话语的一种策略。在西方话语中心者看来,东方的贫弱只是验证西方强大神话的工具,东方那充满原始的神秘色彩正是西方人所没有而感兴趣的。于是这种被扭曲被肢解的"想像性的东方"成为验证西方自身的"他者",并将一种"虚构的东方"形象反过来强加于东方,将东方纳入西方中心权力结构,从而完成文化语言上被殖民的过程。

在"全球化"和"本土化"的二元对立中,怎样既具有全球化的眼光去审视当代文化问题,又具有本土化的意识对全盘西化加以警惕,变得殊为重要。全球化与本土化问题是九十年代一个相当重要的问题。近些年这种不断增长的全球化过程具有技术的全球化、经济(跨国公司)的全球化和新信息网络技术全球化等新特征。全球化导致许多新的、跨国的、具有巨大潜力的社会组织和各种新的社会群体,并走向新的政治组合形式——"后政治"(postpolitics)。事实上,"全球化"和"本土化"是后冷战时期两种相辅相成、相对立又相统一的重要现象。我们一方面要看到二者间差异,另一方面也要看到二者的冲突和融合。本土化和全球化其实从来都是彼此依存的,而作为文明载体的民族自身发展是在冲突中融合而成的。同时又在融合中产生新的冲突并进而达到更新更高的融合。所以,从宏观上和微观上说,"文明的冲突"和"文明的融合"具有普遍性,单独抽出任何一维作为未来世界图景来阐释其发展轨迹,认为未来世界是"文明的冲突"或是"天下大同",无疑都是有其盲点的。

我主张"文化对话论"。既不是完全抹杀各民族自身的特性,走向所谓的"全球化",融合为一体,形成新的单一的文化(西方化);也不是完全走向所谓的"本土化"和冲突论,而将人类未来看成一种可怕的互相冲突、彼此殊死搏斗的世界末日图景。我们只能通过对话求同存异,藉此,在本土化和全球化之间达到微妙的谐调,在冲突论与融合论之间获得一种良性的参照系。在东西方文化语境中的后殖民文化理论,对当代文化和文论研究有其深化作用,并有可能使我们摆脱一般狭隘的地区意识,以一种新的更大的跨国际语境来看当代西方和中国的文论问题,解除一方压倒或取代另一方的紧张关系,倡导东西方之间的真实对话,以更开放的心态、多元并存的态度、共生互补的策略面对东方和西方。

在东方主义语境中不坠入"殖民文化"的危险，则必须打破二元对峙的东方西方理论，以一种全球化眼光看人类文化的总体发展，从而，使世界性消弭民族性和现代性以及西方中心和东方中心的二元对立，解除一方压倒或取代另一方的紧张关系，倡导东西方之间跨文化的真实对话，以更开放的心态、多元并存的态度、共存互补的策略面对东方和西方。

跨文化语境中的文化对话

在多元文化观念的播撒中，不少第三世界的文化哲学家和文学理论家，以一种跨文化的眼光对民族精神和对人类文化远景加以深度思考，积极参加这场深入广泛的国际性文化对话的讨论，探讨多元文化前景和自身文化出路的选择，弄清"非边缘化"和"重建中心"的可能性和现实性，分析仇外敌外情绪与传统流失的失语尴尬处境，寻找到中国当代文化和文学如何面对全球化与本土化的核心问题，为自我的文化和文学身份在世界多元文化格局中加以定位。使一些似是而非的问题的在当代中国作家和理论家逐层审理之中，变得日益清晰起来。

因此，在东方西方、男性女性、不同阶级、不同民族之间的冲突，是以冲突的矛盾性加以强调强弱的对比，中心和边缘的消解而达到矛盾的化解呢？还是以和而不同的差异思维，强调不同民族、不同人群、不同国家、不同文化的差异性，从而使得全球冷战后的思维得以消解，使得"和谐""对话"逐渐取代"冲突""斗争"，使得差异性逐渐渗入人们思维的统一认同中呢？这些关键性问题，绝不是可以轻轻滑过的。

平心而论，全球化语境确实在文学创作中提供了重要的想像力和全新的民族精神，甚至也表现了共同传统基础上的群体意识及其理论依据。它使得西方文化乃至西方文学，再也没有足够的权力和活力将自己的意志强加于第三世界了，同时也使得文学创作和批评中的一切语言游戏的"虚假乐观主义者"（或文学享乐主义者），以及对世界未来充满危机意识的"新悲观主义者"，有了一个重新看世界看世纪看文化的新的基点，并使对自己的文化身份和文化命运加以正当的而非游戏的书写成为可能。进入全球化话语体系中，多元话语、国家、民族、性别差异、文化资本、跨国资本、话语霸权、权力运作等概念和批评方法必然要进入研究者的视野，成为文化理论和文化研究的当代话语。在我看来，坚持在全球化语境中的跨文化对话，坚持多元文化视野中自身文化精神重建，才有可能使当代中国文化精神不断建构出新的内容和形式。

全球化中的"权力话语"问题

在全球化时代，疑问无处不在而且难以消除。我们在民族主义现象背后往往能触及到更多的问题，诸如：全球化理论是否能够给中国提供面对西方文化霸权的新支撑点或新价值选择？用后现代性去反现代性，是否可以使中国获得一种超越西方权力模式的正当形象？挪用后现代和后殖民主义的中断、颠覆、转型、反中心与反权力的解放性话语，在文化多元主义中消解文化身份的焦虑并获得国际性地位是否可能？可以说，关于文化霸权与文化身份、文化认同与阐释焦虑、跨文化经验与历史记忆等问题，都与全球化语境中的"主体文化身份认同"和"主体地位与处境"紧密相关。从民族寓言、历史记忆、母语经验、种族性别、文化政治批评、重新书写身份等角度展开分析，使我们可以从以下几方面敞开"问题"。

其一，反理性成为当代时髦。这主要表征在人们对非群体性的个体"软性"问题的思考上，诸如布希亚德等提出的个人、身体、文化等"软性"问题，成为当代理论关注的热点。现在世界盛行的是对理性本身的反动，而事实上理论家们又找不到取代理性之物，于是在思想的空场中，理性日益丧失其当代合法性。更为严重的是，当代中国在加入国际化思潮的同时，人们生活的方方面面越来越被现代科层机构和跨国金融资本主义所制约，并将个体与群体日益整合进一个时尚消费的总体潮流中。应该看到，后殖民时代的官僚机构和国际金融资本仅仅按"超理性"模式运行，这使得超理性和非理性成为今日的行动指南。而人们在日常生活中也日益重视偶然原则、赌博原则、机遇原则，于是抛弃理性标准成为这个时代的思维惯性，并遭遇到若干严重的后果。

在全球化时代，我们在认真思考多元文化问题的同时，还需进一步对后殖民状态中西方对中国文化身份的凝视和歧视加以拒斥和批判，并对其根本片面性进行认真审理和批判。不妨说，全球化理论和实践的健康发展，取决于一种正常的文化心态，即既不以一种冷战式的二元对立思维去看这个走向多元的世界，也不以一种多元即无元的心态对一切价值加以解构，而走向绝对的个体欲望和个体差异性。而是在全球文化转型的语境中，重视民族文化中的差异性和特殊性的同时，又超越这一层面而透视到人类某方面所具有的普适性和共通性，使我们在新理性指导下，重新阐释被歪曲了的民族寓言，重新确立被压抑的中国文化形象。

其二，当代权力话语特性。在当代中国学术界和思想界，后殖民理论以不断翻新的"后"权力话语去命名，如"后现代"、"后启蒙"、"后当代"等，有可能遭致一种命名的危机及其思想的危机。因为，这种"后"的滥用，事实上表征了未来的意识形态的全球性危机，尤其是现代化或进步思想的危机。但是在反后殖民话语的同时，过分鼓动民族主义和东西方差异性，却有可能使宽容精神和远景胸怀消失在紧张对峙或者消费性大众文化中。甚至张扬民族差异而差异却不复存在，张扬民族精神而消费策略却使民族精神隐没不彰。如何避免这种反西化、反现代化导致的第三世界的相对贫困，如何在多元历史和多元权力的世界新形式下，使"第三世界"的文化不成为一种"后历史"，并在保持自我相对的差异性的同时，而获得具有普遍意义的全球标准的认同，确实是非常值得冷静深思的事情。

在"后"现象的审理中，我注意到，九十年代具有一种非连续性权力话语更新的特征，或者说是一种话语权力杂糅史，即由多种理论、思想、意识的合力构成，由东方、西方、前现代、现代、后现代等多重语境所构成。长期以来的巨型权力被分散,成为小权力的相互制约,甚至是知识权力的相互制约,出现了各种知识群体、话语层次和思想学术领域的画地为牢各自为战。同时,过去那种计划经济的总体格局被分割,而出现了私人经济、个体经济和国家经济的多重属性。因此,在这种复杂的不同往昔的语境中,关注知识分子的言述方式、知识生产方式和谱系学的研究思想方式,就变得非常急迫了。

其三,后殖民语境中的民族主义话语。民族主义是后殖民时代的热门话题。民族主义在张扬民族的正义和民族精神方面有着重要的功能,它不仅可以在有效的范围内团结民族的知识精英和民众,对西方的文化政治凝视和种族阶级歧视做出反弹性批判,而且可以对自身的文化策略和话语机制进行有效的改写,对新的世界格局中的中国形象加以定位。但是,如果一味张扬民族主义而对抗世界主义,则有可能走向事情的反面,即对整个世界的发展趋势做出错误的判断,对自身文化形象加以夸张性申述,从而重新走向冷战意识,走向自身的封闭和精神的盲目扩张。因此,对其正负面效应做出公正的评价,是当代真正知识分子的重要工作。无论是自由主义、保守主义,还是激进主义知识分子,都只能从中国的当代实际出发,面对中国开放的新世纪图景,进行切实地有效的文化分析。

在当前复杂的后冷战文化氛围中,要使倡导全球一体化理论和坚持民族主义观念的人完全达到共识,是不现实的。事实上,在实践中我们既不可能完全走向西方中心主义,又不可能彻底坚持文化相对主义,而只能清醒地对这二者的问题加以审理。全球化时代的问题很多,怎样才不至于走偏锋而正确地洞悉问题的难点呢?我认为可以从两个方面入手。一是认真清理其中的基本问题,看哪些是假问题,哪些是真问题的虚假解决;二是从中国文化身份的立场重新界定自我的文化发展战略和基本价值走向等一系列问题。从这个角度出发,应该说,当代知识分子在强调自己的本土独立性的同时,又常常标榜自己的国际主义立场,二者在矛盾中却似乎又相反相成：作为世界公共权力话语场中的一员有着"走向世界"自觉，但同时在整合进国际新秩序中时又深隐着失去文化身份的不安。民族文化身份成为自身的本土身份符码，而身份确认之时又向往成为世界公民。应该说，那种在对西方的新冷战式对抗时，只能获得一种狭隘的身份意识，这有可能既断送了现代性也断送了本土性。而只有在东西方话语有效对话的前提下，进行现代性反思和价值重建，才有可能使本土性真正与全球性获得整合，从而冷静清醒坚实地进行自身的现代化。

多元文化语境中的问题使我们明白，当代中国问题决非任何单一模式可以解决，这种呈现交织状态的话语纠缠，使问题的任何解决都变得相当棘手。这使得我们必须既认识到狭隘民族主义的危害，同时也厘清全球化理论的某些误区；既清醒地审理这些日益严重的网状问题，又不是情绪化甚至煽情式地决然对立，从而对新世纪的跨国际语境的东西方文化的基本走向，对复杂的文化冲突和对话中的华夏文化策略有着正确意向性判断，并有效地树立新世纪的"中国形象"。

解构本真性的幻觉与神话

陶东风

文化认同及与此紧密相关的本土性、民族性问题，是全球化时代知识分子（尤其是第三世界知识分子）关注的核心问题，而其典型的理论表述则是后殖民主义批评与多元文化主义理论。在第三世界国家与前殖民地国家，由于历史与现实的复杂性，重建民族文化认同的努力显得更加困难重重。许多中国和西方的多元文化论者与后殖民主义批评家都认定，西方（尤其是美国）资本主义文化的扩张导致了第三世界民族文化传统与文化认同的危机，使得他们的文化身份变得模糊不清，产生了深刻的身份焦虑。于是回归本土并在本土文化的基础上重建认同是当务之急。

这种重建认同的焦虑当然是可以理解的，但是它的实际意义（无论是政治意义还是学术意义、理论意义还是实践意义），则取决于我们从什么样的立场、方法与路径出发来着手这一重建工作。这方面的一个误区表现为许多后殖民知识分子普遍持有一种本质主义的身份认同观，把文化的差异性绝对化，从而延续而不是消解了基于殖民主义的二元对立。

一个基本的、显而易见的事实是，冷战的结束以及全球化的加速发展已经使得国家（或民族）之间的文化交往变得空前剧烈与频繁，不同民族文化之间的互动与杂交成为当今世界文化的基本"特色"。正如阿帕杜莱指出的，"这个世界的起点与终点都是文化流动，所以寻求确定的参照点（就像批判的生活选择所做的）可能是非常困难的。正是在这样的氛围中，人为地发明的传统（以及民族性、亲缘关系和其他认同标志），恐怕只能是水中捞月，因为跨国交往的流动性总是会挫败寻求确定性的努力。"（阿帕杜莱：《全球文化经济中的断裂与差异》，《文化与公共性》，第 545 页）其结果必然是：任何一种纯粹、本真、静止、绝对的民族文化认同或族性诉求（即所谓"本真性"诉求）在知识与经验的意义上都是不可思议的（它只有情绪的与市场的意义）；而对于一种多重、复合、相对、灵活的身份或认同的把握，则需要我们放弃基于本质主义的种种认同观念与论式（具体表现为以我／他、中／西、我们／他们等一系列二元对立模式），尤其是要抛弃狭隘民族主义情绪——后者总是把一个民族的族性绝对化、本质化且与殖民主义同出一源，用一种更加灵活与开放的态度来思考认同问题。

遗憾的是，在九十年代中国知识界恰恰随处可以发现本质主义、民族主义乃至新冷战的幽灵。这一点在中国九十年代的后殖民批评中表现尤其突出。

受后结构主义的影响，西方的多元文化论者、后殖民主义批评家对于"认同"与"族性"等概念一般都持有一种反本质主义的态度，致力于解构诸如西方中心主义、普遍主体以及文化同质性的神话；然而中国九十年代的后殖民批评却在运用解构主义理论批评欧洲中心主义与西方现代性的同时，又悖论式地持有另一种本质主义的身份观念与族性观念，把中国的民族文化与所谓"本土经验"实体化、绝对化，试图寻回一种本真的、绝对的、不变的"中华性"，并把它与西方"现代性"对举，构成一种新的二元对立。从而告别"现代性"的结果必然是合乎"逻辑"地走入"中华性"。在这方面，《从现代性到中华性》(张颐武等,《文艺争鸣》1994年第2期)一文具有相当大的代表性。一方面，该文在批评西方现代性与西方中心主义的时候，诉之于后现代与后殖民理论，以中国已经置于多元化、碎片化的、众声喧哗的后现代社会为由指斥"现代性"普遍主义话语的不合时宜；而另一方面，却又用这种"后现代"的理论制造出一个新的民族主义话语，复制着本质主义的中/西二元模式。结果是：用以解构西方"现代性"以及西方中心主义等所谓"元话语"的武器("后学"理论)，终于又造出了另一个中心或元话语——"中华性"。这只能表明，中国式"后现代"与"后殖民批评"话语的操持者离真正的后现代精神还相当遥远；同时它也告诉我们，一种在西方第一世界是激进的学术理论话语在进口到像中国这样的第三世界时很可能会丧失它原有的激进性与批判性(参见拙文《文化研究：西方理论与中国语境》,《文艺研究》1998年第3期)。

这种以寻求纯粹的族性身份为标志的"本真性"诉求也在九十年代中国学界关于人文科学的所谓"失语"恐慌中鲜明而不乏滑稽地体现出来。作为一种对于中国知识分子自身文化境遇与文化身份的一种自我诊断，"失语"论者断言中国的人文科学研究，乃至整个的中国文化，都已经可悲地丧失了"自己的"话语，而其原因则在于近现代以来中国文化的所谓自我"它者化"(即西方化)。从这个意义上说，"失语"论者与西化论者一样延续了自我/他者、中国/西方的二元论式，虽然在价值取向上迥然不同。《文艺争鸣》杂志在1998年第3期推出了一组笔谈《重建中国文论话语》，其"主持人的话"曰："在世纪末的反思中，中国文论界开始意识到一个严峻的现实：中国没有自己的文论话语，在当今的世界文论中，完全没有我们中国的声音。……找回自我，返回文化的精神家园，重建中国文论话语成为当今文论界的一个重要课题。"同期中李清良的文章《如何返回自己的话语家园》指出："没有自己的话语，也就等于说丧失了自己的精神家园。"建设新的学术话语体系，其实质是向其固有的文化精神回归，这是"一种根本性的返家活动。"那么是谁导致了中国文论与文化的家园的丧失？一方面是西方文化霸权，另一方面，也是更为重要的，是中国知识分子对于这种霸权的完全彻底的臣服以及由此导致的对于传统文化身份的彻底否定。因此，后殖民理论在中国不但被用做对于西方的文化霸权的批评，更被用作对于中国知识分子的所谓"自我殖民化历史"的清理（这是中国后殖民批判的一个值得注意的特点。相似的文章还可以举出许多，如1993 年第 9 期《读书》上的那一组介绍赛义德的文章。关于"失语症"与重建本土话语的讨论还可以参见：曹顺庆、李思屈《重建中国文论话语的基本路径及其方法》，《文艺研究》1996 年第 2 期；曹顺庆：《21 世纪中国文化发展战略与重建中国文论话语》，《东方丛刊》，1995 年第三辑）。

我之所以把这种"本真性"诉求称之为一种"幻觉"，乃是因为它实际上是部分中国后殖民知识分子的一种虚构，而在这种虚构背后隐藏着的则是一种把民族文化完全视作一个静止的空间实体而否定其时间纬度的思维方式。打破上述幻觉的主要方法依然是在关于文化认同的论述中引入时间－历史的纬度。如上所述，如果只以共时－空间的脉络来审视民族认同或多元文化主义问题，就可能想像出两种截然不同的文化："我们的文化/生活方式"与"他们的文化/生活方式"，它的根本缺陷是未能体认文化的活动的、变化的、动态发展的性质。显然，"我们的生活方式"、"自我"、"我们的精神家园"等等从来不是固定不变的，而本质主义的、执着于空间概念的族性认同话语则要求我们将此过程想像成是固定的、静止的。事实上，"我们的"文化的内容与时俱变，民族文化身份的建构是一个长时间选择、提炼的过程。特定时期的所谓"我们"、"我们的文化"都是在特定文化记忆的选择基础上进行的人为建构。其间，国家的文化机构与媒介扮演了关键性的作用。

这种建构而成的"我们的文化"就是霍布斯班所说的"发明出来的传统"。霍布斯班的意思是:许多现代社会的传统虽然貌似"历史良久",实际上却是晚近出现的,甚至是国家机器刻意"发明的"。比如英国在十九世纪重建国会的时候,刻意选择歌特式的建筑;再如比利时现在所谓的"母语"(佛来明语),实际上也不是真正的母语。这种发明出来的传统与所有的传统一样都是为了提供一种"永恒不变"的感觉,在整个传统的羽翼下,关于民族国家的认同的文化幻觉得以张扬。它们不过借助根深蒂固的"传统"而获得权威性。(E·Hobsbawn: Introduction: Inventing Tradition, Cambridge University Press, 1983)可见,这些发明出来的传统本质上是一个现代性的现象,"传统"事实上只是今人的一种文化建构,而远远不是什么远古的或原始部落的规范习俗,文化帝国主义威胁到的不是什么现在的社会文化,而是我们**心目中**的过去的文化。这就是"族性政治"的基本悖论:它所诉诸的所谓"原质"、"本源",不论语言还是肤色,邻里关系还是亲缘关系,早已经全球化了。它或者与跨国资本勾结,成为跨国资本加以利用的促销战略(比如在许多跨国公司的广告中,中国传统文化的命运就是如此。在这个意义上,九十年代中国文化界与学术界对于"中国身份"的寻求是一次后殖民与全球化语境中的带有极大商业炒作成分的文化促销或学术做秀。我甚至觉得中国的后殖民批评与其说是对全球化进程中"中国"身份危机的焦虑反应,还不如说是自觉认同国际国内学术市场逻辑的投机行为);或者作为一种政治情绪,被政客别有用心地用以强调非西方世界的所谓"特殊性",在抵抗西方文化一体化霸权的口号下为在民族国家内部的推行专制统治(常常披着"主权政治"的外衣)寻求借口。

　　从空间的角度说,当代世界中的"我们的文化"或"我们的身份"也不可能是什么纯粹"本地产生"的,它一定包含了外来的影响,这种外来的影响在成为总体文化的一部分以后也仿佛变得"自然而本土的"。想像一种"恒定"的"我们的文化"实际上模糊了文化的变化的本质,抗拒外来文化的实质不过是抗拒变迁而已。拉美地区的民族国家是由欧洲殖民者所创,这个意义上可以说它的民族国家文化是拉丁文化;但是这些地区又有本地的美洲文化。这样就为文化正统性、本真性的论述带来极大的困难。同样,中国的民族国家创建于近现代,它的民族国家文化在很大程度上已经是西方文化(无论是三民主义还是马克思主义)。中国的民族国家文化是,而且必然是只能是一个混血儿。尤其值得警惕的是,如果多元文化论者或本土文化论者的"本土"文化诉求被纳入民族国家的框架,它就可能掩盖民族国家内部的文化差异,为在民族国家内部推行文化的同一化服务。

与上述本质主义的"本真性"幻觉相关的是另一种幻觉,即全盘西方化的幻觉。不管我们在理论上是否赞成全盘西方化,它都绝对不可能是一个社会历史或文化上的事实。当然我们不能否定由于现代性起源于西方,随着现代性的扩展,非西方国家也都不同程度地经历着西方化;但是非西方国家对于现代性的接受同时必然伴随对于西方现代性的重构与改造,而不可能是什么"全盘西化"(何况即使在"西方"国家内部,现代化也有区别)。因此,认为中国的现代化就是西化,把中国的现代史概括为全面"他者化"的历史(中国的后殖民主义批评家几乎一致地这么认为),或断言中国的现代文论完全丧失了自己的话语,并不完全合乎事实(只要翻翻中国现当代的文艺理论教科书就可以发现,它是一个集古今中西于一体的大拼盘,其中不仅有西化的中国古代文论,也有中国化的西方文论)。断言"中国已经不是中国"或"中国文化已经没有自己的话语"在很大程度上只是为文化本真性诉求制造的虚假前提(寻求"本真性"必须先要论证"本真性"已经全军覆没,重返家园的前提是"无家可归"或"国破家亡")。

文化交往的历史必然是一个双向对话、相互改写的过程,尽管不同的国家因为国力的差异不可能是文化交往中的平等对手,因而设想任何民族间的文化交往中不存在权力问题是幼稚的;但是一种完全彻底的"他者化"的情形作为一种情绪化表述或许是可以理解的,但作为一种事实描述则是不可思议的。对于全球化也应当如此看待。一味地强调全球化的同质化方面必然忽视全球化同时也是一个异质化/本土化的过程(有人把这个过程称为"全球地方化", globalization, 参见罗兰·罗伯森《全球化:社会理论与全球文化》,上海人民出版社,2000年)。就拿今日国人忧心忡忡的所谓中国文化的"麦当劳化"来说,作为一种西式快餐,麦当劳确乎已经遍布中国的大中城市,这是一个显然的事实。但是由此断言中国文化的麦当劳化,乃至危言耸听地惊呼殖民主义的卷土重来,只不过是一种情绪的宣泄,并没有多少经验的依据。因为在中国,所谓中国文化的麦当劳化是与麦当劳的中国化同步发生的现象,在中国吃过麦当劳的人想必都知道,中国人并不只是把麦当劳当作一种速食快餐(吃完就走),他们常常拖家带口或三五成群地在那儿边吃边聊。这种带有独特的中国文化特征的用餐方式必然使得麦当劳这种起源于西方的快餐中国化。结果是中国的麦当劳既不同于传统的中国饮食文化,也不同于它的西方"原型"。关于这个问题的富有成果的研究可以参见翁乃群《麦当劳中的中国文化表达》(《读书》杂志1999年第11期)。该文介绍了美国加洲大学人类学系阎云翔的研究成果《麦当劳在北京:美国文化的地方化》,指出:"阎云翔通过在北京麦当劳的田野调查,给读者讲述了麦当劳地方化(localization)的过程,并分析了中国消费者与麦当劳的经营管理者及其员工如何在互动中将这一原本'地道'的美国饮食文化赋予中国文化的意义。"比如该文写道:"在美国,以快捷、价廉取胜,并被大众广泛接受的麦当劳,虽然在北京也得到了热烈的欢迎,但其中被赋予的意义与其美国祖源地却有很大的不同。在北京,麦当劳的'快捷'慢了下来。光顾北京麦当劳的中国顾客平均就餐的时间远远长于在美国麦当劳顾客平均就餐的时间,作为美国便捷快餐店象征的麦当劳,在其北京的许多顾客眼里是悠闲消遣的好场所。麦当劳店里宜人的温控环境和悦耳的轻音乐,使不少中国顾客把麦当劳作为闲聊、会友、亲朋团聚、举行个人或家庭庆典仪式、甚至某些学者读书写作的好地方。"麦当劳的中国化成为麦当劳公司的一种自觉的行为,"他们力促适应中国文化环境。他们努力在中国百姓目前把北京麦当劳塑造成中国的麦当劳公司，即地方企业的形象。"由北京麦当劳的这种个案研究所得出的理论启示是："对'全球化'不能理解为一体化，或者是全般西化、'美国化'、一种单向的同化。这样理解全球化只是一种虚幻、一种神话。"可以补充的一个有趣的例子是，笔者本人有一次在北京航天桥西侧的一家肯德基快餐店居然发现有人在下象棋。

相比之下，西方的后殖民批评对于本质主义身份观与族性本真性幻觉有着更自觉的警惕。比如赛义德在他为《东方主义》1995年的修订版所撰写的《东方不是东方》这篇著名后记中，着重批评了有些第三世界读者对于《东方主义》的基于本质主义的误读。在这些读者的眼中，似乎赛义德在批评东方主义把东方与西方"本质化"的同时，力图建构一种真正的、本真的"东方"。赛义德重申了自己的反本质主义立场，并表明自己从未宣扬过什么"反西方主义"。赛义德指出："这些关于《东方主义》的漫画式替代令人不知所措，而本书作者及书中的观点明显是反本质主义的。我对一切如'东方'、'西方'这种分门别类的命名极为怀疑，并且小心翼翼，避免去'捍卫'乃至讨论东方或伊斯兰"，"我并无兴趣更没有这种能力去阐明到底什么是真正的东方，什么是真正的伊斯兰"。这就是说，不但西方的东方学者不可能建构一个本真的"东方"，就是东方人自己也不可能做到。关键在于：像"东方"、"西方"这类术语根本就不是什么"恒定的现实"，而是"经验与想像的一种奇特的结合。"赛义德师承维柯与福柯的历史学与知识论传统，认为每种文化的发展和维持都需要某种对手即'他者"的存在，某种身份——无论是东方或西方——建构最终离不开确立对手和"他者"，每个时代、每个社会都一再创造它的"他者"。然而，赛义德强调："自我或'他者'的身份决不是一件静物，而是一个包括历史、社会、知识和政治诸方面，在所有社会由个人和机构参与竞争的不断往复的过程。"这也就是说，所谓身份、认同等都不是固定不变的，而是流动性的、复合性的，这一点在文化的交流与传通空前加剧、加速的全球化时代尤其明显。在这样的一个时代，我们已经很难想像什么纯粹的、绝对的、本真的族性或认同(比如"中华性"),构成一个民族认同的一些基本要素,如语言、习俗等,实际上都已经全球化,已经与"他者"文化混合,从而呈现出不可避免的杂交性(hybridity)。我们只能在具体的历史处境中、根据具体的语境建构自己的身份。此可谓后现代身份观。

另一位后殖民主义批评家普拉卡什也认为:民族主义与马克思主义都没有摆脱欧洲中心主义,民族主义只是东方主义的颠倒。它由于"肯定了历史中的民族本质而使得东方主义的本质永久化了。如果说摈弃元叙事是不容置疑的,则拒绝一切空间的同质化和时间目的论,就是必不可少的。"在普拉卡什看来,必须摈弃基础主义的历史写作,基础主义设定"历史归根结底是以某种同一性——个人、阶级或结构——为基础的,并且是通过同一性表现出来的,这种同一性拒绝进一步分解为异质性。"(参见德里克《后殖民气息:全球资本主义时代的后殖民批评》,《文化与公共性》第449页)

值得进一步追问的是:为什么这些变动不居、异常丰富的身份建构难以被人接受呢?为什么大多数人拒绝这样一个基本信念:人的身份不仅不是与生俱来的、固定不变的,而且认为是建构的,有时甚至就是制造出来的?在赛义德看来,根本原因是它"动摇了人们对文化、自我、民族身份的某种实在性及恒定的历史真实性的朴素信仰。"因此对于《东方主义》的误解的深层原因还在于:"人们很难没有怨言、没有恐惧地面对这样的命题:人类现实处于不断的创造和消解之中;一切貌似永恒的本质总是受到挑战。"(赛义德:"东方不是东方》)而这种对于永恒本质的迷执是爱国主义、民族主义与沙文主义的根源,也为东方主义者与伊斯兰教徒共同拥有。这样我们就可以理解,为什么赛义德为解构本质主义(对于东方主义的解构本来就是为了解构这种本质主义)而撰写的著作,却被伊斯兰与中国的民族主义者用来建构一种新的本质主义——在中国就是"中华性"或"中华主义"。在这个意义上,第三世界的此类读者与东方主义者拥有共同的预设(虽然立场相反)。

可见,不排除民族主义情绪,就很难不导致对于《东方主义》或后殖民主义的误读。对于许多带有民族主义情绪的第三世界读者来说,后殖民主义批评的特殊"吸引力"在于迎合了自己心中的"本真性"诉求以及民族复仇情绪。正如赛义德描述的,"我记得较早的阿拉伯人的一篇评论,将本书作者形容为一个阿拉伯主义的拥护者,……他的使命是用一种英雄的、浪漫的方式与西方权威徒手格斗。这尽管有些夸张,但确实表达了阿拉伯人长期遭受西方敌视而产生的某种真实情感。"中国的读者对于《东方主义》的热衷在很大程度上也是如此。这种阅读同样违背了赛义德的初衷。他指出:"我从不以为自己在助长政治和文化上对立的两大阵营之间的敌意。我只是描述这种敌意的形成,试图减轻它所造成的严重后果。""我的目的,……并非是要抹杀差异本身——谁也不能否认民族和文化差异在人与人关系中所起的建设性作用——而是要对这样一个观念提出挑战:差异意味着敌意,意味着一对僵化而又具体的对立的本质,意味着由此产生的整个敌对的知识体系。"(赛义德:《东方不是东方》)

对"一"的信心

张　沛

　　学问有体用之分。"用之学"如科学技术,行健日新,呈一射线式扬弃过程;"体之学"如人文艺术,往往编新即是述古,所谓"反者道之动",特"话语"随时以宛转耳。当然,其价值也恰正在此。例如,关于"一多"或曰普遍性与特殊性问题,从来论者不知凡几,瑞恩教授既非第一个,也绝不会是最后一个。

　　关于"一多"关系,早在人类"第一次抓住了思维,并且以纯思维本身作为认识的对象"(黑格尔:《小逻辑》I. i. A. a)的《巴曼尼得斯篇》中,"巴曼尼得斯"和"少年苏格拉底"业已细细谈说一过,惜竟罕为人(包括笔者)识,——但黑格尔那样崇高详赡的"一多"论述,又有几人真正识的?不过像瑞氏所云,"至今犹未能完全消化"

罢了！看来，在人文艺术方面，还须"溯游（返回）从（体认）之"，方能积健用腓、苟新又新也。

因此笔者不妨先做一回"笔贴式"(king of shreds and patches)，谈谈柏拉图与黑格尔对于"一多"问题的看法。柏拉图以为，"相"(Idea，一译"理式")整一而为"多"（个别事物）所分有，后来又提出"相"不是"整一的"而是"集合的"；换言之，事物均为"是的一"，即"相的集合体"；这样，相异乃至相反的性质（"多"）便可结合到事物（"一"）之中，而事物也就成为"一"与"多"的统一体了。用"巴曼尼得斯"的话来说，便是：

> 如若一不是，其他的里任何的不被想像为一和多；因为没有一，想像多是不可能的。
> 如若一不是，无一个是，……无论如若一是或者如若一不是，它和其他的，相对于它们自身以及彼此相对，既完全是一切、又不是一切，既表现为一切、又不表现为一切。①

这个道理，黑格尔讲得更透。黑格尔认为，"一个这样的，通过否定作用而存在的单纯的东西，既不是这一个，也不是那一个，而是一个非这一个，同样又毫无差别的既是这一个又是那一个"即所谓普遍者，或曰感性确定性的真理性。这个感性确定性作为直接性坚执自身，便是"这一个"，它再次扬弃曾经扬弃了直接单纯存在的众环节而回返自身，从而成为"单纯的诸多这里的复合体"或曰"共相"②。黑格尔认为，这种"一多"的辩证统一即是"绝对"或"精神"的环中之义：

> 精神是：绝对对立的东西认识到自己与对方是同一的东西，而这种认识是打破两个极端之间的对立而达到的"一致"。③

① 陈康译注：《巴曼尼得斯篇》，商务印书馆，1982年，第360－364页。
② 黑格尔：《精神现象学》上卷，甲、意识，第一章：感性确定性：这一个和意谓，贺麟等译，商务印书馆，1979年，第68－70页。
③ 黑格尔：《精神现象学》下卷，第255页。

而所谓"扬弃"（aufheben），黑格尔讲得明白，不仅是一种异化与否定，更是一种肯定与收回。因此，"绝对"并非远在彼岸，它就在目前，众人日用而不自知罢了。

瑞恩教授所谈，大抵未出黑格尔的圈子，——他本人私下也默认了这一点，——不过更侧重从人文主义的角度对（新）雅各宾主义及后现代多元文化思想予以批判；但即使如此，其对于"更高人文基础"的先验肯定，仍与黑格尔一脉的古典人文思想符合若契。如他在谈"异中之同"时，谆谆致意云：

> 个人、集团和国家间的和平共处，需要对人类的自私自大做出强有力的制衡。除了谦恭与克制，真正的相互尊重还需要有一种共享更高人性的意识，并承认存在着一种能以多种形式出现的更高人性。

所谓"更高人性"，瑞氏认为它与艺术作品一样，处于无限的完成过程之中，而人类的宿命，就是坚信并不断内化这一"更高人性"，——"一个这样的，通过否定作用而存在的单纯的东西，既不是这一个，也不是那一个，而是一个非这一个，同样又毫无差别的既是这一个又是那一个"。

瑞恩教授在他的文章中谈到伦勃朗与贝多芬，虽然也是"君子近取诸譬"罢，但讲到"伟大的艺术能够整合普遍性与特殊性；在这一点上，它与伟大的思想和道德操行正起着相似的作用"便引而不发了。这种古典主义派头十足的"静穆"，难免让人生出"独恨无人作郑笺"的怨望来。

那么就顺着瑞恩教授的话头发挥几句吧。瑞氏认为，"更高人性"是整合同异、和而不同的"至高基础"；这个"更高人性"与儒家所说的"仁"实有异曲同工之妙。《中庸》开章明义便讲：天命之谓性，率性之谓道，修道之谓教。在儒家看来，人性由自然属性（"小体"）与社会属性（"大体"）二维构成，所谓"从其大体为大人，从其小体为小人"（《孟子·告子上》），因此，"自天子以至于庶人，壹是皆以修身为本"《大学》。"性善"派讲"求其放心"也罢,"性恶"派讲"化性起伪"也罢,在他们看来,修身"成仁(人)"这一生命(生活)规划的重要性与必然性,都是不言自明、毋庸置疑的。

黑格尔所谓"教化"(Bildung),恰道着同样的意思。黑格尔认为:"教化"是个体赖以获得客观效准和现实性的手段,通过"教化",自为存在、自我意识乃成为"普遍性的东西",用他的话讲,即:

> 个体的教化乃是实体本身的本质性环节,即是说,教化乃是实体在思维中的普遍性向现实性的直接过渡,或曰是实体的简单的灵魂,而借助于这个简单的灵魂,自在存在才成为被承认的东西和特定存在。因此,个体性的自身教化运动直接就是它向普遍对象性本质的发展,即其向现实世界的转化。①

不过,黑格尔是坚信"道不远人"的,所谓"上帝(按:即"理念"或"精神")是什么,它必首先通过自然、在自然内显现出自身",如婴儿作为"人"的物自体,其"内在可能的理性"即通过教化而得到实现②。

难怪瑞恩教授确信"更高人性"是与人类同在 (not something beyond us)的"一",原来如此。那么,这个"我的一"到底是怎样的?瑞氏强调每一个体("多")与"一"互动相成,但他讲到"一"时,只是一种先验的相信,实际上仍未解答上述问题。中国儒家哲人似乎也未能逃脱这一"苏格拉底困境"。如朱熹若有深意在焉地指出:

> 盖人之所以为人,道之所以为道,圣人之所以为教,原其所自,无一不本于天而备于我。(《中庸章句》)

(试比较:"上帝是什么,它必首先通过自然、在自然内显现出自身。")朱子顾左右而言"天",但人之为人恐非轻轻一"天"便可了

---

① 参见黑格尔:《精神现象学》下卷,第 42—44 页及第 78 页。译文略有修改。
② 参见黑格尔:《小逻辑》第 124 节,贺麟译,商务印书馆,1980 年,第 268 页;另参见第 140 节。

得;倒是子思讲得实在:

> 君子之道费而隐。夫妇之愚,可以与知焉,即其至也,虽圣
> 人亦有所不知焉;夫妇之不肖,可以能行焉,及其至也,虽圣人
> 亦有所不能焉。(《中庸》)

看来真让休谟说中了:哲学使我们意识到自身的盲目与无能,但**丝毫无助于发现作为"最后原因"的"神秘本质"**(《人类理解研究》)。

但人类偏生立下屠龙之志,要解说这"既不是这一个,也不是那一个,而是一个非这一个,同样又毫无差别的既是这一个又是那一个",这大约也是一种本能罢。虽然有些东西,如"我的一",连圣人都"不知"、"不能",但我们对之却能够相信。正是凭了这种"信心",人类才得以在这个不那么完美的世界上,劈开一条生路,向着他所认为的正确方向踽踽前行。

在此我们就发现了"古典"与"后现代"的异趣所在:古典主义者即便不那么乐观地自许"阿缛多罗三邈三菩提",他们也会拿这一仅止是可能的"果位"来激励自己修身不辍;而后现代主义者却会说,与其无望、无谓地"追日",还不如停车坐看沿途的风景,对他们来说,这样的生存状态已经蛮惬意了。这种心态,古人兴许会视为"自暴"、"自弃"(《孟子·离娄上》),但在今人眼中,似乎倒是不折不扣的大智大慧。

所谓"无极化"、"平面化"的心态与生活方式,也许符合物质、精神都极大丰富乃至过剩的欧美社会人文现状,但就目前之中国而言,却是一种矫情的奢侈,其或成为致命的"温柔一刀",亦未可知。试看今天富不仁而穷斯滥的现象何其触目惊心乃尔!这不能不让人对"人性"问题产生兴趣。在一个亟需重建"礼乐"(说的时髦些,即"规范")的时代,对天然趋下就恶的人性予以限制、修养,对缺席的传统予以重塑发扬(当然,这需要甄别政治威权与文化权威并将它们剥离开来),才是我们这个时代的题中之义。

当年休谟曾自嘲哲学家之不受世人欢迎,是因为人们认为他

对社会的利益或快乐没有什么贡献①。不幸，几百年过去了，世情依然如故。但漠视作为无用之用的"体之学"是危险的！人文环境的污染、流失，比诸有形的生态环境恶化更为可怕。因此，我们需要对"一"——不仅对我们自身，也是对我们的传统文化——的存在与实现具有一种"信心"。这也是今天中国人文学者的使命；而这又何需局外人的耳提面命呢？

好生呵护我们对"一"的"信心"吧！

---

① 休谟：《人类理解研究》，关文运译，商务印书馆，1957年，第11页。

·信息窗·

法国拉罗舍尔大学亚太研究所
积极开展跨文化对话

近年来法国高校的"中国学"、"东方学"发展迅速，继里昂第三大学、阿尔瓦德大学 (Université d' Artois) 等之后，拉罗舍尔大学 (Université de La Rochelle) 也建立了亚太研究所，加强对中国和亚太地区国家的政治、经济、文化、历史的研究。拉罗舍尔大学第一副校长、历史学家马青山教授 (Guy Martiniere) 说，这是拓宽、深化与中国和东方对话的重要举措，是面向新世纪的文化策略：一方面中国和亚太地区在历史上曾经是东西方文化交流的桥头堡，积累了丰富的历史经验，亟待总结；另一方面，这些国家具有丰富的文化资源和发展前景，是新世纪欧洲对话的不可或缺的伙伴。拉罗舍尔大学亚太研究所是集教学与科研、培养学生和横向交流为一体的教育科研实体，它采取请进来送出去的方法，积极参与东西方的对话。亚太研究所成立后，相继与中国、印尼、澳大利亚、加拿大、巴西等国家多所高校建立了广泛的联系，并在该所所长海博教授(Martine Raibaud)主持下，先后举办了多次有影响的跨文化、跨学科的国际学术讨论会，积极开展与中国和东方的对话，表现了强劲的活力。　　　　　　（文　炫）

"三"的秘密

庞 朴

世界上的好多民族都对数目"三"有着特别的好感。从人类文化发展的历史来看，还很难证明这种偏好是从一个源头传播出去的。它们各自具有鲜明的特色和生长的土壤。

数成于三

拿中华文化来说，作为传统文化支柱之一的八卦，就是由三画组成的。这是迄今所知的以三为一体的最早图形。为什么八卦偏是三画，而不是两画或者四画，便是一个很不容易说得清楚的难题。与八卦多少有点关系，有人认为作为宇宙原始的"太极元气"，便是"函三为一"①的，就是说，它是三位一体的；这一点当然更加有点玄之又玄。

想来，人们在想像宇宙开始的状态时，当然首先会想到"一"。但是这个开始的"一"，为能开始下去，创生出或变化出"多"来，就必须具备一种动力。如果这个动力是从外面获得的，那末此"一"便不成其为开始的一，因为另有一个外力先它而在或与它同在。如果这个动力是从内部获得的，那末此"一"便不是一个单纯的一，它的内部应是复杂的；在这种情况下，它又不会因其复杂而是"二"，因

---

① 刘歆:《三统历谱》，见《汉书·律历志上》。

为二不可能谓之开始,开始者只能是一。这样,纯一不可能开其始,"二"不可能是开始,那末只有具备"二"于其自身中的"一",方有可能实现其开始并且真正成为开始,而这已是函三的一,或三位的一体了。八卦以三画为一卦,应该就是这个思想的图形化,是以图形表现出来的这种宇宙生成哲学。

所以,古人在谈到数的时候,会有"数始于一,终于十,成于三"①的说法。"始于一",很易解;"终于十",是因为十进制,而十进制又源于我们有十个手指;最有趣也最有深意的是"成于三"。

数成于三,除去上述的宇宙生成论的原因外,还有一个文化人类学的原因。

据摩尔根(Lewis Henry Morgan,1818—1881)《古代社会》介绍,澳大利亚的卡米拉罗依(Camilaroi)人有一种比氏族更古老的区分成员的制度,即将其血族成员分为八个婚级,其中四个纯由男性组成,另四个纯为女性。某一男性婚级,只能与某一女性婚级通婚;而所生子女,却又归入与父母均不相同的另一婚级。其名称与关系为:

男性:1、伊排　　女性:①伊帕塔
　　　2、孔博　　　　　②布依
　　　3、慕里　　　　　③玛塔
　　　4、库比　　　　　④卡波塔

男性婚级 1 与女性婚级①为亲兄妹或亲姐弟,其他各同数婚级亦然。男性 1 只能与女性④通婚,男性 2 只能与女性③通婚,男性 3 只能与女性②通婚,男性 4 只能与女性①通婚。1④所生子女为 3③,2③所生子女为 4④,3②所生子女为 1①,4①所生子女为 2②。

假定我们以 1④即伊排和卡波塔为例,看看他们通婚后延续的世系(假定每对各生一子一女):

---

① 《史记·律书》

86

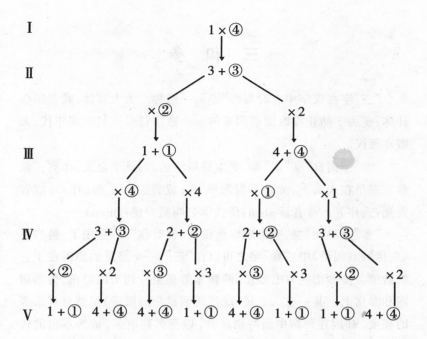

图例说明：Ⅰ、Ⅱ:世系　1④:婚级　×:婚配　↓:衍生　+:同胞

从这幅五代世系表中，可以看出，卡米拉罗依人亲属关系中第一代的婚配关系，到第二代外化为异己的子女；子女在异于父母兄妹的惟一婚级中进行通婚；生出的第三代，又回归为本来的亦即其祖父母所属的婚级，当然在量上扩大了。第三代作为表兄妹或表姐弟，又得互相通婚；到第四代又复外化；第五代又复回归。这样，无论从男系或女系来看，从第一代到第三代(第三代到第五代也一样)，便是一个过程的完成；第三代既是第三代，又是新的第一代。

这种婚级和婚配制度，在别的民族中有无实行，还需调查和研究。但中华文明中的昭穆制度，似乎便是由类似的婚姻习俗演化而成，则大抵可以肯定①。这大概也是"数成于三"、"太极元气，函三为一"之类观念得以在中国形成并流行的社会历史原因。

① 论证从略。欲知详情，请参拙著《"数成于三"解》(载《中国文化》第 5 期，1990 年)，已收入《一分为三》，海天出版社，1995 年。

三　和　参

"三"字在汉字中有时写作"叁",一般称之为大写体,或者叫会计体;是为了防止涂改而借用来的一个数字符号。其出现年代,大概在西汉。

"叁"字借自"参"。"参"字本是星座名,始见于金文,作,"象参宿三星在人头上,光芒下射之形"①;或省去"人"旁,作,或省去光芒,作。今音读 shen,现代学名叫猎户座(Orion)。

"参"字早在"叁"字出现以前很久,便曾作"三"字用了,譬如在《左传》和《国语》中。"参"字之可以作"三",一个显见的原因在于它的造型。按参宿共有七颗星,两颗零等亮星分列头尾对角,为参宿四和参宿七。其一、二、三星(现代所谓猎户的腰带)虽然只有二等的亮度,却因连列宿中而特别显眼,以至名列前茅,成为本宿的代表。金文"参"字头上的三颗星,和"参"之为"三",皆由此来。所以在一些时候,"参"字简单地就等于数词"三",如:

> 参食,食参升小半。(《墨子·杂守》)
> 参日而后能外天下。(《庄子·大宗师》)
> 君子博学而参省乎己。(《荀子·劝学》)

只是这种并非由于会计需要而写数目"三"作"参"的例子,终究是少数,因为它除了增加笔画外,别无其他实际意义。所以,更多的场合,"参"字多用在"三"的引申意义上。

一种情况是,以"参"字同时表示"三"数和某种量,成为一个既是数词又是量词的数量词。如:

> 恤民为德,正直为正,正曲为直:参和为仁。(《左传·襄公

---

① 朱芳圃:《金文释丛》。

　　　　垄若参耕之亩。(《墨子・节葬下》)

　　　　(张)仪许诺,因与之(指公孙衍)参坐于卫君之前。(《战国策・齐策二》)

　　　　(杨)敞、夫人与(田)延年参语许诺。(《汉书・杨敞传》)

这里,"参和"是说德、正、直三者之和;"参耕"是指三耦耕,谓坟广三尺。"参坐"谓三人对坐;"参语"乃三人共语。这些"参",已不单单是数词,而且带有量的规定,有点像今天北方口语中的"仨",只是更为宽泛得多,能够包括一切量词于其中。因此,这样的"参",比之上一种"参",其对客观实际的反映,又丰富一些。

　　由此出发,随着使用次数的加多和频率的加大,这些数量词连同它所修饰的词儿一起,慢慢固定为词组,为专门术语,如:

　　　　主明、相知、将能,之谓参具。(《管子・地图》)

　　　　舆人为车,轮崇、车广、衡长,参如一,谓之参称。(《考工记》)

　　　　商鞅造参夷之诛。(《汉书・刑法志》)

诸如此类的"参"字头的词,最初可能是略语,慢慢便成了专门术语,在相应的范围内通行。这样的"参",又不止于数和量,而且有其特指的物和事,越发充实了。

　　尤有进者,除去上述这样那样表示整数三的用法外,"参"字还常用在三分、三倍和序数第三等意思上,如:

　　　　先王之制,大都不过参国之一。(《左传・隐公元年》)

　　　　乏(报靶人的隐蔽屏)参侯道(靶道)。(《仪礼・乡射礼》)

　　　　太白出西方,六十日,法当参天。(《汉书・谷永传》)

这些"参",都是"三分"的意思,也就是"三分之一"的意思。如果仔细推敲,会看出"参"后似皆省却了介词"于"字;"参国之一"即三分于国有其一;"参侯道"即三分之一于侯道;"参天"即三分之一于天空,等等。"参"字所以从整数三贬值为三分之一,主要便是这些"于"字在起作用。不过,在实际中,这些"于"字都是省掉的;所以,有时候,"参"字也能直接用作三分之一的意思,无须隐隐中借助于"于"字。如:

> 昔者圣王之治天下也,参其国而伍其鄙。(《国语·齐语》、《管子·小匡》)

这个"参"字即不必也不能再带介词"于"字了,而直接当作动词"三分"用。因此我们可以说,"参"字有除以三的意思。

可是,在另一些句子里,我们看到的却又正好相反:

> 吾参围之,安能围(御)我?(《管子·大匡》)
>
> 太极……始动于子,参之,于丑得三;又参之,于寅得九。(《汉书·律历志》)

这里的"参围之",是说以三倍兵力包围之;"参之",指的是重复三次,也可说乘以三。"参"在这些地方,似乎又从整数三增值了;其所以能够如此,关键仍在介词上,具体说,在"之"字上。但是,人们用"参"而不是用"三"来表示增值,说"参之"而不说"三之",可证除去"之"字的作用外,"参"字的作用不可轻视。因为"参"字是一个特殊的"三"。

"参"字的这种特殊地方,还表现在它常常用作"第三"和"并列而三"或"鼎立而三",表现出时间和空间的关系来。如:

> ·棺载温凉车中,故幸宦者参乘,所至上食。(《史记·秦始皇本纪》)
>
> 可以赞天地之化育,则可以与天地参矣。(《礼记·中庸》)

90

所谓"参乘",是指车主、御夫之外的第三位乘车人;"与天地参"的"参",以及别的地方常有的"名参天地"、"与日月参光"的"参",都是鼎立的意思,是说大德之人与天地共久,与日月齐辉。

总之,大凡与三数相关的意思,无论是数量还是次第,乃至三分和三倍,时间和空间,都可以用"参"字来表示。于是,这个"参",真正成了大写的"三"!

如果有人把这种现象理解成语言、文字和思想的贫乏,那只能证明他自己的贫乏;这种现象,应该正当解释成人们对于"三"的偏爱。而所以会发生这种偏爱,又由于人们看到了宇宙中"三"的秘密,产生了关于"三"的奇思妙想。

三 和 二

秘密之一是,"三"有时候不以三个实体的面目出现,不像上节所见到的数量、次第、三分、三倍等等那样,而是依存于"二"之中,表现为"二"之二者的某种关系,那"二"便充当了"三"的代表。

例如,有一种天文仪器叫"参表",有个地方以它为喻,说道:

> 上惠其道,下敦其业,上下相希,若望参表,则邪者可知也。(《管子·君臣上》)

"表"是直竖着的木棒或石柱。所谓"参表",不是三根表,而只有两根表;两根表构成一种关系,第三者便隐存其中了。《淮南子·天文训》记测定东西方位之法有:"先树一表东方。操一表却去前表十步,以参望"等等。从两根表的关系中,可以望出第三者来,这便是参望;这样的仪表,便叫参表。《管子》拿参表做比喻,说从君臣上下的关系中"相希(睎)"即相望,便能望出"邪者"来。

与此类似的,还可举出两个更有趣的例子。一个叫"尧舜参牟子"(《荀子·非相》),一个叫"禹耳参漏"(《淮南子·修务训》)。

古有"尧眉八彩，舜目重瞳"之说①，以形容圣人有异于常人的异相。《荀子》中更说尧舜二位都有"参牟子"，真是异得出奇了。一些注《荀子》的人说，"参牟子"就是三个瞳人。日本人久保爱在他的《荀子增注》中作证道："今世间有三瞳子者，爱得见之；然则重瞳三瞳，传闻之异也。"世间果否真有三瞳奇观，我们不妨相信久保的证言；只是尧舜二圣正好都是三瞳者，却大概未必。唐人杨倞注《荀子》曰："参牟子，谓有二瞳之相参也。"想来"参牟子"应该像上述"参表"一样，实际上只有两牟子，第三者是虚的，是存在于两眼之间而并非实在的第三只眼，是两眼相参而成的所谓的慧眼。

　　"禹耳参漏"出于《淮南子》，又见于《潜夫论》。注释者以为"参漏"即"三孔穴"。一耳三孔，用来说明圣人必有异相，自然有趣；但如果说它也和"参表""参牟子"一样，实际上只有两个漏，第三漏是虚的，存在于这两个漏的存在之中，也许更为现实得多。后来说的"兼听则明，偏听则暗"，由兼而得明，同这个由两漏而得第三漏的说法，正是一致的；只不过一个抽象、一个形象罢了。

　　综观这些"参表""参牟子"和"参漏"的由二见三，不禁使人想起老子"二生三"的名言。老子在谈他的宇宙生成论时说："道生一，一生二，二生三，三生万物；万物负阴而抱阳，冲气以为和。"所谓"二生三"，也就是阴阳冲摇而和，它是万物的存在逻辑；所谓"三生万物"，则是说，万物正是这一逻辑的现象存在。因此可以说，任何人的牟子，本都应该有第三个；任何人的耳漏，也都应该有第三个；非如此不足以免除偏见偏听，而成为阴阳之和的眼睛和耳朵。当然这第三者的形成，对常人来说是很难的，于是只好寄希望于圣人了。

　　不过说难也不难。既然"三"是由"二"生出来的，那末只要找好了"二"，那个第三者，便跃然而出了。请看如下一例：

　　　　（何武）疾朋党。问文吏必于儒者，问儒者必于文吏，以相

---

　　①　参见《尚书大传·略说》、《淮南子·修务训》。

参验。(《汉书·何武传》)

所谓"以相参验",就是以儒者之见和文史之见互相校核:其目的在求得一个非此非彼、亦此亦彼的第三种见解。这大概正是此种校核所以谓之"参验"而非"二验"的原因。当然,"二"的因素在这里是绝不可少的;没有"二"便出不来"参",有了"参"便隐含着"二"。所以,有的地方干脆便称这种参验为"参贰",如:

> 鸿知所言,参贰经传,虽古圣之言,不能过增。(《论衡·案书》)
> 予参贰国政。(范仲淹:《邠州建学记》)

"参贰"的"贰"字,是对立者的意思。参贰的完整意思,是说对第一者提供一个对立的"二",以期得出"三"。这也就是《左传》上所载的那一段关于"和"的名言的精髓。那段话说:"君所谓可,而有否焉,臣献其否,以成其可;君所谓否,而有可焉,臣献其可,以去其否。是以政平而不干,民无争心。"(《左传·昭公二十年》)因为任何一个"一"都只是一偏之见,献出它的对立面来,遂成为"二"的局面;有了二,也就便于出来"三",出来三,也就出来全面的完善的结局了。

需要强调的是,这里所谓的"二",不是任何一个非"一"的他物,而是与"一"正相对立的对立者。这一点至关紧要。因为仅仅存在差异而非正相对立的两物,不能深刻暴露此类事物的全部矛盾,不能概括此类事物的全部本质,因而也综合不出一个完整的"参"来,收不到"参"的效果,解决不了前进一步的要求。而大凡明哲之士的明智之举,多能自觉地去发现对方乃至树立对立,以使自己由"一"通过"二"而进至"三",收到"参"的效果,达到更高境界。如:

> 西门豹为邺令,而辞乎魏文侯。文侯曰:子往矣,必就子之功,而成子之名。西门豹曰:敢问就功成名亦有术乎?文侯曰:

有之。夫乡邑老者而先受之；士子入，而问其贤良之士而师事之；求其好掩人之美而扬人之丑者而参验之。(《战国策·魏策一》)

"乡邑老者"和"贤良之士"大体上是值得信任的，但终难免于一偏。为能做到有可参验，不惜寻求"好掩人之美而扬人之丑"的人，即寻找对立面。没有这个"二"，是生不出"三"来的。再如：

卫嗣君重如耳 (人名)，爱世姬，而恐其皆因爱重以壅己也，乃贵薄疑(人名)以敌如耳，尊魏姬以耦世姬。曰：以是相参也。(《韩非子·内储说上》)

故事里用了"敌"字"耦"字，都是正相对立的意思。给宠爱的人设立对立面，以是相贰，使一变成了二，其目的不是为的陷在这种二的纠纷里，非此即彼；而倒是"以是相参"，让二生出三来，得到平衡与和谐。

一切带"参"字的动词，本来都是这个意思。如参考、参校、参议、参稽、参观、参验、参互、参预、参加……，都是要求就原先的"一"，加入一个正相对立的"二"，以使矛盾更为突出，本质更为显露，从而得到一个完满的"三"。我们不妨以最常用的"参考"一词为例，看看它本来的用意和用法。《汉书·息夫躬传》记丞相王嘉进谏哀帝道：

昔秦穆公不从百里奚、蹇叔之言，以败其师；悔过自责，疾诖误之臣，思黄发之言，名垂后世。惟陛下观览古戒，反复参考，无以先入之语为主。

这里所谓的"参考"，是要汉哀帝从秦穆公的正反两面经验中引出结论；以及，从王嘉的谏语和他人先入之语的对立中，作出自己的判断。这种"二生三"的动作，才能叫做"参"；其他诸参，无不如此。

94

倘或听不得不同意见，排斥对立，势必堵塞住了生出"参"来的渠道；或者虽能听取不同意见，却无力从不同中引出参校的结论来，无所适从，那都叫做"不参"。韩非说过："明王不举不参之事"（《韩非子·备内》)，他把"参"和"不参"的利害得失，抖落得淋漓尽致，最值得后人认真记取。

"参"的动作有时也说成"参伍"。"伍"是大写的五字，"五"有交叉错综的意思。所谓参伍，即是从诸种不同情况的对照比较中，求得一个存乎其中、出乎其上的新结论来。古人认为这是一种求真的有效方法。如：

> 参伍明谨施赏罚。(《荀子·成相》)
>
> 窥敌观变，欲潜以深，欲伍以参。(《荀子·议兵》)
>
> 不以参伍审罪过，而听左右近习之言，则无能之士在廷，而愚污之吏处官矣。(《韩非子·孤愤》)
>
> 偶参伍之验以责陈言之实。(《韩非子·备内》)
>
> 提名责实，考之参伍。(《淮南子·要略训》)
>
> 故《周书》曰：必参而伍之。……察于参伍，上圣之法也。(《史记·蒙恬传》)
>
> (赵广汉)尤善为钩距，以得事情。钩距者，设欲知马价，则先问狗，已问羊，又问牛，然后及马。参伍其价，以类相准，则知马之贵贱，不失实矣。(《汉书·赵广汉传)
>
> 参伍因革，通变之数也。(《文心雕龙》)

所有这许多条"参伍"，都可以用先于它们的《易传》上的"参伍以变，错综其数"来概括。参伍即是错综，比我们前面说到的"参贰"稍微复杂一些；它不限于由二生三，而是指从更多一些的不同事物、意见中，生发出新见来。但绝不正好便是五个，则是必须指明的。

前人注书有不辨义理而泥于数目者，见到"参伍"，往往生拉硬扯出三个和五个对象来凑数，把好端端的思想给淹没了，读来令人啼笑皆非。清儒惠栋就曾指出过，"汉人解参伍，皆谓三才（按，指

95

日、辰、星)五行。"①其实岂止于汉人,也不尽于三才五行,如唐人司马贞注《史记·蒙恬传》"周书曰"一段,即以参伍为"三卿、五大夫",把一个活生生的哲学思想,解成了死沉沉的职官图表,其迂阔之态,逗人发噱。看来他们未曾想到,数目字除去计数以外,还能记录深邃的思想;尤其是"三"这个数。

三位一体

以三记录的最神圣的思想,大概莫过于三位一体。好多宗教都有三位一体说。天主教和基督教的说法是:天主圣三,圣父、圣子、圣灵。三位一体,一体三位。天主的本性是爱。天主父是此绝对爱的自我给予;天主子是此绝对爱的自我接受与答复;圣灵则是此绝对之爱的自我合一。佛教有所谓三宝:佛、法、僧。道教有所谓玄、元、始三气,和由元始天尊化身而成的三清。此外许多原始的宗教如伊特鲁里亚宗教、希腊宗教、罗马宗教中,都有所谓的"三联神",即各自独立而又互相关联的三位高级神灵。儒家不是真正意义的宗教,但它在谈到宇宙原始的时候,也认为,"太极元气",是"函三为一"的。

为什么一体会分为三位,怎么样三位而共有一体,这在人类认识史上,也许首先是出现在宗教里的问题。但在其他方面,譬如说,在音乐领域里,我们也碰到了很奇妙的三一现象。

文献表明,我国古乐的五音、十二律,都是和"三"紧紧拴在一起的。最早记载五音之间数的关系的《管子·地员》篇说:

> 凡将起五音,先主一而三之,四开以合九九,以是生黄锺小素之首,以成官。三分而益之以一,为百有八,为徵。有(又)三分而去其乘,适足,以是生商。有三分,而复于其所,以是成羽。有三分,去其乘,适足,以是成角。

---

① 《周易述·易微言下》

96

这是说，五音从一开始，也就是从开始的地方开始。但是单纯的一永远是一，无法开其始；于是要"三之"，即重复三次或乘以三，使一变成三。有了三，然后四次乘方，得八十一（所谓"四开以合九九"），是为宫音之数。然后以宫数八十一加上三分之一（"三分而益之以一"），得一〇八，是为徵音之数。再以一〇八减去三分之一（"三分而去其乘"），得七十二，是为商音之数。商音数再加上自己的三分之一（"有三分，而复于其所"），得九十六，为羽。羽又减去三分之一（"有三分，去其乘"），得六十四，便是角音之数。这便是所谓的"三分损益"法。

最早记载十二律律管长度及其数之关系的书是《吕氏春秋》，其《古乐》篇说：

> 昔黄帝令伶伦作为律。伶伦自大夏之西，乃之阮隃之阴，取竹于嶰溪之谷，以生空窍厚钧者，断两截间，其长三寸九分，而吹之，以为黄锺之官。

这个作律的故事本身不可考；但十二律以黄锺为始，按三分损益法求出，则是事实。只是黄锺之管为三寸九分，与后来习用的"九寸"之说不同，曾使得乐律家们大伤脑筋。从我们现在所讨论的观点来看，无论是三寸九分还是九寸，都没有关系，因为它们都不过是"三"的演化数目而已。由这个黄锺律（且以九寸为准）出发，用三分损益的办法，便能得林锺（$9 - 1/3 = 6$ 寸）、太簇（$6 + 1/3 = 8$ 寸）、南吕（$8 - 1/3 = 5.33$ 寸）、姑洗（$5.33 + 1/3 = 7.11$ 寸）、应锺（$7.11 - 1/3 = 4.74$ 寸）、蕤宾（$4.74 + 1/3 = 6.32$ 寸）、大吕（$6.32 + 1/3 = 8.43$）、夷则（$8.43 - 1/3 = 5.62$ 寸）、夹锺（$5.62 + 1/3 = 7.49$ 寸）、无射（$7.49 - 1/3 = 4.99$ 寸）仲吕（$4.99 + 1/3 = 6.66$ 寸）诸律，并于最后在高一层上回到出发点，得半律黄锺（$6.66 - 1/3 = 4.5$ 寸）[1]。

---

① 见《吕氏春秋·音律》。

就这样,五音和十二律便被说成是建基于"三"的一套奇妙数字体系。这个三一体系,以其大致符合音律的自然频率,可以满足耳朵的审美要求,而有着实际使用的价值,并在事实上支配了全部中国古乐时代。直到十六世纪末叶,明宗室王子朱载堉创十二平均律,才以 2 开 12 次方 = 1.0108892 这样一个数目挫败了三分传统,使中国乐理有了更为科学与精确的可能。可惜它并未能在实践中得以推行,未能真正取代三分损益说。因为,"三"的神圣性,实在太大了,《国语·周语》上不是说过吗:"古之神瞽,考中音而量之以制,度律均锺,百官规仪,纪之以三,平之以六,成于十二,天之道也。"音乐之以三为纪,既然是古之神瞽考出来的天之道,当然是不会随随便便就退出历史舞台的了。

哲学家们对于三一关系,另有自己的说法与看法。《庄子·缮性》篇有曰:

> 古之人在混茫之中,与一世而得澹漠焉。当是时也,阴阳和静,鬼神不扰,四时得节,万物不伤,群生不夭;人虽有知,无所用之。此之谓至一。

这是对人类社会开始前的状态的一种设想。那时候,总的情况是混茫,一个朦胧的"一";这个混茫内含阴阳,它们是"二";这个阴阳又处于"和静"即非阴非阳亦阴亦阳的状态之中,于是原先的一和二便成为第三态;这个第三态,叫做"至一"。这个至一,便是一体而分为三位、三位而共有一体的。一切宗教的至尊者,大概都可视同这里的至一,都是如此这般构建起来的。

宋代哲学家在讨论三一问题时,表现得最为理智。其中尤以张载为最,他说过:

> 极两两是谓天参。数虽三,其实一也,象成而未形也。(《易说·系辞上》)
> 有两则有一,是太极也。若一,则有两亦在,无两亦一在。

然无两则安用一?不以太极空虚而已,非天参也。(《易说·说卦》)

所谓极或太极,指宇宙的开始;它应该是一。但它并非空虚的一,它内含着两,即对立的阴阳。有一有两,是为三。不过这个三,并没有三个体,而只有一个体:这叫做"数虽三,其实一"的"天参"。

"天参"就是天然的三,天生的三;这个三,由一和两组成,有如一个钱币和它的两面。因此,这个所谓的三,也正就是一;只是这个一,必须视如三,整个世界,才得活泼起来。

"天参"既然是"天"参,就应该是无处不在无时不有的,或者说,是普遍的。事实也正是这样。多年来,有人只是看到两,只是看到统一物之分为两个部分,只注意于对矛盾着的双方的认识,譬如说,只看到阶级的斗争、斗争的阶级,而看不到这斗争着的两个阶级属于同一个社会,看不到社会和阶级本是一个钱币和它的两面;一句话,只知有两,不知有三,于是闹出许多人为的麻烦来。

了解了三的秘密,当有助于我们从二分世界中解放出来。

中外学者对话交流的共享论坛
比较文化前沿碰撞的学术园地

《跨文化对话》

主编[中]乐黛云　[法]阿兰·李比雄
上海文化出版社出版
已经出版 1—5 辑　每辑定价 19.00 元
上海文艺出版总社邮购部办理邮购
地址:上海市绍兴路 74 号　邮编:200020

绝地天通

——研究中国早期宗教的三个视角

李零

一

为什么我会热心于谁也不信仰、谁也不清楚的释、道兴起之前的中国宗教呢？原因很简单，一是我的好奇，二是它的重要。好奇不必说。它重要在哪里呢？这就是研究任何一种文化，都离不开它的宗教理解。如果你不理解一个民族的宗教，也就不能理解一个民族的文化。越是古老的文化，这个问题越突出（我记得是沙畹老前辈吧，他好像讲过类似的话）。①

在《读书》杂志上，我写过两篇小文章。②我说，在二十一世纪，在我剩下不多的时间里，我想研究中国古代的"现代化"。它包括三个小题目："绝地天通"、"礼坏乐崩"和"兵不厌诈"，都是讨论"中国特色"。其中第一个问题就是讨论中国宗教传统的特色。这两篇文章是我为我的小书《中国方术考》修订版和《中国方术续考》（东方出版社，将出）写的前言，带有自我广告的性质，所

---

① 可是困难也在于，尽管每种文化都有类似的宗教需求（神祇崇拜、教义教规，等等），但要想找到一种普遍适用的理解却十分困难。每种宗教都很容易把其他宗教定义为非宗教，或异教（paganism），或邪教（cult），也很容易把自己的宗教标准当作普遍标准。所以本文并不打算从这样的定义出发，反而把"宗教"当作一种概念更为宽泛、历史更为长久、讨论更为开放的对象，希望从材料本身出发，重新思考定义问题。

② 李零《"关公战秦琼"的可行性研究》，《读书》1999 年第 7 期；《九九陈愿》，《读书》1999 年第 12 期。

以有点crazy(广告都很 crazy)。前者专讲方术,后者兼谈巫术和礼仪。它们构成了我讨论中国早期宗教的三个不同视角。

"绝地天通"的故事,是收于《国语·楚语下》。它是以重、黎分司天地讲祝宗卜史一类职官的起源,特别是史官的起源(包括司马迁这一支的来源),因而涉及到宗教发生的原理。故事要讲的道理是,人类早期的宗教职能本来是由巫觋担任,后来开始有天官和地官的划分:天官,即祝宗卜史一类职官,他们是管通天降神;地官,即司徒、司马、司工一类职官,他们是管土地民人。祝宗卜史一出,则巫道不行,但巫和祝宗卜史曾长期较量,最后是祝宗卜史占了上风。这叫"绝地天通"。在这个故事中,史官的特点是"世叙天地、而别其分主",它反对的是天地不分、"民神杂糅"。可见"绝地天通"只能是"天人分裂",而绝不是"天人合一"。

因为我们尊敬的张光直教授,他讲萨满主义的文章引用和阐发过这个故事,现在大家都很熟悉它。①张先生的解释是美国人类学的解释。他相信东亚和美洲在文化上本来同根同源,因而参照印地安巫术讲中国早期宗教。对上述故事,他看重的是"巫"。吉德炜(David N. Keightley)教授也讨论过这个故事。②他不是人类学家,而是甲骨学家。从甲骨卜辞看"巫",他也相信中国早期是巫的世界。因为西方汉学家都相信卜辞是"商代的史料",当时的"史料"既然整天都讲占卜和祭祀,不但有一大堆贞人在那里卜,而且王本人也参加卜,这些贞人像巫,王也像巫,而且是最大的巫,当然他要相信那时的社会,情况就像西方人熟悉的那样,其实是由神职人员统治,由神职人员为第一等级。前两年,我在英国和美国开过两个会,会议主题都和宗教有关,指定话题都是萨满主义。在伯克利的会上,我记得有

---

① 张光直《商代的巫与巫术》,收入所著《中国青铜时代》(二集),三联书店,1990 年。

② David N. Keightley, "Royal Shamanism in the Shang: Archaic Vestige or Central Reality?," paper presented for the workshop on Chinese divination and portent interpretation, Berkeley, 20 June – 1 July 1983; "Shamanism in Guo Yu? A tale of Xi 觋 and Wu 巫," paper prepared for the Center for Chinese Studies Regional Seminar, Berkeley, 7 – 8 April 1989.

一位评议人,她说"萨满"本来是个通古斯概念,为什么你们的用法就像"万金油"(当然这是我的转述),什么时候都可以用,什么地方都可以用。我说你的问题很好,这正是我想向西方同行请教的问题,因为我发现,在西方,这个话题太流行,特别是搞艺术史的,他们的热情更高,其实我对这类说法并不赞同。在我的发言中,我想强调的是,对于研究中国宗教,巫术虽有一定重要性,但更重要的是,我们应当考虑礼仪和方术的意义。特别是对商周以来的宗教,巫术是太低的估计。我们的发展水平,哪怕是商周时代的水平,怎么能用热带丛林式的东西去解释呢?我的看法是,对于重建早期中国宗教,我们最好是像二郎神,脑袋上有三只眼。而且在这三只眼中,我更看重礼仪和方术。如果只有巫术一只眼,肯定看不清。

下面让我做一点解释。

(1)巫术。以"高级宗教"看,当然不算宗教,或者只能算"低级宗教"。但它对研究早期宗教确实有用,特别是对研究礼仪、方术的起源很有用。比如巫术包括祝诅和占卜两个分支,前者发展为礼仪,后者发展为方术,就是比较明显的事情。但我们应当注意的是,巫术在礼仪、方术发达起来之后仍然存在,特别是在民间有很大影响,和"左道"的概念(类似西方所谓的"异教"或"邪教")一直有关,汉以来的律令都是禁之惟恐不及,害怕借它煽动造反(主要是出于国家安全的考虑,而不是宗教的考虑)。而且同是巫术,前礼仪、方术时代和后礼仪、方术时代,情况也大不一样。后世的巫术是屈从于礼仪、方术,受贬斥和压制的,善的一面(白巫术)被取而代之,恶的一面(黑巫术)被渲染突出,整个形象被"恶魔化"。比如汉代的巫吧,台湾的林富士先生做过研究。①汉代北有胡巫,南有越巫,全国各地也有各种各样的巫。这些巫不但地位不高,早就是祝宗卜史的附庸,而且经常受迫害,情况和欧洲中世纪的猎巫相似(但不是宗教迫害,而是政府迫害)。萨满说不但不能解释后一类巫术,也不能解释礼仪和方术,特别是

---

① 林富士《汉代的巫者》,台湾大学历史学研究所硕士论文,1987 年。

礼仪、方术和国家的关系，以及它们的社会政治意义。这是我不赞同用萨满主义解释一切的原因。

（2）礼仪。当然比巫术要高，但也不能等同于宗教。"礼仪"在中国很重要，这点早期传教士看得很清楚（因为他们有宗教立场，有宗教敏感，有传教可行性的实际考虑），比我们现在看得还清楚；但"礼仪"是什么，是宗教还是非宗教，他们争论很大（著名的"礼仪之争"）。中国的礼仪，有国家大典（封禅、郊祀之仪和各种朝仪），有民间礼俗，有道教科仪，当然和宗教崇拜有一定关系。但中国的礼仪是既拜神，也拜人，早期是拜"天、地、祖"，晚期是拜"天、地、君、亲、师"。"天"、"地"当然是神，但"祖"或"君、亲、师"却是人。总趋势是"天地"淡出，下降；"祖"变成"君、亲、师"，上升。秦汉以下是家庭为本，大家没有共同的"祖"，忠君孝亲尊师是读书人所奉，他们崇拜的是皇上、父母和老师，愚夫愚妇才求神拜佛（特别是妇女，包括皇帝的妈妈和老婆）。因此利玛窦说我们宗教感太差，佛教、道教只是儒家的两翼。这没有错。鲁迅在《我的第一个师父》中说，龙师父的屋里有块金字牌位，上面写的就是"天地君亲师"，①这是中国礼仪的特色，早在《荀子·礼论》中就有类似说法。②我们中国，士农工商，读书人是头等公民，四民之中没有僧侣，这是必须考虑的问题。但我们不能说中国的礼仪就绝对不是宗教。我们既不能说礼仪就是宗教，也不能说礼仪就不是宗教。这好像是个大麻烦。我看，这对研究宗教不一定是坏事，反而可能是一条好的思路。

（3）方术。方术也是"四不像"。它不但和巫术有关，和道教、前道教有关，而且和中国历史上的科学也有不解之缘。因为天文历算和针石医药，我们今天叫"科学"，原来却是属于方术的范围。可惜

---

① 《鲁迅全集》，人民文学出版社，1958年，第六册，464页。

② 《荀子·礼论》："礼有三本：天地者，生之本也；先祖者，类之本也；君师者，治之本也。无天地恶生？无先祖恶出？无君师恶治？三者偏亡，焉无安人。故礼上事天，下事地，尊先祖而隆君师，是礼之三本也。"《诸子集成》，中华书局，1954年，第二册，233页。

的是,现在研究科学史的,他们的科学观念太强,总是把它当作"伪科学"。我对方术的看法不是这样。我认为,这是现代对古代的偏见。比如李约瑟(Joseph Needham)的《中国科技史》(*Science and Civilizations in China, Cambridge University Press*),就是带着"科学"眼镜到中国找"科学"。他倒是帮我们找了一大堆"科学",也提高了我们在科学史上的地位。但这些"科学"是从哪里来的呢?其实很多都是出自《道藏》和其他方术类的古书,都是从"伪科学"的垃圾堆里捡出来的。只不过,人们总是淘出金子就忘了沙子,以为金沙不是沙。其实如果没有淘金者,金子原来也是沙。更何况,"科学"和"方术"的关系比金、沙的关系还复杂,我把它们比喻为"五花肉",几乎没法割开来。关于方术,我发现,它的各种门类,后世的小术往往原来是大术,后世的大术往往原来是小术,后来居上,数典忘祖,这是普遍规律。比如占梦、祠禳,后世是小术,但它的来源最古老。卜筮在商周地位很高。另外,它的各种门类还有交叉感染的趋同和节外生枝的分化,其中也包括比较"科学"的方术和其他方术的分化。但尽管如此,我们还是应该明白,不仅古代的方术和宗教有不解之缘,而且就是近代的科学也和宗教有不解之缘。"五四"以来,大家有一个误区,就是以为"赛先生"的工作是反宗教。但我们不要忘记,利玛窦到中国传教,他所借助的正是科学。他说科学是传教最有利的武器。现在我们北大一带、中关村一带,有一帮"知本家"和"知本家"的鼓吹者,他们就是一伙"scientific cult"的传教士。这种宣传,近来甚嚣尘上,它和大家说的"伯乐买驴"是一回事儿。汤一介先生最近有篇文章,①批评当前的"重理轻文","重利轻文",窃北大之名,夺北大之魂,是何心肝,我深有同感。

二

对于早期宗教,有不少问题值得研究。因时间所限,这里只

---

① 汤一介《昔不至今》,《万象》,1卷6期(1999年9月)。

能把值得研究的课题,浮光掠影讲一下:

(一)新石器时代

有些考古学家说考古有局限性,早期的东西没文字,不能研究精神领域,研究也太危险,但俞伟超先生也是考古学家,他不这么看,①我也不这么看。因为在这个时代里,至少有两种考古现象是和宗教有关,一是祭坛,二是卜法。新石器时代的祭坛,有内蒙包头阿善、辽宁喀左东山嘴、辽宁建平牛河梁、浙江余杭反山和瑶山等处(四川郫县古城村,湖北天门石家河,湖南澧县成头山,据说也有祭坛,但材料未发表,还要核实)。卜法,一般以为是商周时代的事,但考古材料表明,它是在距今约九千到三千年前的时间范围里逐渐发展起来的。骨卜在距今五千三百多年前就已出现。龟卜虽然稍晚,但与之有关的"葬龟",比如贾湖葬龟,年代可以早到约九千年前。②这些现象都是一脉相承的,而且一直能延续到眼皮底下,比如龟卜,明清还有。祭坛,最近还修,北京这儿就修了一个。

(二)商代西周

巫鸿教授写过一本书,是讲中国古代的"纪念性"。③西方的"纪念性"主要是建筑类的遗迹,它在中国,早期东西太少,所以巫鸿拿器物来顶替。其实这样的东西并不是绝对没有,问题是看你怎样发现和研究。中国古代的礼仪建筑或宗教建筑,笼统地说,是"坛庙",但"坛"是统称,细别有"坛"(堆土为坛)、"墠"(除地为墠)、"坎"(挖坑为坎),"庙"也有不同内涵。在过去的考古发现中,有些器物是出土于山川附近,前不着村,后不着店,或者有个坑,或者连坑也没有,被人误以为是墓葬或窖藏,其实是古人祭祀山川的沉埋遗迹(山曰埋,水曰沉)。比如辽宁喀左和湖南宁

① 俞伟超《含山凌家滩玉器和考古学中研究精神领域的问题》,《文物研究》第5辑,黄山书社1989年。案:该文又经删节,以《考古学研究中探索精神领域活动的问题》为题,收入他的《考古学是什么》(中国社会科学院出版社1996年)。

② 李零《"南龟北骨"说的再认识》,收入《远望集》,陕西人民美术出版社,1998年。

③ Wu Hung, Monumentality in Early Chinese Art and Archaeology, Stanford University Press, 1995.

乡发现的青铜器,就是这样的遗迹、遗物。①

另一方面,卜筮的发展也值得注意,可以说是这一时期最重大的发展。卜辞不是历史,而是占卜记录,它涉及"天"、"帝"的区别、巫和祝宗卜史的关系、各种祭祀和方术,其实是研究巫术、礼仪和方术的一手材料。我们从这些材料看,商代的巫地位并不高,商王也不是大巫。筮,则有十位数字卦的发现和研究。其重要性在于,它不仅揭示了《易经》出现的背景,也揭示了"三易"(《连山》、《归藏》、《周易》)出现的共同背景,即两位数字卦是从十位数字卦发展而来。我叫"跳出《周易》看《周易》"。②

(三)春秋时代

这一时期的考古发现,我们的了解和研究还很不够,但文献材料却值得注意。如《左传》、《国语》中有不少巫术、礼仪、方术类的材料,弥足珍重。比如就拿方术来说吧,它们讲筮的地方很多。过去研究《周易》的人,他们都对《左》、《国》筮例非常重视,汲冢《师春》就是辑录这类筮例。它们是以《周易》为主,但也有两条,是和《连山》、《归藏》有关,可见是"三易"都有,确如《周礼》所记。王家台秦简《归藏》的发现也证明,"三易"是类似系统,它们和早期的十位数字卦是不一样的。不仅如此,书中讲筮也讲卜,卜、筮是相袭而用,这与《周礼》的记载也是吻合的。其中有些卜例,比如"黄帝战于阪泉之兆"(《左传》僖公二十五年),与新近发现的王家台秦简《归藏》相似,也是重要信息。说明每个时期的占卜总是趋同和相互匹配。此外,它们还经常讲占梦,并涉及占星、候气、风角、鸟情等其他方术。特别是书中有些话和睡虎地秦简《日书》相似,可见到春秋晚期,择日之术也热闹起来。③它们对

---

① 李零《入山与出塞》,《文物》2000 年 2 期。

② 李零《跳出〈周易〉看〈周易〉》,《传统文化与现代化》1997年6期,22－28页。

③ 如《左传》昭公九年"辰在子卯,谓之疾日",昭公二十八年"毛得必亡。是昆吾稔之日也"。参看九店楚简《日书》简 38 下－39 下:"凡五卯,帝以命益济禹之火","凡五亥,不可以畜六牲扰,帝之所以戮六扰之日";又睡虎地秦简《日书》甲本简 47 叁"禹之离日也",简 129 正"赤帝临日",简 2 背壹"癸丑、戊午、己未,禹以取※山之女日也","己酉,牵牛以取织女"。

上推西周时代的情况,下联战国秦汉的发展是非常重要的。

(四)战国秦汉

研究这一时期,我看有一篇东西最重要,这就是《史记·封禅书》。当然离不开的还有《汉书·郊祀志》。当年沙畹翻译《史记》,首先看中的就是这一篇。①后来,他登泰山,写泰山,②研究"投龙",③我想都和这一篇有关。凌纯声提倡研究"封禅文化",④源头也在这里。从《封禅书》和《郊祀志》,再加上《汉书·地理志》,我们可以知道,西汉领国家津贴的祠畤有七百多个,遍布全国各地。它们当中有些是秦代和秦代以前更古老的祠畤。前几年,我做过一点考证,把有关考古发现做了一番总结(如甘泉宫、后土祠、五畤、八主祠等等)。⑤我发现,这是一个大有可为的领域。研究这个问题,它的意义在哪里呢?我认为,就在于汉武帝的大兴祠畤,是个兴立"国教"的运动。它在早期宗教的发展上是至关重要。因为从根本上讲,它是战国秦汉时期"国际化"的一个组成部分。秦始皇的车书一统和整齐法律只是第一步,它解决的只是制度层面上的东西,思想文化统一不了。汉武帝的第二步是统一思想。⑥这个统一包括两方面:学术和宗教。过去大家看重

---

① Edward Chavannes, Les Memoires Historiques de Se – ma Ts' ien, vols 1 – 5, Emest Leroux, Paris, 1895 – 1905; vol. 6, Adrien Maisonneuve, Paris, 1969.

② Edward Chavannes, Le T' ai – chan, Essai de monographie d' un culte chinois, with an appendix "Le Dieu du Sol dans la Chine antique, " Emest Leroux, Paris, 1910.

③ Edward Chavannes, "Le jet des dragons, " in Emile Senard and Henri Cordier, dir., Memoires concernant I' Asie orientale, vol. 3, Editions Ernest Leroux, Paris, 1919.

④ 凌纯声《北平的封禅文化》,《中央研究院民族研究所集刊》第 16 期;《秦汉时代之畤》,同上,第 18 期;《战国的封禅与两河流域的昆仑文化》,同上,第 19 期。

⑤ Li Ling, "The religion in the Qin and Han ritual context, "for the workshop, "Art and religion in pre – modern China", SOAS, London University, January 3 – 5, 1997;李零《秦汉祠畤通考》,《九州》第二辑,商务印书馆,1999 年。

⑥ 其实,秦始皇也做过类似工作。学术方面,他广聚人才,设博士官,原意也在整齐学术,焚书坑儒并非初衷;宗教方面,他也做了不少统一工作,只不过不如汉武帝规模更大。

的是"罢黜百家，独尊儒术"，即他的整齐学术，而不太重视他对礼仪、宗教的整齐。因为大家对秦皇汉武的海外寻仙、五岳封禅和巡视大江南北，一般都持否定态度，觉得迷信荒唐，劳民伤财。再加上这个运动虽然大张旗鼓、轰轰烈烈，到头来还是"雨打风吹去"，以成败论英雄，大家也看不起。我觉得，这一评价似乎可商，恐怕对它在"国际化"大趋势上的意义，对它在收拾人心、完善控制方面的意义估计不足。汉武帝的失败，原因很多，这里不能讨论，其中有个关键人物是王莽。王莽是儒生，他把武帝时期的巡狩封禅取消，大郊祀改成小郊祀，有很多引经据典的借口，是继"政治翻身"和"学术翻身"之后，儒家取得的又一胜利（秦汉制度创设的每一波，都有儒家的反动）。他对秦汉礼仪的改造，虽然也是昙花一现，但留下的影响不可磨灭。从此皇帝不必远足，只要在家门口祭祀就可以了，远一点可以派员致祭，再远一点可以遥祭。它是后世郊祀所本（北京六坛就是由此而来），在宗教史上也是重大事件。出土新莽文物很多，值得专门研究。最近我到青海，还调查过他为西海郡立的虎符石匮。我们从这些文物看，秦皇汉武的"国际化"还在继续。但它既是"国教"运动的延续，也是"国教"运动的终结。战国以来的理性主义，政治设计方面的理性主义，终于达到了它的极限。王莽失败后的东汉是"宗教真空"，所以有道教的兴起和佛教的输入。这是顺理成章的发展。这以后，中国宗教才"言归正传"。

与汉代兴立"国教"的运动有关，还有一个问题也为我关注，这就是太一崇拜和三一崇拜的考古研究。①这方面的材料已经很多，比如最近发表的郭店楚简，其中就有《太一生水》篇。这里我想指出的是，"太一"神既是众星所拱的宇宙中心，也是造分天地、化生万物的终极概念，即无所不在的"大道"。它是没有人格的神，因此比较适于作普世性宗教的最高神祇。这和上述"国教

---

① Li Ling, "An archaeological study of Taiyi 太一 (Grand One) worship," translated by Donald J. Harper, Early Medieval China, no. 2 (1995 – 1996).

运动"是匹配概念。在武帝诸祠中,祭祀太一的甘泉宫最尊。"太一"与基督教的 God 有一定相似性。当年"礼仪之争",有人就说,利玛窦取自《诗》、《书》的"上帝"是误译,远不如汉代使用的"太素"。其实"太素"就是"太一"的另一种说法。另外,和"太一"的概念有关,"三一"的概念也很重要,应即道教"三官"所本。它和基督教的"三位一体"(Trinity)概念也有一点相似。当初基督教以"景教"为名传入中国,就是以"三一"翻译"三位一体"(唐《大秦景教流行中国碑》)。可见中国也有过一些类似西方的发展。

(五)东汉以来

我们终于有了道教和佛教。研究道教和佛教,我不懂。但作为外行,我有外行的考虑。第一,是前道教的研究。比如符箓,不仅东汉魏晋时期的出土物很多,而且有些早期图像也是起符箓的作用,如马王堆帛书中的《避兵图》,其实就是早期的符箓;"三天",见于楚帛书;"三一"和"三官"可能有关。特别是沙畹热心的投龙简。这种东西过去出土很多,泰山、华山、济源有投龙碑,嵩山、衡山、武当山、太湖、西湖、鉴湖有投龙简(包括金龙),但它们都是唐、五代和宋元明清的东西,更早的发现没有。只是最近在华山出土了两件带长篇铭文的玉版,即我向学术界介绍的秦骃祷病玉版,我们才发现,这类传统其实在道教以前就存在。①

另外,佛教传入过程中,二教的相互创造也是大问题。道教虽出本土,但非全部原装,有不少方面是受佛教影响;佛教虽为外来,也有许多入乡随俗的改头换面。特别是它们的相互攻讦,本身就是一种相互学习。研究这个问题,我们只有了解其背景,知道哪些是各自原有,才能知道创造在什么地方。这些当然离不开原佛教的研究,也离不开前道教的研究。比如我对道教《黄书》的研究就是一个尝试。②我是以东汉流行的"房中七经"和有关流派作解读背景,然后拿解读结果和昙无谶东传的密教房中术做比较。本世纪上半叶的丝路探险曾经导致了石窟寺艺术和敦

① 李零《秦骃祷病玉版的研究》,《国学研究》第六辑(1999 年)。
② 李零《东汉魏晋南北朝房中经典流派考》,《中国文化》第 15、16 期。

煌释、道文献的研究，法国汉学在这方面有很大贡献。在中国的考古学研究中，佛教考古比较突出，道教考古还有待建设。很多问题的探讨还有待大家共同努力。

三

最后，我想说明一下，我的研究很强调过程的"连续性"，我喜欢淆乱古今，并不认为古代和现代真有天壤之别。我们现代人老是喜欢以"现代"傲视"古代"，认为只要不在"现代化"的时间表里，一切就必定十分古老，距离自己十万八千里；而且对时间，也是零切碎割，务求精确，把刻舟求剑叫"科学性"。对这样的"时间狂"，我是不能认同的。《红楼梦》上有句话，叫"摇车里的爷爷，拄拐的孙孙"（第二十四回，贾芸引俗语），即同龄不一定同辈，同辈也不一定同龄。固定的时间表并不一定有用。

关于中国早期宗教的思考，有一个问题很重要，就是我们讨论的问题究竟是古代问题还是现代问题。比如："黄、赌、毒"是现代问题还是古代问题？"邪教"是古代问题还是现代问题？"五族共和"是新问题还是老问题？它们都是我们讨论范围内的问题。

前些年，我写过一组介绍方术的杂文，叫《方术四题》，其中两篇是《卜赌同源》、《药毒一家》。①我用赌博讲占卜，用毒品讲医药，想用短小篇幅，浓缩方术精华（这不是低级趣味，而是高尚话题）。我的话好像很夸张，但句句都是实情，古今中外是打通了讲。在这篇演讲即将结束的时候，我想提个问题，就是在当今这个上天入地、电脑万能的时代，我们人类怎么这么无能，就连"黄、赌、毒"这样的老问题都无可奈何，"放之而不可收，禁之而不可行"，悲夫！

它说明：古人的问题还困扰着我们，我们离古代并不太远。

（本文系作者于 2000 年 3 月 2 日在北京师范大学的演讲）

---

① 见《读书》1997 年 2 期和 1997 年 3 期。

艺术、哲学、宗教及其他

[法]熊秉明／钱林森

法籍华人著名学者熊秉明教授系我国近代数学大师熊庆来之子，1922 年生于南京，十岁随父赴法接受西方教育两年。1944 年他从西南联大哲学系毕业，1947 年考取公费留学，二度赴法，入巴黎大学攻读博士学位。1949 年转习雕刻，专事西方艺术探索。1960 年他在瑞士苏黎世大学执教，讲授汉语和中国哲学。1962 年受聘于巴黎东方语言文化学院，同时从事雕刻创作，投身于中西方艺术实践，成为巴黎著名的华人艺术家。他曾任东方语言文化学院中文系教授、系主任，并兼任法国中国书法学会主席。著述甚丰，主要有：《张旭与狂草》（法文）、《中国书法理论体系》、《关于罗丹—日记择抄》、《诗三篇》、《展览会的观念或者观念的展览会》、《回归的塑造》和《看蒙娜丽莎看》等。七八十年代，我在巴黎东方语言文化学院执教期间曾与熊先生共事四载。1998 年 12 月 29 日和 2000 年 4 月 15 日我有幸在巴黎再度与熊先生聚首、晤谈，内容涉及到东西方艺术、哲学与宗教等跨学科、跨文化的广泛话题。下面的文字据我与熊先生两次晤谈手记和熊先生两次笔答整理而成，并经熊先生本人过目。（钱林森，2000 年 5 月—7 月，于法国拉罗舍尔大学—中国南京大学）

钱林森（以下简称钱）：熊先生，别后十余年一直想拜望你，一直没有机会。听说你现在已退休了，退休后还在从事你所喜欢的文化研究和艺术创作吗？

熊秉明（以下简称熊）：可不是！我是1989年退休的，按法国当年的规定教授可在68岁退休。我刚刚退休的时候，有一种说不出的快乐，想起陶诗归园田居的"久在樊笼里，复得返自然"。我从此可以支配我的时间，打铁、写文章、写字、作画。我写了一封信给在北京的老同学顾寿观，说要好好安排我们的晚年，他也来信说安安静静地工作多么幸福。但是，就在这一年的八月，他因咳痰带血，住入北京温泉结核病院，第二年病故。我的家庭也发生变故，这才渐渐感到老年生活并不轻松。不过在艺术工作上也算有些成果，先后在台湾、新加坡和祖国大陆举办过多次雕刻和书法展览。1998年北大百年校庆，留欧校友会委托我制作鲁迅浮雕像赠给母校，1999年北京现代文学馆约我制作鲁迅纪念像。去今两年在北京、上海、昆明、台北、高雄五城举行巡回展，这巡回展有一定的回顾性质。我自己有一点胆怯，因为长期没有全力从事艺术创作，虽然没有中止过，但因为兴趣广泛，精力分散，在每一个领域中累积的成绩都有限，是新妻丙安的提示和鼓励，才警觉已到了八十岁的前夕，一个回顾性的展览也该是时候了。

钱：我有幸与熊先生在东方语言文化学院共事四年，却无机缘与先生畅谈，对你的留法经历所知甚少，想问的问题很多，首先我想问，你是怎么喜欢起雕刻，并由此而走上艺术之路的？

熊：据中法政府间的文化协议，你由国家选派到巴黎来执教时，我正在东方语言文化学院中文系任系主任，我们得以结识。那时长居海外的中国教师和从大陆派出来任教的老师虽然相交很好，但因政治因素总有些隔阂，今天能细谈许多问题，终是可喜的事。那时你大概只知道我教中文，不知道我从事艺术。现在你提出的第一个问题是我怎样走上艺术的道路。我从小喜欢画画，但是第一次看到雕刻是在巴黎。1931年我随父亲到巴黎逗留了两年，父亲经常去普朗加烈数学研究所工作，我那时才九岁，进了第五区颇

112

有点历史的小学校,那古老的建筑,住过雨果和巴斯德。父亲曾带我去参观罗丹美术馆,给我的印象很深。回国后在初中便读到罗丹的对话录《论艺术》。抗战时期在军中读到梁宗岱译的里尔克写的《罗丹》,这些文字使我更深入地了解到罗丹的艺术,对雕刻非常向往。但是,我并没有入美术学校,1939年我在昆明考入西南联合大学,先读经济,后改学哲学。当时联大哲学系的知名教授济济一堂,像冯友兰、金岳霖、汤用彤、贺麟,还有不少不甚为外人所知而受学生景仰的如陈康、沈有鼎、冯文潜、郑昕等,我当时有兴趣的是美学和形而上学,但并不想做一个白首穷经的哲学家。1947年考取公费留学,选的也是哲学。到巴黎后第二年才决定放弃哲学,改学雕塑①。1947年10月我到巴黎时,巴黎没有受到战争的破坏,但供应还很差,最基本的食品面包也限量,更不用说鸡蛋、奶油、肉类,可艺术活动却十分活跃,音乐会、展览会、歌剧院、美术馆引得学音乐和学美术的同学忙得团团转。刚到巴黎,我当然得去巴黎大学注册,找导师,选论文题目,开始坐到图书馆里读书。但是显然谈美的书不如卢浮宫里的画和雕刻有吸引力,我开始怀疑坐在图书馆里对着美学书堆的意义了。1948年1月的一天,巴黎大学美学教授巴叶(Bayer)先生带着学生去拜见一位雕刻家纪蒙(Gimond),同学们都没听到过他的名字,后来才知道他是巴黎美术学校的雕刻教授,听他激情的讲话,特别是看到他的收藏,橱窗里、木架上大大小小的埃及、希腊、巴比伦、欧洲中世纪,乃至北魏、隋唐的雕刻,我觉得受到一记棒喝,我忽然悟到了雕刻的极致即是哲学,那些雕像虽然来自不同的民族,不同的时代,然而它们有一个共同点,就是作品达到精严、纯一而神奇。这是靠收藏家的慧眼把它们聚集在一起而给我们上的一课。它们明明出自不同的宗教,但是一致放射着同样大智慧的光芒。这智慧不是纯理性的,也不是纯信仰的,而是生命本身的精神性的向往和超越。我原有的对转学的忧虑、犹豫顿然消失了。在别人看来,我改了行,换了人生道路了,但是,就我自己

① 参见《关于罗丹——日记择抄》,这是熊先生从其1947年到1951年间的日记选出与罗丹有关的部分增删而成的,从中可见出一个哲学学生走入雕刻世界的历程。

说,其实仍然沿着原来的方向前去,走向同一个目的地。

我觉得非常幸运,在我生命的一个关键时刻遇到了纪蒙这样的雕刻家,他指给我看,雕刻的精神性即是哲学。

我在纪蒙工作室里学习了才一年,公费留学便到期了(原定为两年),刚好是中华人民共和国建立。绝大多数的公费同学都已结束学业(那一届公费生共40名,和我比较接近的有吴冠中,他现在是享有盛名的画家;有顾寿观,他是我西南联大的同班同学;有王道乾,他是研究法国文学的)忙着东返,在大家心目中,中国多灾多难的时代已经过去,祖国是一片大工地,一切建设都要开始。我们将可以奉献我们的才能和热情。有些同学暂时不走,要求延长公费,大概是因为学业犹未完成,像我这样学雕刻才一年,急着回去将是无用之材。

在纪蒙那里学了两年,自觉他的主要观念已经领会,可以独立工作了。他劝我到穰尼俄教授的纪念碑室去学学别的东西。我当时还抱有回国制作具有纪念碑性质的雕塑的愿望,所以很乐意去。在穰尼俄工作室呆了三年,做了几件大型的雕塑。1954年3月我用铁片焊制了《嚎叫的狼》,这一件作品很能表现我当时的精神状态,那是一种彷徨无路的呼喊。回国我看不出艺术的道路,在西方,我也看不出很清楚的前路,穰尼俄教授看到我的狼,很不高兴。说:"你也学这一套了。"我当然也不敢给纪蒙看,我无法预料他会说什么。我从此离开学校,走上独立创作的道路。

我在大茅舍画院遇到俄里戈斯特(Auricoste)先生,他是布尔岱洛(Bourdelle)的学生,他和杰克梅第(Giacometti)、李榭(R. chier)都是布尔岱洛的学生,布尔岱洛是罗丹的学生。他们比我年长十几岁,正是少壮活跃的一群,都是五月沙龙雕刻组的成员。俄里戈斯特对我的铁雕很欣赏,推荐我参加五月沙龙,这是我的雕刻生涯的开始。

钱:雕塑一般用大理石、铜、木头、石膏甚至泥土,为什么你要用铁雕塑呢?是铁制的雕刻更牢固吗?

熊:大家在西方看到街头、公园里、宫殿里、教堂里、博物馆里,

114

许许多多雕像，从质材上说，不外三类：大理石的、青铜的、木质的。普通情况，雕塑家用泥塑做成原稿，泥塑难以保存，完成后必用翻模方式浇成石膏，石膏也容易损坏。在美术学校雕塑，都是在工作室，先用陶泥对着模特儿做成泥像，每两三个星期换一次模特儿，做完就把泥像习作捣碎。如果教授评说不错，自己也想存留，便浇成石膏。但石膏并不坚固，无法长期存留，收藏家并不收藏石膏作品。要得到收藏家的青睐还得浇成铜像，或者打一石质的复制品，都是昂贵的作业。我作铁制雕刻，有一个外在原因。二次大战之后，铜非常昂贵，巴黎街头少了许多铜像，据说被德国人拆去做炮弹了，那时，青年雕刻家没有人有钱浇铜像，但当时废铁很多，巴黎郊区有收废铁的场地，废铁堆积成山，论斤计价，便宜得很，只要买一套气焊设备，便可以把废铁直接焊制成金属雕刻。所以和我同年纪的雕刻家有很不少是焊铁起家的。其次，也有一个内在原因，铁本身有一种朴质感，粗犷感，刚劲而富有悲剧感，和我们刚从战争中生活过来的年轻人的心理有一种契合。焊铁雕在过去只是工艺品，第一个把铁质雕刻提高为艺术表现手段的是西班牙的贡扎雷斯（Gonzales，1876—1942），年轻时代他在西班牙便跟父亲学做铁工。到巴黎之后和现代派的艺术家接触，接受了立体主义的影响，成为重要的雕刻家。他的作品有铁工匠的稚拙、粗犷，又有前卫艺术家的机智，自由和大胆，是现代铁雕的第一代人物。刚刚提到的我的第一件焊铁作品《嚎叫的狼》，反映了我当年所经历的精神危机，用铁质来表现是很自然的。

钱：噢！是这样！你说"雕刻的极致即是哲学"，"雕刻的精神性即是哲学"，是指雕刻与哲学、即艺术与哲学，有内在的一致性吗？或者说，这两者有内在的深刻的关联吗？那么，哲学与雕刻、与艺术这种内在的关联究竟是什么呢？

熊：谈起哲学和雕刻的关系是一个很有意思的题目，说来话长，现在只能扼要地谈一谈。我以为哲学和雕刻同是人的自觉表现在不同的领域。在天地之间，人发现自己的存在，对自己的生存与死亡发生惊异、恐惧，发生疑问，要追问究竟人是什么？人生的意义是什么?这是哲学的源起。哲学凭藉思维活动,寻找一个概念的人的定义。在天地之间,人在采猎时代观察的对象主要是动物植物。有一天对自己的形体发生了兴趣,并且用石头把这形象刻出来,这是另一种方式的自觉,这是通过形象给人一个定义:"人是这个样子"。在雕刻家雕出"人是这个样子"的时候,他放入了他的理想,他要雕出比实际的人更壮大,更有威力的人,也就是神。雕刻发展大概有两股主流,一是宗教的;二是人间性的,在第二条主流里,雕刻的对象是帝王将相、民族英雄、革命英雄,再后有科学家、诗人、音乐家……这些也都是在一个特定时期被赞颂,被崇拜的人物。所以雕刻一直和偶像崇拜结合在一起。但是人在天地间的地位不断下降,最先启蒙时代的哲学家提出人人平等的主张,然后有达尔文的进化论把人放在生物进化的系列里。后来马克思把人的主体性也限约了,人的意识是被许多外在所决定的。到弗洛伊德提出精神分析理论,人更被许多心理的内在条件所决定,在本能、潜意识、情结……种种的包围下,人的主体性,人的尊严,实在微小。反映到雕刻上我们看到近代雕刻中人体的变形、残损到消亡。罗丹可以说是在西方把残坏的人体呈现出来的第一人。他的"行走的人"没有头,没有两臂,只有躯体和跨开的两腿。他把这残缺的人体当作完整的作品展出。他的再传弟子杰克梅第、李榭等人都把人体的残坏又推进一步,杰克梅第的人体画虽然完整,但是细瘦如柴,表面斑驳剥落,脆弱得如一缕烟。传统的英雄形象发展到反英雄形象。传统英雄的形体是饱满的,生命力健康充沛的,而反英雄的形象是枯槁的,扭曲的,是最贫瘠空虚的存在符号。人的形象频临死亡,雕刻家最后放弃了人,他们塑造的新的偶像不再是人体,而是物体。现代雕塑反映了现代精神:一方面人的形象的扭曲表现了人的异化,另一方面抽象雕塑则反映工具理性、技术理性日益成为不可抗拒的主宰者,科技创造出来的物成为现代的神灵。

　　钱:我读过你的一些艺术评论文章,发现你常用存在主义哲学来解读、评析法国和欧洲的一些现代艺术家的作品,如你对法国杰克梅第和西班牙达利等人的作品评说就是例子。法国是存在主义哲学和现代艺术的故乡，你认为现代雕塑和存在主义哲学有内在的联系吗？

熊：上世纪四十年代我到法国留学的时候，正是萨特存在主义哲学风靡的时代，萨特的存在主义影响整整一代人，当然包括他同时代的艺术家。存在主义者萨特把人的"存在"（existance）当作第一义的，最基本的；人的"本质"（essence）当作后起的，第二义的。仁爱、理性、社会性等等都是某一时代，某一社会的产物，是后起的。他在杰克梅第的人体画上找到了印证，或者说，杰克梅第的人体画表现了这种存在主义哲学的倾向，但是，现代雕刻的流派很多，就像现代哲学的流派也很多，不能只讲存在主义。现代著名的雕刻家，像伯郎苦西（Brancusi）、亨利－摩耳（Henri Moore）都和存在主义没有什么关系。

钱：无论是杰克梅第还是达利，对中国欣赏者来说，都感到有些陌生、奇异或看不懂，这也许是他们的作品太先锋了吧？比如你刚刚提到的杰克梅第的一些人体画，既无衣着又无肌肤，好似瘦的竿子似的直立着，对大多数粗心的外行观者来说，甚至难以辨认他雕的就是人体。当然这既涉及到欣赏习惯问题，又涉及到欣赏水平问题。

熊：是的。如何看杰克梅第的人体？我过去曾经写了一篇文章①提到，杰克梅第人体画表现的是人体纯存在状态，是一种"纯存在"的命题。他所塑造的人形是被抽去了一切"处境"的样态，没有衣着，没有身份，没有确定的时代性、地域性，没有社会关系，甚至尚未获得一个实实在在的肉躯，是一个单纯存在的基本的人形，而人的纯存在的特点是有自意识，有了自意识他就有所向往，对自己的存在觉得有所缺少，有所否定，世界上"缺少""虚无"一类观念，是因人的存在才有的。"沙漠里没有水"这样的话并没有意义。沙漠里没有什么理由有水，或者没有水。是人认为沙漠里该有水，才会说"沙漠里没有水"。人的存在的特点就是在这世界上带来"缺

① 《谈杰克梅第的雕刻》，发表于 1966 年，参见《看蒙娜丽莎看》第 67－75，百花文艺出版社，1997 年。

少",同时带来存在的不安。杰克梅第的人体表现出这绝对的"贫乏"。它们立在生的起点上,似乎要参与到世界里来,它即将作选择而行动起来,但是人没有一个已确定的本质,世界是荒谬的,他找不到存在的必然理由。传统雕刻是人的存在的坚定,自信,强大,而杰克梅第的雕刻相反,表现了人的存在的虚幻、惶惑、脆弱。他给雕刻带来一种雨果赞美波德莱尔所说的"新的战栗"。这思想当然和现实主义的写实主义是背道而驰的。这新的战栗是反雕刻的。我初从中国的环境中来,对这样的艺术思想也是很难接受的。

钱:正如你所说的,以人体为雕塑主题,却是反人体的,揭示的是主体远离现世生命搏动的超人体的人体。也许这正是雕刻家杰克梅第的魅力,是存在主义哲学的魅力?那么他是用什么方法获得这种艺术效果和哲学效果的呢?

熊:我在评论杰克梅第的文章里提到,人体的雕刻到罗丹达到一个顶峰。在他那里,人体激烈地、充分地、痛快淋漓地展现了个人的内心种种形态。现代雕刻家则不满足于人体的局限,尝试用各种抽象形象传达他们要表现的意象;只有杰克梅第这样的雕刻家还要面向人体,认为人体仍是一未穷竭的题材。他要把赤裸的人体更深入一层,诘其究竟。他要剥除可能的躯壳的虚伪,刻画到内部去;剥除了它的微笑、伪笑;剥除它色泽掩映的皮层;剥除它太圆、太厚、太温适的肌脂;他要节节挖掘进去,揭露最赤裸的赤裸。通过何种方式达到这种艺术和哲学效果呢?中国艺术家常常喜谈"胸有成竹"、"意在笔先",意思是在笔之前,已有一个要表现的主题,或者要运用的笔触,或者要经营的构图,或者是一幅已经相当完整的画面只待在纸上实现出来。杰克梅第的方法与这正相反:他胸无成竹,他正是要扫却胸中的一切成见去看自然。他认为艺术创造是认识自然的手段。每次面对对象,他都带了好奇新鲜的眼光去观察,窥伺,探索他所尚未发现的东西。杰克梅第的胸无成竹的认识方法和创作方法是纯直觉的,纯当下的。因为他要否定过去记得的和过去做好的。每一次开始工作,他都像一无所知,或者说每一次他都认为现在才真的照见真理,每一次他都看到了别的颜色、别的线

118

条、别的配合与交错、别的协调与对照……就这样年复一年地,雕刻家在其惨淡经营的艺术场里,运用凿子和铁锤,不是想在大理石或花岗石上仿制礼帽与花裙,而是苦苦地凿打、推敲,凿向生命的核心,把握存在的本质层次。杰克梅第的艺术可以说是"刹那"所积累的世界,只有刹那,永远的刹那。而无数连续的刹那新陈代谢,前后排斥,前后否定,竟然洗荡了重重的偶然性,留下了纯粹存在的间架,而深层的间架,正是雕刻家孜孜以求的艺术境界。

钱: 我折服于你对现代雕刻家的解读、理解和评鉴的水平,具有存在主义倾向的杰克梅第与哲学的关系是显而易见的。从一般意义上说,雕刻与哲学,或艺术与哲学的关系也那么密切吗?

熊: 我刚才说过,这是一个有意义的问题,也是一个不易回答得好的问题。雕刻产生于原始崇拜,这与宗教是相通的。从广义上说,雕刻(艺术)也好,哲学也好,都是给人定义。哲学要追究人的抽象定义,概念的定义。雕塑始于人对自己的形象的发现而从形象上对自己作定义,希腊雕刻雕的是神像,其实也就是人的理想的定义,不是抽象的定义,而是形象的定义,后来西方雕帝王、英雄、革命家、艺术家、科学家、诗人……都是理想的人物。从宽泛的意义上说,从本质上看,一切卓越的雕刻家都是哲学家,一切优秀的雕塑都是哲学,米开朗基罗是一个雕刻家,更是一个圣徒;罗丹是一个雕刻家,更是雕刻的哲人和诗人。他们在大理石上凿出哲学,以青铜锻炼诗句。他们的雕刻不仅具有坚实的三度实体的造形美,而且浸入诗浸入哲学。罗丹的裸体塑像是哲学,杰克梅第符号化的人体像也是哲学,中国庄严、慈悲、和详的古佛雕表现的固然是宗教、是哲学,非洲黑人面具,是艺术、是宗教,也不失为一种哲学。黑人面具是哲学,因为面具对存在提出疑问,也给予回答①。面具上那两条细缝,或者两个圆洞,当然不是眼睛的仿制,而是眼睛的代号,许多代号拼合起来的面具是一个存在的代号。太大的圆眼,或太细的眼缝,像一种单纯的瞪视或迷失,像一种傻看。而在这种傻看之后,

---

① 参见《看蒙娜丽莎看－黑人艺术和我们》,第31－44页,百花文艺出版社,1997年。

有非常的生的激动。那是人类有一天直立起来，面对大自然若有省悟的愕然、矍然。他看见苍天、大地、万物、周遭，他警觉他的存在，试着窥测这个世界的秘密和神明。黑人艺术家，和任何文化中的雕刻家一样，他们的手和眼，在长期的劳作中，逐渐发现造形的规律，他们追求这些规律所能达到的最大效果：神学家在这里窥见神的胚胎；艺术家在这里看见造形的源起；哲学家在这里辨读出符号的绉形和原始的逻辑结构。

钱：你说得完全正确，究其实，科学也好艺术也好，哲学也好宗教也好，都是在界定、描述、说明或表现人与世界、人与自然的关系，从这一点看，它们之间是相通的。中西方艺术，各民族艺术有着不同的美学传统和审美追求，它们之间又显然存在着差异性，只要我们尊重各自的传统，承认差异，就能互相欣赏，互相沟通。就表现人与世界、人与自然的关系而言，从比较文化的视野看，你认为中西方艺术(绘画、雕刻)的最大区别是什么？

熊：中西艺术的比较在当前是个热题目，大家谈得很多。若要我抓出一点最主要的区分，我想可以这样说：西方的绘画、雕刻和科学有密切的关系。西方传统画家再现自然，运用许多科学方法，像透视、光影、人体解剖等等。文艺复兴三杰之一达芬奇，他留下了世界上最有名的画《蒙娜丽莎》，他还留下了重要的绘画理论。他便认为绘画是一种研究自然的科学。他的大量素描是解剖图、植物图、动物图、机械设计图，亦可以看为绘画中的素描作品，在中国人看来，是一些自然教科书的插图。在中国一边，王维可以作为中国绘画的代表人物，他的画是和诗结合在一起的。苏轼说："摩诘之诗，诗中有画；摩诘之画，画中有诗。"西方画家未尝没有追求中国画家所谓的诗情画意，比如法国风景画家柯洛(Corot)，他喜欢画湖水疏木，有非常恬静的抒情趣味。但是这种风格的画在西方美术史上并不多。

西方的写实主义和科学精神结合使他们最后发明了美妙的机器，把我们眼睛所见的事物忠实地再现出来，那就是照相机。照相机可以说是西方文化发展的道路上必然会创造出来的东西，而在中国文化进程中不会发明的。中国画家的写实是要求传神，六法中第一条是气韵生动，"气韵"是画家主观给予的对于对象的一种阐释，并不客观地存在在对象中。十八世纪西方绘画传入中国，中国画家惊叹其逼真，但是同时认为这只是一种巧技，并不是画，"不见笔法，不入画品"。

中国绘画追求诗意，也逻辑地出现了另一个现象是西方绘画所不会产生的，就是在画上题诗。王维的画是"画中有诗"，诗意融化在画意里。到了宋以后，中国画出现了"画上有诗"，诗的文字具体地侵入了画面的空间。西方绘画的画面处处是填满的，风景画的每一个角落或是天空，或是云朵，或是山，或是林木，绝不接受任何文字的存在。人物肖像的背景常是一片不确定的浓厚阴影，我们无法想像从那画夜中浮现出文字来。那空间仍然是写实的，也仍然是无光的暗夜的实际空间，潜藏着不可测的人间的悲剧和喜剧，和中国绘画上的虚白，不曾着笔染墨的空间，形而上学的空间恰成对比。

从这观点来看中西文化的比较，我想，科学精神是西方文化的主要特征，我记得在西南联大读书的时候，哲学系有一次组织了一个讨论会，讨论为什么中国没有产生科学？哲学系有一位教授名沈有鼎，他著作不多，不大为人所知，但在校内却有名，是个怪人，不修边幅，在系内很为学生所景仰。他的发言颇令人惊异。他说：中国文化没有产生科学是自然的，西方出现了科学是很奇怪的，一时引起哄堂。我不记得他有没有作解释，我觉得他有一定道理。道理是人站在人的观点观察世界总不免带有人的主观成分，许多解释会拟人化。而科学的观察方法是要排除人的观点，寻找一个客观的观点。比如说天气冷或热，这是根据我们皮肤的主观感觉而说的。你觉得天气冷，我可能觉得不冷。如果我们发明一个温度计来测量，我们就不必争辩冷还是热，我们说 18 度，这是客观的，而且准确。科学方法带给人类文化进步影响太大了。今天的人类生活样式可以说完全是科技所塑造的。中华民族有五千年的历史，也有许多影响人类历史的发明，但是，没有产生科学，为什么？我目前只有这样一个解释。这是文化取向的问题。在创造文化的源头上，我们便采取综合的方法，眼光集中在人文的问题上。而西方采取分析的方法，眼光集中在物质自然的问题。为了不要谈得太远，我们在雕塑上找一个印证，希腊神像的眼睛很大，虽写实，略有一定夸张，表情是一种对外界的好奇。中国雕塑人物的眼睛有两个类型：一是金刚怒目；一是菩萨低眉。看向外界以怒目，看向自己内心乃得到恬静和平衡。希腊神像是走着的，中国神像是坐着的。这些特点和智商没有关系。科学方法是可以学来的，中国人以不到一百年的时间，不但奠定了科学研究的基础，而且走到了科学研究的前沿。

钱：你阐释得十分精彩。你作为一个艺术探求者、一个前卫艺术家，怎么又教起书来了呢？我在东方语言文化学院任教时了解到，该院最叫座的两门课，一是程抱一先生的"唐诗"，二是你的"书法"课，你能告诉我，你是怎样在法国高校成功地开起这门课来呢？

熊：我为什么会到东方语言文化学院教书的呢？五十年代我的艺术活动主要在法国和瑞士，因为我的第一个妻子是瑞士人。她也是学艺术的，我们在巴黎大茅舍画院认识的，1952年结婚。我开始以画和雕刻为生。因为我父亲是大学教授，我从小在大学环境中长大，除了以薪水为谋生的方式外，不懂得别的谋生方式。我学雕刻完全是一种理想，并没有把它当作一种职业。所以当我知道出售自己的作品是职业艺术家生活与工作的一部分，我一直不能习惯，也一直不知道怎样给作品定一个价格。要得太多，觉得对不起爱好的人，要得太少，又对不起自己贱卖自己的劳动。但是，怎么算出一个合理的价格呢？我不知道。和画廊主人、艺评家、收藏家打交道要有一套才能，而我在这方面特别笨拙。我于是希望有一种工作，不占有我全部的时间，而能保障我的生活使我继续能从事艺术。1962年巴黎东方语言文化学院（那时还叫东方语言学校）需要中文老师，在校的黄淑懿老师推荐我，我也就欣然同意了。这就是我怎样又从雕刻工作部分转移到教书的经过。

以教书为职业也并不是那么理想。开始的几年学生不多，我教初级课，很轻松，但是1968年以后学生数目大大增加，我的课也从初级的改为高年级的，担任的课有先秦哲学、近代文学、书法、鲁迅作品选读……后来被选为中文系主任。为职称我用了三年多时间写论文《张旭与狂草》，雕刻工作几乎完全停顿，所以我说退休的时候，有一种说不出的快乐。

不过我也要补充一点，教书也有积极方面的收获。我在教初级汉语的阶段，我觉得又一次学中国语言，像儿童牙牙学语，重新感觉到，汉语、方块字是思想的源头，感情的源头，诗的源头。即使是最简单的句子，也可以写成诗，我于是试着用最简单的汉语写了一些诗，后来收集为三组，分别题名为"教中文""静夜思变调"和"展览会的观念"。1968年，中文系开设"书法"课，选我担任，我从那时教书法直到退休，不止二十年。我觉得西方文化里没有书法艺术，而在中国，书画是并称的，教法国成年学生写字，不能用中国人教孩子写字临帖的办法，成人写字不能只管摹仿，他想知道为什么如此写，为什么如此美，因此，我认为必须首先要把书法的理论和历史介绍给西方学生，使他们了解为什么书法在中国文化里如此重要，其次，必须告诉他们书法造型的原则，然后让他们实践，从实践中体会到书法的妙处。书法和绘画同源而异流。我感到书法和抽象图画有不少相通之处，所以采用了抽象画的一些原则，并且引用了格式塔视觉心理学的一些理论，制定了一套教学方法，效果颇好。法国学生就这样喜欢上了中国书法，听的人愈来愈多，成为当时颇受欢迎的一门课。

钱：你不仅是知名书法家和书法教育家，也是颇有名气的书法理论探索者。十几年前你就发表过《中国书法理论体系》的论著，引起海内外的注目。书法是中国独特的文化形态，饮誉世界。法国书法学会曾在巴黎大学举办过中国书法展览，法国总统希拉克欣然题词，称"中国书法是艺术之艺术"。你作为中国书法引入西方的最投入、最有成就的中国学者和法国书法学会主席，对此有何看法？

熊：中国书法是中国的独特的艺术门类，是欧洲文化所没有的高层艺术，这大约是希拉克总统所称赞的"中国书法是艺术之艺术"的含义吧？中国书法上的王羲之、张旭、颜真卿，……都是和绘画上顾恺之、吴道子、范宽同样重要的人物，和西方巴哈、莫札特、贝多芬相似的。为什么写几个字能有如此丰富的精神内涵？这是需要探索,需要解说的。我把古来的书论浏览翻阅,颇有所得,便试图把书法中的问题和追求加以梳理和归纳,后来觉得有些心得可以给研究中国书法的人介绍,于是便写成《中国书法理论体系》,先在香港书谱杂志连载,后在香港商务印书馆出版(1984年)。这本书想受到大陆和台湾书法界的注意,去年在台湾出了新的版本,上海文汇出版社也把此书收入我的四卷本文集。所谓书法体系,我把讨论书法的问题分为三个范畴:书技、书艺和书道,顾名思义,书技着眼于技巧,书艺着眼于创作,书道着眼于书法与哲学的关系。我在1983年、1985年和1992年曾先后在北京举办过"书技:书法视觉心理学"、"书艺:书法内省心理研究"和"书道:书法与中国哲学"三次讲习班,每个班为期一周,有理论,也有实践。"书技班"上要求的是把字写得平正。我不主张依样画葫芦式地临帖,而是理解结字用笔的造形原则,我引用了西方视觉心理学和近代抽象绘画的一些观念。"书艺班"上要求的是如何写出自己的个人风格。传统的方法是"遍临千帖,自能酿成一体"。我觉得这是不够的。我引入了西方近代深层心理学的一些观念来帮助书法学习者发现自己的风格。"书道班"的研讨内容是从中国哲学讨论书法的终极追求。书法是中国文化所产生的独特的艺术,和埃及书法、阿拉伯书法、西方书法有根本的不同。在西方相当于中国书法的是雕刻,雕刻与绘画在西方是并称的,而在中国书画并称。

钱:你在不同场合说过,"中国书法是中国文化核心的核心"。后来我又在一个杂志上看到你一篇文章①,专谈这个问题。请问,如何理解这句话的含义呢?如何理解书法深刻的文化内涵呢?

熊:我在1984年北京的一次书法座谈会上说过:"书法是中国文化核心的核心",说出之后,我自己并不满意这说法。我想这句话大概很容易被误解为一句大话、空话。但是,我绝无耸人听闻的意思,后来我在不同的场合作过解释。我的意思是,一个文化的核心是哲学。中国传统哲学家的终极目的不在建造一个庞大严密的哲

---

① 熊秉明:《书法与中国文化》,见《二十一世纪》,1995年一月号。

学系统，而是在思维的省悟贯通之后，返回到生活实践。从抽象思维落实到具体生活的第一步，就是把思想符号变成视觉艺术的载体。思想符号本来只有抽象意义，一旦成为书法，就便转化为审美的形象。而此审美的形象又仍然未完全脱离抽象的意义。比如于右任写的对联"得山水清气；极天地大观"。我们在欣赏书法同时，也可以欣赏文字的哲学内容。而这里哲学不是纯逻辑思考，而是生活情调的玩味。如果哲学是"高处不胜寒"的峰顶，而书法是可以游憩流连的园地。我再举一个具体的例子。弘一法师李叔同出家之后，放弃他曾经爱好过的诸艺，文章、诗词、戏剧、音乐、绘画……惟一没有放弃的是书法。那是把生活约化到最后的文化活动，精神寄托，能不说是文化核心的核心么？

钱：十几年前，我在巴黎读过你在《欧罗巴》杂志上发表的一篇评顾城的文章，感到你对中国朦胧诗的解读有独特的见解和思考，给我留下深刻的印象，我在一个相当长的时间里，曾把你这篇诗评作为比较文学硕士生、博士生的指选读物，他们也从你的解读中受到了启发。在法国华人学者中，你不仅是颇有名气的雕刻家、书法家，也是中国诗歌独具慧眼的解读者和评论家。

熊：你过奖了，我至多是个"诗歌爱好者"。汉语是一种诗的语言。法国人很以他们的语言为骄傲，以为是一种能够严格清楚地表达思想的文字。这一种逻辑性很强的语言，是写散文，写论文的好工具，但是诗并不需要这优点，"枯藤，老树，昏鸦"，这些词之间并无清楚的逻辑关系，不是一个句子，没有清楚的理性思想要表达，但是，诗已经产生了。我在上面提过，我写过一些诗，那是在教初级汉语时激发出来的，我发现最简单的句子便可以是诗，就像"妈妈，我饿。妈妈，我怕。妈妈，我睡不着。"于是，用最简单的句法，最粗浅的词汇写了一些诗，我形容为"小学生的诗"。那是语言的开始，也是诗的开始。关于诗论，我出版过一本小书，名曰"诗三篇"，收在"当代丛书"，讨论到三位诗人。一是余光中，他是台湾的重要诗人，现在也被大陆接受、重视，而拥有大量的读者了。我的文章是讨论他 1966 年发表的诗《莲的联想》，他的诗风继承了五四以来新诗的道路，但是有所发展，他写诗的数量，我想是五四以来首屈一指的了，诗的题材非常广泛，从身边的琐事到世界的大问题，无不触及，无不用他魔术般的语言放入诗的世界。一个是林亨泰，他也是台湾的重要诗人，我称他的诗为"现代诗"。中国的现代诗，作者很多，流派也很多，但我对他的作品特别感兴趣。可以说是一种哲理诗，一般诗的读者不会喜欢。林亨泰的诗利用了中国语言文字的特点，捕捉一些生命的基本感受，我的文章分析了他的一首"风景(2)"。第三个是顾城，我把他作为朦胧诗人的代表，分析了他的一首诗《远和近》，从人和人之间的关系讨论朦胧诗的一个特征是，从集体意识的诗意转向个体意识的诗意。他们三人分别代表三个流派：新诗、现代诗和朦胧诗。这些诗评颇受存在主义和结构主义影响和启发，但究竟有多少成功，我不敢说。至少是个大胆的尝试吧。希望从诗的修辞特点、语法特点出发，分析出诗意的产生和诗境的特点。

钱：你以哲学的眼光来读诗，又以艺术的眼光来理解哲学，真是把文学、艺术和哲学都打通了。你是一个既有中国文化根底又熟知西方文化传统的学者兼艺术家，你认为中西方文化的根本差异是什么？作为一个具有这双重学养的知名雕刻家，在创作实践中，你觉得东西方文化可以交融汇通吗？它们之间的差异会妨碍其共存发展吗？

熊："文化"一词的内容极为广泛，就其实质来说，文化是一个民族的生存意志与创造欲望在实际世界中的体现，也就是一个民族的人生观、宇宙观、思维方式、抒情方式……的具体表现。在有的文化里，宗教是生活的主轴，文化的核心。在中国文化史上，宗教虽然也起过大的作用，但文化的核心究竟是哲学。这样看来，中西方的差异是显而易见的。就哲学而言，西方哲学有严密的逻辑系统；中国哲学则重视受用与人生实践。西方哲学家的努力在构建一个庞大而严密的思想系统；中国哲学家最关心的是心身性命之学。就思维方式而看，西方人重理、重知、重态度；中国人，重情、重关系、重实用；反映到艺术上，西方注重写实，东方注重写意。所有这些差异并不构成彼此间的对峙，只会形成彼此之间的互补，所以不会影响彼此间的交流共存,不会妨碍相互间的欣赏发展。对艺术创作、艺术欣赏来说,文化间的差异与特点则是加深理解、促进交流的参照系。比如,我们读杜甫名篇《丽人行》,就会加深对西方艺术的理解,而当我们欣赏西方艺术如雕刻时,便自然想到《丽人行》的名句"肌肤细腻骨肉匀",从而对杜甫的诗作有更深的理解。

在观照中西方文化的影响和交流时,我不大赞成用"融合"这个字眼,它使人觉得像"配方"似的,只有量的区别,没有质的区别。影响是外在的,创造才是根本。雕刻,诚然需要精心打磨、加工,但更需要创造,如果纯粹加工而忽视创造,那就变成了工匠,而不是艺术家,一件成功的雕刻,往往是艺术家潜意识的自然流露和有意识加工创造的产物,是艺术家内心感情和人生态度的真诚流露。每个艺术家都以自己的方式理解人生,凡高的《向日葵》是一种人生态度的表现,但不是表现人生的惟一方式。你不能说莫奈、塞尚、伦勃朗、杰克梅第、罗丹的画和雕刻就不是人生方式的体现,我们需要凡高,也需要莫奈、塞尚……。你不能说老子是真理,孔子不是真理,马克思是真理,康德就是谬论,人们需要多彩的生活,也需要表现生活、解释人生丰富多样的方式,艺术是这样,哲学也是这样。就我个人的艺术爱好而言,我比较喜欢毕加索(Picasso)、卡莱(Klee)和沙伽里(Chagall),毕加索是立体派,比较自由,卡莱抒情抽象派,想像力极强,而沙伽里注重抒情写实,我的雕刻创作受他们的影响,但我的根还在中国,我只是用西方艺术来反思自我,我在北京、上海、台北和高雄等地举办巡回展时,评论家认为我的艺术风格,在精神内容上是中国的,在手法上是现代的。

钱:从上世纪初开始,就有不少中国知识分子到西方来学习,或学习政治、或学习科学、或学习艺术,目的只有一个:学习知识,寻求真理,振兴中华。后来这些人学成后,有的回国,有的留下来了,他们在不同的环境和条件下,在不同的领域,都有不同的建树,不论回国的,还是留下的,都为人类进步事业和文化发展作出了各自的贡献。就以留法艺术家来说,上一辈的大家徐悲鸿、林风眠、刘海粟不论,与你同辈的就有赵无极、朱德群、吴冠中等,就你家庭来说,你与你回国的父亲,大数学家熊庆来先生,就在不同的环境,不同的领域作出了殊途同归的建树与贡献。

熊:我哪能跟父亲相提并论呢?他是一个数学家,做过十二年云南大学的校长。他出生在云南,一个边远省份的一个偏僻乡村。童年读四书五经,十四岁到昆明考入英法文专修科,十九岁考取公费,到法国留学。在法国八年,主修数学。他受到西方科学的洗礼,同时也接受了西方的近代人文思想。他常对我们说到巴斯德,不止是他发现细菌的伟大贡献,而且谈到巴斯德的伟大人格,1992年国内纪念父亲诞辰百年,我为纪念集写了一篇忆父亲的文章,其中有一长段是记录他给我们谈的巴斯德的几则故事,我在写作过程中,特地找了巴斯德传来印证,不吻合的地方,我是用父亲的口述文本,因为我以为父亲的文本才真正是父亲心目中的巴斯德,或者说他心目中的科学家。当我还是孩子的时候,便听他谈怎样在国内三个大学创办数学系:南京东南大学,西安西北大学,北京清华大学。最先在东南大学,他一个人几乎教所有的课程,编所有的讲义,改所有的习题,而那时正有一批有才能又肯学习的学生,每一个学生每一次交来的习题是一整本;一年下来便病倒,那时的学生后来都是中国科学界的中坚。他谈这些旧事是带着愉快的心情的。1926至1937年他在清华大学担任数学系主任。数学家陈省身先生说:"他在清华一段时期,不动声色,使清华数学系成为中国数学史上光荣的一章。"1937年到1949年,他以壮年时代的十二年致力于发展云南大学,在感情上是"为桑梓服务"。在抗战的艰苦条件下,他把原来只有文法、理工两个专科的大学扩大为文法、理、工、医、农五个学院的综合大学。数学家卫念祖在纪念文集中有《缅怀熊庆来先生》一文,说有人称他在云大时所作的成绩是"奇迹般的成就"。1949至1957年他滞留法国,患半身不遂,但重理旧业,发表论文,用法文写数学专著。物理学家杨振宁曾为我父亲的纪念文集写了这样的话:"在这样艰难时期,熊先生身处异域,竟能坚持努力不懈,作出重要研究成果,用左手写出论文多篇,其毅力和集中思考的能力是绝对超人的。科学研究工作,尤其是数学研究,是'青年人的世界'。做了十几年的行政工作，于六十岁前后重新回到研究领域，是绝无仅有的。熊先生这种自强不息的精神是我们的榜样。"

1957年父亲由法返国，在科学院数学研究所工作，他对祖国的进步一定是高兴的，但文革时期看到对科学家的摧残，对科学的误解，对科学精神的蔑视，一定是非常痛苦的。他没有能活过文革，没有能看到平反，没有看到开放，真是憾事。1969年病故后，冒险来家中向遗体告别的有两个学生：严济慈和华罗庚。

可是，我要说的还不只是他一个人。他那一代的自然科学家在中国土地上为科学奠定了基础，他们默默地做了极不平凡的工作。而他们是读四书五经长大的，古典书籍并没有束缚他们的头脑，相反在道德意识上给他们以基本的做人准则，他们的爱国热忱和对科学真理的追求与古哲"天行健"意识是可以接轨的。

钱：前辈学者为科学献身的精神可敬可佩！二十一世纪必将是一个更加科学、更加文明的世纪。你能对新世纪人类文明前景作一个预测吗？

熊：预测未来是很困难的。有科学家掌握许多理论和资料，写书预料未来，他们的预言有一定价值，但也并不一定可靠。有政治家掌握许多理论和资料，描写一个美妙的未来，并且让大家相信而且努力去实现，到后来，也仍然不可靠。你问的问题，我实在无法回答，回答了，也没有什么价值。不过，你可以从我的回答看出我是个乐观的人呢，还是悲观的人。如果你直截了当地问我：你是乐观的，还是悲观的，我都很难回答。我生于1922年，在二十世纪活了将近八十年，这是一个充满巨变的世纪。在这个世纪初，在我们的童年和青年时代，人类有极光辉的前景，而到了世纪末，我们再作回顾时，留下热烈动人的回忆，也留下极黑暗痛苦的回忆。太多的事情使我们悲观，像大自然的污染、精神价值的失落、人际关系的恶化……但也有很多的事使我们乐观。这使我想起鲁迅的一句话："绝望之为虚妄，正与希望相同"，这并不是他自己的话，而是引匈牙利诗人 Petofi 的诗句。我恐怕也只能用这诗句回答你的问题。我或者换一个说法，就是在一个令人悲观的世界里带着乐观的希望做我们该做的事。

道家伦理与后现代精神

叶舒宪

> 要开创一个新起点，只需打开过去的伟大哲学著作，并努力领会其精髓。曾经被长久地隐埋了的基本真理的重现，将彻底根除在近代造成灾难性后果的错误。
>
> ——莫提梅·阿德勒《哲学十大错误》

一、引言：韦伯问题的后现代倒置

以马克思为代表的十九世纪西方社会理论试图从经济生活方面去解答现代资本主义的历史根源和历史必然性，并进而论证它注定要被新的公有制社会形态所取代。二十世纪以韦伯为代表的西方社会理论在很大程度上延续了马克思的命题，但转而从精神生活和价值观念方面重新论证资本主义的历史根源及必然性，同时也放弃了对资本主义注定要灭亡的公有制预言。1989年苏联东欧社会主义阵营的解体以及随之而来的日益高涨的全球一体化浪潮，使资本主义、市场化经济成为新的国际秩序的惟一代表。美国国务院思想库（Policy Planning Staff）的代言人福山（Francis Fuknyama）适时地抛出"历史终结"论，宣称西方式的自由民主理念已经没有对手，资本主义在全球的胜利使历史的演进过程宣告完成。①一时间，为资本主义的合理性及其世界化进行辩护，成为当今媒体和各国主流思想的大合唱。韦伯所提出的命题"什么样的精神价值在过去数百年中为催生资本主义或现代化的制度提供了基本的功能"，不仅在西方社会学界产生广泛反响，而且也在非西方的所谓"后发展社会"的理论界引发出热烈的讨论：非基督教的其他宗教价值观可否成为现代化的又一种动力？②

在提出和回答此类问题的过程中，东方传统社会的某些思想和宗教遗产受到不同程度的关注，其中以儒家伦理与东亚经济现代化之关系的讨论最为热烈。相形之下，佛教伦理、道教伦理在这场价值重估运动中虽然也被涉及，但受重视的程度远不如儒家那样充分。

本文旨在从后现代主义的视角出发，对以韦伯为代表的思想史与社会史命题进行倒置，不再为既成的资本主义制度去寻找种种原因，去推进那种辩护性的历史解释学，而是从道家伦理的边缘性立场去审视所谓的现代化的不合理方面，讨论道家伦理在全球化进程明显加快的二十一世纪所具有的思想资源意义，它在何种程度上可以有助于我们避免由资本主义的物质主义和消费主义对人性所造成的扭曲和异化，又在何种程度上警示追逐现代化的潜在问题和潜伏危机。

换言之，本文确信道家智慧与资本主义和现代化本来是格格不入、背道而驰的。我们现在所能做的不是如何去判定"小国寡民"乌托邦在全球化现实面前的虚幻性，而是在被迫卷入现代化进程的同时保持以淡漠和节制为特色的后现代古典主义精神，尝试在道家伦理与后现代思想之间的对话与会通，从而得出与韦伯的"新教伦理与资本主义精神"相对的"道家伦理与反资本主义精神"的后现代命题。

---

① 福山《历史的终结》(The End of History)，《National Interests》1989，Summer，中译本，远方出版社，呼和浩特，1998年。

② 参见[日]富永健一《社会学原理》第十三章，严立贤等译，社会科学文献出版社，北京，1992年；又：黄绍伦编《中国宗教伦理与现代化》，香港商务印书馆，1991年。

舍勒指出：在资本主义的企业形式占优势的地方，人肯定就自动般地生长到这一环境中去，即使他们不属于资本主义类型的人，他们迫于社会和经济的必然性也不得不沿这一方向前行。就此而言，是资本主义的组织形式促进着资本主义"精神"的继续存在。①目前，资本主义的组织形式借助于全球市场的力量正在世界各处蔓延，因而也到处催生着与各国族的本土传统相冲突的资本主义精神。如何保留和汲取传统的本土智慧，并使之同批判性的后现代精神相互沟通，成为每一个不愿意盲从市场社会消费主义洪流的知识人所面临的迫切选择。

　　文章拟从三个方面揭示道家伦理作为抗衡资本主义精神的重要思想资源，如何可能获得后现代的理解和阐发：以天人不相胜的生态观为基础的道家经济学如何抵制"增长癖"的资本主义经济学；为"增长癖"效忠的唯科学主义和技术万能论如何重新面对道家对"机事"与"机心"的尖锐诊断，西方的工具理性的现代困境及后现代超越的可能性；相对主义思想方式对于消解个体、民族的自我中心主义的现实效应。

二、从佛教经济学到道家经济学

　　经济学作为西方社会科学之一门已经获得了长足发展。在资本主义走向全球的时代，西方的经济学也在广大的第三世界国家流传和普及，成为现代高等教育的必要知识门类。然而，发源于资本主义之西方的经济学真的是一门"客观的"科学吗？泰国佛教学者近来已对此提出全面质疑：

　　　　从理论上讲，科学应当能够解决人类所面临的复杂的、相互交织的问题。但是由于经济学切断了它同其他学科的关联，切断了同更广阔的人类活动领域的联系，所以它在面对当今

---

① 舍勒(M. Scheler)《资本主义的未来》，罗悌伦等译，三联书店，北京，1997年，第8页。

的伦理的、社会的和环境的问题时就显得无能为力。况且，它对我们的市场导向的社会施以巨大的影响，狭隘的经济学思维事实上已成为我们最紧迫的社会问题和环境危机的主要根源。

把经济学看作科学，究竟值得吗？虽然有许多人相信科学可以拯救我们，但毕竟局限甚多。科学所揭示的仅仅是有关物质世界的真相之一面。如果仅仅从物质一面去考察事物的话，便无法得到有关事物存在的全面真相了。既然世界上的万事万物都处在自然的相互关联和相互依存状态中，那么，人类的问题也必然是相互关联和相互依存的。单面的科学的解决方式注定要失败，问题和危机要蔓延开来。①

从经济学所关注的生产和消费的互动增长指标看，资本主义工业社会确实已将人类带入前所未有的发展之中。"消费文明下的快乐奴隶"总认为自己比祖先时代享有更多的技术优势和物质财富，却不能从终极意义上追问经济增长数字之外的发展限度问题和生存意义问题。对此，佛教经济学的倡导者们从环境伦理的背景出发，为走入死胡同的西方经济学敲响警钟。他们认为对全球环境的持续恶化，经济学所鼓励的无节制的生产和消费当然要负重要的责任。他们希望把生态学和伦理学的要素整合进来，重组经济学的学科体制，使它不仅关注分析数据，而且也关注人与自然的合谐；不再单纯鼓励增长，而要更多地强调增长的极限。

从伦理的意义上说，经济活动必须按照不伤害个人、社会与自然环境的方式展开。换句话说，经济活动不应该对自身造成损害或对社会造成动荡，而是应当加强这些领域中的良好秩序。如果将伦理价值作为重要因素运用到经济分析中去，那

---

① 佩尤托（Venerable Prayudb Payutto）《佛教经济学》（Buddhist Economics），泰国曼谷佛学基金会，1994 年，第 16 页。

么可以说一顿便宜而营养充分的餐饭当然要比一瓶威士忌更富有价值。①

通过这样的对照之后,我们可以说,西方的专业化经济学与佛教经济学的根本差异来自于不同理解的"经济"概念。后者要求不只是从经济看经济,也要包含生态和伦理的、价值的视界。这种广义的"经济"似与文化人类学者的看法有不谋而合之处。

美国的著名人类学者马文·哈里斯便强调:对经济的两种界定均有其合理性。人类学者更倾向于关注由文化传统所构建出的生产、交换和消费的动机(motivations)。②而此种动机又往往由文化背后更深层次的生态因素所决定。在他看来,经济学家用乐观主义的态度所观照的生产力进步,如果改换长距离的文化生态眼光去看,其实是迫于人口与资源之间的矛盾而被迫选择的"生产强化"之结果。从石器时代的狩猎采集到农业革命,再到以机器生产为标志的工业革命,人类迫不得已地走上强化生产、毁坏环境的恶性循环之旅:"当代的国家社会正全力以赴强化工业生产模式。我们只不过才开始为新一轮生产强化所造成的环境资源枯竭付出代价,而且无人可以预言为了超越工业秩序的增长极限应采取什么新的控制措施。"③在当今最富于远见卓识的智者感到为难的地方,道家思想的真实价值也就得到凸显:自然无为的生活方式也许是避免陷入生产强化恶性循环的惟一途径。道家圣人们似乎早就独具慧眼地看到无限制扩大生产与消费对人自身的危害,特别标举出"民居不知所为,行不知所之,含哺而熙,鼓腹而游"④的生活理想,希望通过节制人的野心和贪欲来达到人口与自然资源间的

---

① 佩尤托《佛教经济学》,第 26 页。

② 马文·哈里斯 (Marvin Harris)《文化人类学》(Cul tural Anthropology), Harper and Row Publishers, New York, 1983, p. 62.

③ 马文·哈里斯《文化的起源》(Cannibals and Kings: The Origin of Cultures),黄晴译,华夏出版社,1988 年,第 3 页。

④ 《庄子·马蹄》,郭庆藩《庄子集释》,中华书局,1961 年,第 341 页。

平衡。道家思想反复强调的"恬淡寂寞无为"、"虚则无为而无不为"、"莫为则虚",表面上看好像是讲修行的训练,从大处着眼则可以理解为一种调节物我关系、天人关系的生态伦理。从一定意义上说,我们有可能像佛教经济学的建构者那样勾勒一种道家经济学的原理轮廓。

道家经济学的逻辑起点在于摆正人与自然的关系。首先,人是自然的一分子,一部分,人与自然的关系是生死与共,唇齿相依的。所以不容忍把人自己凌驾于自然之上的狂妄态度,也就不会导致征服、劫取自然的人类中心主义暴行。老子云:

> 道大,天大,地大,人大。域中有四大,而人处一。人法地,地法天,天法道,道法自然。①

庄子云:

> 天地与我并生,万物与我为一。②

这样理解的"并生"关系是保证人类效法自然,顺应自然的理论前提。人的经济活动当然也要在这一大前提之下加以统筹,以求得朴素简单的生存需求为限度,尽量回避人为的增加生产和消费的做法。

《庄子·大宗师》所描绘的真人,可以代表道家经济学的这种自然主义理想:"古之真人,其状义而不朋,若不足而不承;与乎其觚而不坚也,张乎其虚而不华也;邴邴乎其似喜乎!崔乎其不得已乎!……天与人不相胜也,是之谓真人。"③真人是善守天然而拙于人为的楷模。真人式的生活将会最小限度地妨害自然,最大限度地防止生产强化,使"天与人不相胜"的纯朴合谐状态得以长久维

---

① 《道德经》第二十五章,见朱谦之《老子校释》。
② 《庄子·齐物论》,郭庆藩《庄子集释》,第79页。
③ 郭庆藩《庄子集释》,第234－235页。

持。

在马文·哈里斯的经济观中,导致环境资源枯竭的是人为的生产强化,而导致生产强化的又是人口的增长所带来的生存危机,他把这称为"生殖压力"。人与自然之间原始均衡状态的打破,就是由这种生殖压力所造成的。如果我们不得不承认地球的资源是有限的,众多的动植物物种是不可再生的,而人口的增长却是无止境的,那么如何限制人口增长,就成了保证天人不相胜的合谐关系的根本。对此,道家经济学已有非常充分的认识。从老子的"小国寡民"到庄子的"人民少而禽兽众"之说,都是把问题的实质落在人口的"少"这个必要条件之上。"禽兽多而人少,恰恰同今日世界人口爆炸而动物大量灭绝的现实形成鲜明对照。对于狩猎采集者来说,禽兽多便意味着食物资源的丰富供给,人少则意味着人均猎获食物的数量和时间相对要求不高,使原始生产式的分享和不争建立在优裕的物质和生态基础上。禽兽多和人少的远古现实还使人口与资源的比例处在最优状态。人们在优游卒岁的生活方式中当然也不会激发出过分追求物质利益的贪欲和奢望,那正是老庄标举的无为哲学盛行于世的地方。"①如果把"增长癖"看成结束了狩猎采集式古朴生活方式的人类所患上的文明病症,那么其潜在的病根就在于人口本身的增长以及与人口增长成反比例的生存空间的负增长。老庄早在文明史的早期阶段就已经意识到这将是一个无法克服的矛盾,所以针锋相对地设想出一系列应对措施:一方面控制人口总量以保持生态系统的均衡,另一方面教育个人少私寡欲,防止陷入无休止的物质追逐。

一受其成形,不化以待尽。与物相刃相靡,其行尽如驰,而莫之能止,不亦悲乎!终身役役而不见其成功,薾然疲役而不知其所归,可不哀邪!②

---

① 叶舒宪《庄子的文化解析》,湖北人民出版社,1997年,第621页。
② 《庄子集释》,第56页。

这是庄子为受物欲驱使而不能自觉的世人所发出的由衷叹息。不论是对以传宗接代、增殖人口为目的儒家信徒来说，还是对患有"增长癖"与"发展癖"的西方企业家来说，这叹息都有充分的警世效应吧。"德人者，居无思，行无虑，不藏是非美恶……财用有余而不知其所自来，饮食取足而不知其所从，此谓德人之容。"①正与反两个方面的榜样就这样为道家经济学的基本原理提供了形象的说明。

三、反思唯科学主义与技术万能论

与西方经济学相呼应的另一种理性异化形式是唯科学主义。由于科学是西方近代文化的主要崇尚对象，唯科学主义的价值观也伴随着西学东渐的历史过程而传播到世界各地，科学取代神灵，成为现代生活中的救世主，技术万能的信念日益深入人心。受西方经济学思维定势左右的人们既然把增加生产作为人类进步的根本尺度，于是科学技术作为实际的生产力当然被幻想成有百利而无一害的东西。殊不知科技本身就是一把双刃剑，它在增加人的能力的同时，也会改变人性和破坏人的生存环境。最为可悲的是，人类一味追求科学技术的进步，陶醉在"人定胜天"的自我中心幻梦之中，越来越沦为丧失本真面目的科技奴隶而不自知。

美国的后现代主义学者霍兰德指出：

> 现代梦想绕了一个奇怪的圆圈。在这个圆圈中，现代科学进步本打算解放自身，结果却危险地失去了它的地球之根，人类社区之根，以及它的传统之根，并且，更重要的是，失去了它的宗教神秘性之根。它的能量从创造转向了破坏。进步的神话引出了意想不到的不良后果。②

---

① 《庄子·天地》，《庄子集释》，第 441 页。

② 乔·霍兰德《后现代精神和社会观》，格里芬编《后现代精神》(Spirituality and Society: Postmodern Visions)，王成兵译，中央编译出版社 1998 年，第 64 页。

这就呼应了海德格尔有关科学技术正在将人类从地球上连根拔起的告诫,对科学技术的负面作用有了清醒的认识。这些负面作用究竟有多严重呢?霍兰德的描述是相当令人震惊的:

> 在接近二十世纪末期的时候,我们以一种破坏性方式达到了现代想像(modern imagination)的极限。现代性以试图解放人类的美好愿望开始,却以对人类造成毁灭性威胁的结局而告终。今天,我们不仅面临着生态遭受到缓慢毒害的威胁,而且还面临着突然爆发核灾难的威胁。与此同时,人类进行剥削、压迫和异化的巨大能量正如猛兽一样在三个洪水"世界"中到处肆虐横行。①

科学的本来目的是掌握和控制自然,把人类从自然的束缚下解放出来。现在人们终于发现,从自然束缚下解放出来的人原来是能够毁灭自然和自身的人,有如从渔夫的瓶子中放出来的魔鬼,变得不可收拾了。

这种始料不及的恶果,其实早已为道家的智者所预见过。道家千方百计地呼唤人类回归自然,效法自然,是因为充分体认到自然与人的关系是母子关系、鱼水关系。一旦人类以自己发明的技术手段反过来对付自然,也就等于实际上背叛这种母子关系。所谓"征服自然"之类的自大狂说法,在道家看来无异于弑母之罪过。《道德经》第五十七章云:

> 天下多忌讳,而人弥贫;人多利器,国家滋昏;人多伎巧,奇物滋起;法物滋彰,盗贼多有。故圣人云:我无为,人自化;我好静,人自正;我无事,人自富;我无欲,人自朴。②

---

① 乔·霍兰德《后现代精神和社会观》,格里芬编《后现代精神》,中央编译出版社 1998 年,第 64 页。

② 朱谦之《老子校释》,中华书局,1984 年,第 231 - 232 页。

可见在老子眼中的技术进步也就是灾祸的隐患、人性的毒药、因为一切人为的强化生产手段都违背自然的"朴"和"无为"状态，是和"道"相乖离的。《庄子·天地》中描绘一位抱着瓦器灌溉菜地的老农，斥责子贡向他建议采用新的灌溉机械，其言曰："吾闻之吾师，有机械者必有机事，有机事者必有机心。机心存于胸中，则纯白不备。纯白不备，则神生不定。神生不定者，道之所不载也。吾非不知，羞而不为也。"①

这种对"机事"与"机心"之间因果关系的洞察是非常可贵的，看上去道家好像是有意地和科技进步唱反调，实质上是坚决拒绝沦为工具理性囚牢中的奴隶。二千年后的西方理性异化批判者尼采也对"机事"的危害性有所洞悉，他说：

> 各位所能了解的"科学化"的世界诠释方式可能也是最愚昧的；也就是说，是所有诠释方式中最不重要的。我之所以如此说，是为了向我那些搞机械的朋友们保证，今日虽然他们最爱与哲学家作融洽的交谈，并且绝对相信机械是一切生存结构的基础，是最首要和最终极的指导法则；但是机械世界也必然是一个无意义的世界！②

如果我们用汉字提供的信息来补充尼采的高见，那么机械世界（当然也包括当今的电脑世界和互联网世界）岂止是无意义的世界，那本来就是束缚人、拘禁人性的苦难世界。清人张金吾《广释名》指出，汉字"械"今指机械或器械，但其原有之意却是"脚镣"或"手铐"。其音符"戒"字由双手加上斧匕组成，意指警戒。英国汉学家，专门研究中国科学技术史的李约瑟博士引证《广释名》的这个发现去说明：机械本身和社会统治集团利益之间有密切联系，最早的机械是用以拘禁抗命农民的枷锁。而道家的反技术心理情绪，肯

---

① 《庄子·天地》，《庄子集释》，第433页。

② 尼采《快乐的科学》，余鸿荣译，中国和平出版社1986年，第285页。

定代表了这样一种普遍情绪，即不管引用了什么机械或发明，都只会有利于封建诸侯；它们若不是骗取农民应得之份的量器，就是用以惩治敢于反抗的被压迫者的刑具。①李约瑟从阶级压迫和对立的角度阐释道家创始者的思想立场，这固然不无启发意义，但是社会政治的解说似乎不足以揭示反技术心理的更深层的根源。这一点，只要看一下庄子对伯乐治马而损失其天性的批评，就不难理会了。②"机事"最大的危险是戕害自然之性和造成人性的癌症——"机心"，剥夺生物与生俱来的自由真性。相比之下，它与阶级压迫的政治性关联反而是次要的。

需要特别指出的是，道家伦理中蕴含着的对抗唯科学主义和技术万能论的宝贵思想，长久以来根本没有得到正面的理解，更不用说认识这种思想的超前性了。受人类中心主义的意识局限，人们把征服自然看成值得骄傲的功绩，老庄的反科技态度当然也就被误解为保守乃至反动。拒绝"机事"的老人也就成为科学崇拜者的笑柄。然而，后现代思想对唯科学主义的抵制和批判，终于给道家伦理的合理价值提供了再认识和再评价的良好契机。如果人类不想加速走向自我毁灭的泥潭，那么道家观点同后现代科学观间的对话将会提供十分有益的借鉴。

在十九世纪末，当尼采向人们呼吁警惕"科学化"带来的愚昧和无意义世界时，人们只当他是在说疯话。到了二十世纪末，西方的有识之士越来越多地站到尼采的立场上来了。英国物理学家大卫·伯姆（David Bohm）写道："在二十世纪，现代思想的基石被彻底动摇了，即便它在技术上取得了最伟大的胜利。事物正在苗壮成长，其根基却被瓦解了。瓦解的标志是，人们普遍认为生命的普遍意义作为一个整体已不复存在了。这种意义的丧失是一个严重的问题，因为意义在此指的是价值的基础。没有了这个基础，还有什么能够鼓舞人们向着更高价值的共同目标而共同奋斗？只停留在

---

① 参见李约瑟（Joseph Needham）《中国科学技术史》第二卷，科学出版社，1990年，第140页。

② 参见《庄子·马蹄》，《庄子集释》，第330页以下。

解决科学和技术难题的层次上,或即便把它们推向一个新的领域,都是一个肤浅和狭隘的目标,很难真正吸引住大多数人。"①他还呼吁,人们必须在现代世界彻底自我毁灭之前建立起一个后现代世界。其具体的措施同前面提到的佛教经济学的观点似乎是殊途同归的:

> 如果人们采取了一种非道德的态度运用科学,世界最终将以一种毁灭的方式报复科学。因而,后现代科学必须消除真理与德行的分离、价值与事实的分离、伦理与实际需要的分离。当然,要消除这些分离,就必须就我们对知识的整个态度进行一场巨大的革命。②

笔者确信,在人类重新看待科学技术的这场认识革命中,③道家伦理所体现出的超前智慧必能发挥积极作用。

四、相对主义与消解自我中心

道家伦理与后现代精神的另一个重要契合点是相对主义。

在哲学史上,相对主义一直同本质主义相对立,属于认识论方面的差异。自从二十世纪的文化人类学家倡导文化相对主义以来,相对主义的问题就已经超出了传统的认识论范畴,成为在多元文化时代实现跨文化对话和理解的一种公认的伦理准则了。后现代主义在颠覆中心(decentering),反叛认知暴力(epistemic violence),消解霸权话语,揭露和对抗意识形态化的虚假知识,关注和发掘异

---

① 大卫·伯姆《后现代科学和后现代世界》,大卫·格里芬(David Ray Griffin)编《后现代科学》(The Reenchantment of Science),马季方译,中央编译出版社,1995年,第75页。
② 同上书,第86页。
③ 关于这种革命的症兆,可参看赫伯特·豪普特曼(H·Hauptman)《科学家在21世纪的责任》,保罗·库尔兹(Paul Kurtz)编《21世纪的人道主义》,肖锋等译,东方出版社,1998年。

文化、亚文化、边缘文化话语方面,大大拓展了文化相对主义的应用空间。而这一切,又恰恰同道家伦理达成某种超时空的默契。

人类学的文化相对主义原则要求一视同仁地看待世界各族人民及其文化,消解各种形形色色的种族主义文化偏见和历史成见。这是对人类有史以来囿于空间地域界限、民族和语言文化界限而积重难返的"我族中心主义"(ethnocentrism)价值取向的一次根本性改变。正如个体儿童认知发展过程就是不断消解自我中心的过程,各民族文化也只有在摆脱了"我族中心主义"的思维和情感定势之后,才有可能客观公正地面对异族人民和异族文化,建立起成熟的全球文化观。这也是二十一世纪摆在各个文化群体面前的共同课题。

汉语中有"党同伐异"这个成语。它指的是一种政治态度:和自己同一派系的就拥护和偏袒,不一派的就攻击讨伐。其实,从扩大的意义上说,人类与生俱来的天性中就已潜存着党同伐异的倾向。个人在社会生活中总是自发地表现出这种倾向,而特定文化的意识形态则有意地强化这种倾向。先举一个常见的例子:婴幼儿初次面对陌生人时难免会感到恐惧,产生本能的排斥反应。尤其是当他们见到与自己周围司空见惯的人完全相异的外国人时,躲避和哭叫往往是第一反应。个人是这样,一个民族或一个社会群体也是如此。我们汉语中自古就没有把外国人当作和我们自己一样的人,从"蛮夷"到"洋毛子"、"鬼子",这些措辞里体现着极其鲜明的党同伐异倾向。而儒家关于"攻乎异端"的教训代表着正统意识形态在这方面的一贯态度。

人类学家麦克杜格尔(Mcduogall)博士在1898年说道"任何动物,其群体冲动,只有通过和自己相类似的动物在一起,才能感到心满意足。类似性越大,就越感到满意。……因此,任何人在与最相似的人类相处时,更能最充分地发挥他的本能作用,并且得到最大的满足,因为那些人类举止相似,对相同事物有相同的感情反应。"①从这种党同伐异的天性上看,人类种族之间的彼此敌视和

---

① 哈登《人类学史》,廖泗友译,山东人民出版社,1988年,第2-3页。

歧视也就是顺理成章的了。人们在接受相似性的同时必然会排拒相异性。《庄子·在宥》云:"世俗之人,皆喜人之同乎己,而恶人之异于己也。同于己而欲之,异于己而不欲者,以出乎众为心也。"于是,丑化、兽化、妖魔化异族之人的现象自古屡见不鲜。人类学家报告说,从某些未开化民族的古代文献和绘画艺术中,可以找到种族歧视的许多实例。在法国山洞和其他地方发现的人类粗糙画像,大概是描绘旧石器时代的人类的,这些图画或者雕刻,很像近代未开化民族的艺术作品,说明了画动物比画人物容易,画动物的技术要比画人物技术高超得多,因此,只依靠图画来描述当时存在的人类的生理特征是不可靠的,但是反映巴休人和卡菲黑人战斗的巴休人名画则大不相同。种族的相对尺寸、不同肤色和两个种族所使用的战争工具都特别具体。一般说来,巴休人夸大了他们自己的某些特征,弱化了其他种族。例如,对方的头部一概画得很小而没有特征,平平淡淡。在埃及,发现了许多在几个世纪中出现的大量的绘画和雕刻艺术品,它们是民族学研究的珍贵资料。三千多年前,艺术家们未受训练但并非不善于观察的民族学家用人类四大种族的画像装饰了皇墓的墙壁。第十九朝代的埃及人认为世界只可分为:(1)埃及人,艺术家们把他们漆成红色;(2)亚洲人或闪族人,被漆成黄色;(3)南方人或者黑人,被漆成黑色;(4)西方人或北部人,被漆成白色,眼睛发蓝,胡子美丽。每一种人都有自己独特的装束和特征,能被明显地区分开来。除了这四大种族体型,古代埃及人还画了其他人类种类。它们的绝大多数至今仍能辨认出来。这种民族歧视倾向较早地出现在埃及史前和史后早期的石板彩画中。

人类学所揭示的以上事实表明,自我中心和歧视异端的心理是人类文明一开始就根深蒂固地存在的,也可以说是从史前时代带来的。要克服它当然并非易事。然而,中国上古的道家的圣人早就教导人们摆脱认识上、情感上的自我中心倾向,能够以相对的、平等的眼光来面对万事万物。老子《道德经》中充满着关于对立的事物相反相成的道理。《庄子·齐物论》更是古往今来传授相对主义思想方式的最好教材。其中齧缺与王倪对话一段,非常生动的说明为什么要提倡相对主义。

庄子借王倪之口说,人睡在潮湿处会患腰疼乃至半身不遂,泥鳅整天呆在湿处却不怕。人爬上高树就要害怕,猴子会这样吗?这三种生物到底谁懂得正确的生活方式呢?人吃饭,鹿食草,蜈蚣吃小蛇,猫头鹰爱吃死老鼠,这四者究竟谁的口味是标准的呢?①庄子说到的这些情况虽然是在不同的物种之间发生的,但其弃绝偏执,防止绝对的道理同样可以适用于不同的人群、不同的文化。既然每一种文化都是自我中心和自我本位的,那么也只有站在无中心、无本位的立场上,才能够走向相异文化、相异的价值观念之间的相互理解和相互容忍。就此而言,后现代主义要求消解被意识形态绝对化的种种信念、价值、思维和感觉的方式,揭发绝对主义和本质主义话语的虚假实质,这和庄子的见解是相通的。

认识上的消解中心涉及是非之争的标准问题,《庄子·齐物论》也做出了雄辩的说明:

> 既使我与若辩矣,若胜我,我不若胜,若果是也?我果非也邪?我胜若,若不吾胜,我果是也?而果非也邪?其或是也?其或非也邪?其俱是也?其俱非也邪?我与若不能相知也。则人固受其黮闇,吾谁使正之?使同乎若者正之,既与若同矣,恶能正之?使同乎我者正之,既同乎我矣,恶能正之?使异乎我与若者正之,既异乎我与若矣,恶能正之?使同乎我与若者正之,既同乎我与若矣,恶能正之?然则我与若与人俱不能相知也,而待彼也邪?②

这里所提出的是对不同主体之间争执时的是非评判标准的彻底质疑。在庄子看来,不可能有一劳永逸的固定标准,相对的标准也只能通过放弃自我中心后的交流协商去寻求,去磨合。著名的"吾丧我"命题,以及"心斋""坐忘"之术,一方面讲的是如何悟"道"

---

① 见《庄子集释》,第 93 页。

② 《庄子集释》,第 107 页。

的功夫，另一方面也是摆脱自我中心的感觉和思维定式的具体训练措施。

如果扩展到跨文化交往的层面上来看，在当今的许多国际政治和外交上的争端，如人权问题，各国总是自我本位，各执一词，公说公有理，婆说婆有理。如果大家都懂一些道家相对主义，是完全能够避免冲突，展开有效对话的。像"宋人资章甫而适诸越"一类的一厢情愿的行为，也只有学会用相对主义的眼光去看事物之后，才能够从根源上得以避免。《庄子·秋水》云："以道观之，物无贵贱；以物观之，自贵而相贱。"由此看来，相对主义的眼光也就是"道"的要求，是一视同仁的平等待物之方。当今正在走向全球化的各个民族、国家，非常需要认真考虑"道"的这种平等原则。惟有首先自觉的放弃以往那种"自贵而相贱"的传统习惯，和平共处的理念才不至于沦为空话。

综上所述，道家伦理资源中潜存着某些与后现代精神相通的要素。在二十一世纪的跨文化对话的世界性潮流中，回过头来重新倾听道家传统的声音，也许就像哲学家阿德勒所说的那样，能够为处在危机之中的我们"开创一个新起点"。

"九十年代文学思潮暨现当代文学课题研究"研讨会
今秋十月在宁召开

本次研讨会由南京大学中国现代文学研究中心与《文学评论》编辑部共同举办。学者钱中文、叶子铭、董健、黄修己、许志英、朱德发、陈辽、王保生、赵宪章、丁帆、周宪、南帆、王一川、董元林、陈晓明等 50 余人参加。与会者就全球化语境与九十年代理论思潮，20 世纪中国文学研究的历史感与方法论，流行文学与边际写作，九十年代文学的世俗化潮流与批判精神的退化等问题展开了对话。

（王爱松）

为什么西方人研究哲学不能绕过中国？

[法]弗朗索瓦·于连

　　大家知道哲学扎根于问题之中，甚至周期性地僵化在传统中。要想在哲学中重新找到一种边缘活动，换句话说，要想恢复理论创新精神，我选择离开哲学的本土——希腊，穿越中国。这是一种迂回战略，是为了重新质疑深植于欧洲理性当中的成见，追溯我们之所未想。

1. 迂回的逻辑

　　选择出发，也是选择离开，创造可以进行远景思维的空间。这种迂回与异国情调毫不相关，而是有条不紊。我们这样穿越中国也是为了更好地阅读希腊：尽管我们对希腊思想有认识上的断层，但由于遗传的缘故，我们与它还是有某种与生俱来的熟悉，所以要想了解它，发现它，我们不得不割断这种熟悉，构成一种外在观点。

　　那为什么是中国？

　　这种被迫的选择，是因为它同时符合了：a) 脱离印欧语系（这就排除了梵文）；b) 脱离历史联系（这就排除了与我们历史联系得很近的阿拉伯、希伯莱世界）；c) 遇上一种在文本中叙述的思想，这种思想是高阶段的、原始的（排除日本）。剩下的形象，只有一种情况：中国。既然要做一个哲学家而不是人类学家，就必须与一种明晰的、能与希腊思想媲美的思想打交道。

　　欧洲——中国：在此中，就会有一种思维的交替。

146

人们会想起帕斯卡的"摩西或中国"①和莱布尼茨:"……他们的语言文字、生活方式、机械制作和手工操作,甚至连游戏都与我们不同,仿佛是来自另一个星球的人。即使他们惯常使用的准确而不加修饰的描述也不可能带给我们非常重要的知识,在我看来,也不可能比那么多哲人执着的古希腊人和古罗马人的仪式和图章更有用。"②

2. 异地

从此,要避开两个暗礁:"同"与"异"。我们认为,一方面是种族中心主义的暗礁,它是用其所在世界的眼光投射到其他地方,认为那些是显而易见的——"明显的事实";另一方面,相反地(相反到经常是两者同时出现),是异国主义的暗礁,它在对差异的痴迷中和距离形成的海市蜃楼前屈服。

不过,虽然我们不能就此推测人们在中国发现的东西比别处更特异,但至少背景不同(福柯称之为"异",与"乌托邦"相反③)。换句话说,困难并不在于中国思想相对于欧洲思想的不同,也不在于它们自古以来相互之间的不相干;因此一旦进行剪接(这种剪接从没完成),首要的工作就是要成功地将它们从这种互不相干的状态中脱离出来,使它们面对面,让一个能看见另一个,另一个也这样看着它。从这时起,就是从此到彼的这种背景的变化自发地产生思考。这样回过头来思考:a)如果脱离了印欧语系的大家族,人们一下子切断了语言上的亲缘关系,不能再依赖于语义场和追溯词源,割断了思想所习惯所流经的句法因果关系;b)抑或脱离了我们的历史("西方"世界的历史),又同时割断了哲学的历史,不能再信赖概念或主义的前后关系;——那么思想会发生什么,或什么会发生在思想上呢?

---

① 《思想录》,Brunschvicg 出版。
② 1705 年 8 月 18 日致 R. P. Verjus 的信。
③ 《词与物》,前言。

同时，在中国，我们要接触的是稳定明确的思想；这就是为什么这种背景的变化会引起思考。因为，与自黑格尔以来的西方哲学历史所认为的相反（尽管梅洛－庞蒂之后的德勒兹颠覆了黑格尔术语，但他也还是这样认为），中国并没有处在前哲学阶段；它创造了抽象思维的里程碑，经历了思想的多元化（从古代起，在竞争的诸侯国而不是城市的背景下）。它不是处在哲学的童年阶段，而是开发了其他心智源泉。

3. 迂回的益处——回归

这种迂回的益处是双重的。首先是发现其他可能的沟通方式，我称之为其他的心智；以及由此探测思想的异乡能一直走到哪儿。例如，思维没有动词"存在"——中国古文只有系词或"有"（当然没有它并非就是空白；它开发了其他连接资源）——那思想勾勒了另外哪种心智呢？假如思想不是在脱离叙述的话语（即辩论话语／神话叙述，中国不清楚 muthos/logos 的区分，因为它在文明的开端没有经历过神话和史诗的繁荣）之中展开，那它又开发了另外哪种心智呢？

人们由是明白，中国是行走在西方的存在概念、上帝观念、自由理想等这些伟大的哲学元素之外的：它按照它的轨迹思考：过程逻辑、作为机器的世界、调和的理想等。所以中国吸引我们把思想从自己的轨迹中解脱出来（使它发现它之所以为"它"）——也就是说，抹平思想的轨迹。

这种迂回因此也就包含着一种回归：从这种外在观点出发，问题又回到了那种深藏的、不明晰的成见，欧洲理性从这些成见上发展起来，欧洲思想把这些成见当作一种显然的事实传递下来，因为欧洲思想吸收了太多这样的成见，而且，它就是在其之上繁荣起来的。

目标也因此是回溯思想中没想到的东西，在这种外在观点基础上，从反面研究欧洲理性；脱离思想的偶然性（经历另一种思维背景的考验）；阐明在"我"理直气壮地说"我思"的时候一直被含混地使用的"我们"这个词的含义（语言与思维层次上的）。

这就会引导我们回到欧洲理性的特殊历史。因为欧洲理性是在雄心勃勃之中在普遍性的视野上酝酿形成的；但是，我们必须衡量这种普遍性的愿望是在哪种特定的、混杂甚至混沌的历史基础上形成的——而并非如它所表现的那样是必需的（特别是，在这种历史过程中，普遍性的地位或模式有了多大的变化：从希腊的逻各斯的普遍性，到罗马的公民身份和帝制的普遍性等等）。

4. 外部"解构"

不过，人们要注意的是，穿越另一种思想不能通向相对主义：千万不要从了解欧洲理性的普遍性是在哪种特定历史中形成的通向对这种普遍性的贬低。这两个暗礁都是要越过的：轻易的普遍性和懒惰的相对主义。我谈到欧洲理性的成见，只是想更好地探测它的丰富性，把欧洲思想当作思想的一种令人惊奇（反常？）的经历重新去发掘；而不是为了降低普遍性的愿望或雄心，相反，是为了从曾经激活思想的特异压力之上更严肃地考虑思想的愿望。

再说这种从中国的迂回至少其出发点不是源于一种意识形态上的雄心（像不久前的毛泽东主义）。这种作用是战略上的。它目的在于逐渐进行一系列的移位——小小的移动。"移位"有两层含义：相对于常规而言（即我们那些思维习惯），从这个背景到另一个背景——从欧洲到中国，反之亦然——进行某种移动，移动我们的艺术作品，让思维重新运动；移位，也有拿掉楔子，去发现一直以来思维所依附的东西——但是也就是因为它们，我们不能思想。

我称这个为从外部解构。因为，从内部（即我们的传统）行动可能会夭折；因为想对形而上学拉开距离的，注定会因为这而颠覆"另一方"——有希伯莱－圣经源泉的一方（从海德格尔到德里达：有名的"未想之债"）。只有中国才可能成为有别于（希腊－希伯莱的）另一个原始的发源地。

5.“移位”的工作

不能居高临下地“比较”，因为事先就怀疑那些可以一下子把差异整理出来的“普遍”范畴；也不能把一张纸分两半，来平行比较——一边是中国，另一边是欧洲，即东方和西方，因为“中国”和“欧洲”不属于同一张纸(这就是我前面所指出的异)。我重又从一个点出发，在这种或那种迂回的办法之下进行不断地尝试：局部地尝试。循序渐进地，一个节接一个节地联结，结成一个网；就是通过这张中、欧之间仿若网状的逐渐分枝的未定系统，我试着重新考问欧洲理性那未明确表达的选择，试着对思维进行“移位”——这是一个“开启”理性和重新勾勒可思区域范围的冒险。

下面是一些最新的例子(既然，对那些泛滥的归纳表示怀疑，我只能给出一些例子，让大家参观一下我的工作区域)：

——在话语和意义策略范畴(参见:《迂回与进入》①)：与城邦中话语的对峙相反，与列队战斗的军队对峙相似，这会是涉及迂回的话语，就像中国的情况；同样，用下定义的话语去试图紧握真理，这是一句纯粹的无以表述的话语，它不是试图包围它的目标，而是站在一旁，隔着距离提及，通过间离进入目标(这我称之为隐喻的距离)。

——在“美学”范畴(参见:《平淡颂》②)：指出平淡怎样改变特征，变成正面意义：当具体事物变得审慎，不再排除任何可能的时候；当通向愉悦的最长线路在感性范围内展现的时候，“平淡”是那既能是此又能是彼的事物。

——在伦理范畴(参见:《缔造伦理》③)：怎样不以意愿为参照、不以自由为理想来“缔造”伦理？同时有好的试验群体(同情)和需求群体(能够通过伦理达到绝对自由的价值绝对)。

---

① 格拉塞出版社,《哲学学校》,巴黎,1995。
② 菲利浦·皮克尔出版社,1991,巴黎。
③ 格拉塞出版社,巴黎,1995。

——在战略范畴《参见:《有效契约》[①]):与西方的塑造模式 (和中－小关系) 相反,中国战略在从条件到结果的关系中强调的是"情势潜能":不是直接地针对结果,而是让结果间接地但是又是自然地从涉及到的情势中得出;或者,与"行动"相反,行动总是局部的短暂的,而且针对某一主题(行动也是相互摆脱的,因此引人注目);中国战略强调的"变化"总是发展的全面的,因此不会相互摆脱,人们只会观察到变化的结果。

——最后,就哲学本身(《哲人无思想》[②]):回到中国－希腊的理论分支,为了在这一分支之下找到哲学没有构想过的经验和思想背景。因为哲学在追寻真理的时候曾离开过这一背景,哲学自身的机构也因此变得无法掌握。那些避开哲学的可能就是那些太为人所知或太普遍的东西——一句话,太过于"靠近"的东西,它们没有建构理论必需的距离;换句话说,("生命"的)明显事实,内在财富的明显事实,对不分真伪但又向事物的"所以"敞开心扉的哲人来说,可能仅仅是入口而已。

6. 反对意见

还得说出追溯成见的理由来回答反对意见。

第一点被指责的可能是天真地滥用"传统"(参见福柯的《断裂主义》):不存在"西方"传统,西方不仅不停地从一极运动到另一极,而且不停地变化。假如我们从内部来考察"西方传统"的话,这一点千真万确。因为,在"西方传统"内部,人们对那些张力形式,以及不断更替的断裂效应尤其敏感——我们知道所有哲学家都对他的前人说不。但是从外边感受到的并非是从内部感受到的(列维－斯特劳斯的教训)。因为,从外部,例如从中国看西方,人们反而会对那些关联效应很敏感——并比较其实质——甚至对那些最细微

---

① 格拉塞出版社,巴黎,1997。

② 瑟伊出版社,《哲学秩序》,巴黎,1998。

的相通之处都很敏感。这些细微的相通之处,即使是在同一个断层内部,仍然联结了一种非常明显的异质(回到前面的例子:自由的理想背靠着上帝的观念,同时包含了存在和感性。)

另一点指责是哲学的定义本身。福柯、德勒兹还在重复着:"哲学,就是换一种思维"——哲学不停地追寻着它自身的相异性(这种相异性一直贯穿了哲学的历史并赋予它生命力:诡辩论或柏拉图主义,本体论/逻各斯学,等等。)当翻译时我不得不用属于我们的术语来提起中国为我们打开另一种思维的可能性,似乎中国思想真的时而站在赫拉克利特的立场(变化的逻辑),时而站在诡辩派的立场(因为少了存在),一会儿站在怀疑主义的立场(因为少了真理),一会儿又站在禁欲主义的立场(参见:内在;或"依赖我们的"或"不依赖我们的",等等)。人们将回答:a)那有一种必要的方便——让这种面对面成为可能——但又必须是暂时的,因为不能陷入那些"好像"之类的幻想中(好像中国思想是时而赫拉克利特主义的,时而诡辩的,时而怀疑主义的,等等,总之,好像它只能重复玩和我们相同的牌局似的)。因为,人们看到,困难正在于:为了表达另一个意思,我们却不可避免地要用属于我们的、同样的术语,那么我们怎样表达这另一个意思呢?至少我们应该这样开始——要做的工作是,能够逐渐地把语言引入歧途(这样使语言能表达出与以前所表达的不同的事物——或是换一种方式表达)。这就是为什么我不愿利用那些哲学的重要概念,而宁可从在我们的理论话语边缘得到的术语出发,因为那些术语更加不受约束,更加适合这种意思的扩张——我把这些术语上升为基本概念:平淡和隐喻,倾向和调整,效率,全等,等等。b)剩下背景的问题:哲学能自身产生它的"另类"吗?"另类"到什么地步呢?换句话说,它能脱离它的轨迹吗?不过,我在关于解构的话题里已经开始回答这些问题了。

第三点是被引用的差异的地位。

因为,每次我在中西思想之间进行的剪辑都有侧重对比的趋势,也就是说,通常我将这些思想从彼此的间离中解脱出来并使它们对立,这种对立就应该被看作思维的某一时刻。思维是运动的,就如它不应被结束,也不应被僵化(不要把这种思想变成"世界":中国世界／西方世界)。一旦人们超越简单的模式化,就经常会站在某一边,初步地发现另一边最广泛的现象。这与我刚才讲的有关靠近的幻想的话毫不冲突,相反,是它的补充;因为必须抓住两方面:一方面,抓住思想轨迹间的间隔,这种间隔是根本的,并以某种方式使所有比较都流于表象,即使这种比较非常形象(例如,希腊赫拉克利特——毕达哥拉斯运动因流水逻辑而将动词"存在"放入括号,和中国在动词"存在"及其参照物之外思考——这种方式没有立场,人们因而怀疑其可能性,这完全是两回事。);另一方面,也就是同时,抓住可思性的一致,所有各种各样的思想轨迹缩成思想的同一结构,思想于是将它们联结起来,并使人们因此能从此境到彼岸,如从希腊到中国,互相沟通。

例子:中国发展的战略性智慧在杂糅——希腊神话保留了杂糅的痕迹(尤利西斯)——中找到了相似物;相反,中国古代末期的后期墨家学派,提出了思想的范畴和限制:利益的概念,局部和整体的概念,无穷和有限的概念等;对几何学的兴趣,对定义的关心,对立的原则等。这些就是在同一时期的亚里士多德那里被发挥到极致的范畴和限制。调查的兴趣于是就是去发现为什么这独特的哲学心智是在这边被发展,而不是在那边,尽管那边同样感受到这种可能性;用另外的话说,就是哪些广阔而又根深蒂固的地势对其设置了障碍,甚至有时到了消灭它的程度:为什么希腊的理论体系在形成之时不能像"狡诈的心智"结合变化的情势那样来保存杂糅的东西呢——甚至连这个词本身也不存在了?或者,相反,为什么墨家理性主义与希腊人的理性主义如此接近,但在中国却没有"被接受",而是被反哲学以及发展了"圣贤"的反选言判断逻辑所掩盖(只是在二十世纪初,在被埋藏了两千多年后,当中国人知道了西方的形式逻辑后,才被他们重新挖掘出来)?

使人们去思考那些已显露出来的对比的,不像是经验的不同(也不像是在其相异性之中包含了异的"本质"或"心态"的差异:

"他是中国人"，"这是中国的"。)，而像是可读性的差异：每种概念体系，正如每种句法可能性一样，将这种现象阐释得清楚些，就会将另一种置于含混之中；勾勒出这种思维的可能性的轮廓并对它有利，就不会去开发其他的思维可能。它有许多成见；不过，所有观点都有其成见——有了成见，才开始思维。因此，中国对真理过程的特征，尤其是转变和持续过渡的面貌阐释得多些；相反，欧洲说明得多的是模式的影响以及它给真实赋以形式的能力（参看：《在解释自然中数学的运用》）。

7. 在成见上游的前分类

关于这一主题不会再有含糊不清：这是利用"中国"，而不是利用一个知识世界——即便需要知识："迂回"没有结束——也不是利用一个思维工具；这不是又一个要拉开的抽屉，而是一个要利用的间离效果。中国起了启示者的作用，人们因此更能感受到欧洲命运及其哲学的显著特征。因此，我们有机会重新对思维分类：因为人文科学全部都是从西方的单一经验中形成的，而其他文化经验从语言学到人类学都未被计算在内，只是在特定的栏目下孤立地被考虑。这也是打乱哲学的时机了：不仅仅是将哲学从它的排列、概念和问题的堆积中解脱出来，而尤其是要使哲学经受质疑，经受这种从其历史内部它不能面对的质疑。归根结底，这就是穿越中国的理由：那有我要询问的和让我去询问的，也有在其中我无法询问的。或者说怎样追溯思想的条件呢？这就需要一个计谋，一种迂回的办法，一种战略。

某种"方法"或一些"指导思想"的"准则"是不够的：因为这些虽然足以摆脱成见，甚至足以消除"邪恶精灵"的障碍，但却不足以挫败陷阱；一旦开始思维，就会陷入陷阱。换句话说，我觉得笛卡儿所下的成见概念并不能将思维拖出它的限制：在"成见"的上游，有我称之为暗含的事物；因为问题不是在判断的时候开始的，而是在更原始的时候，以那些"能被想到的"能表达出来的方式开始的。

因此在"成见"的上游,有前命令,前提问,前分类;"判断"本身无论真假、明了与否,都是随后产生的。笛卡儿似乎不怀疑他讲的,或更确切地说,不怀疑他用语言进行的思维;他也不怀疑他的思想预先就具有多大的倾向性(这根据多种多样的角度:数学理想,或"观念""真理"等的概念,或谓语句子等)。

"怀疑"从我们这降临了……尼采教我们要成为文献学家:一个"家族的异类"沟通了"印度、希腊、德国的哲学",并且习惯了思考;因而"阐释世界的其他的可能性"看见它们被这种"祖传现象"挡住去路,必然坚持不懈地重历同一理论"回路"[1]。

福柯在日本一个禅宗寺庙里被问及有关哲学未来和东方思想能给他带来什么时,他随意地重申:我们的时代不可能产生任何一种伟大的哲学体系(这调子已为人所知,事情已宣布过多次:哲学的"死亡"……);相反,他劝说人们要从人类学或精神分析学以及欧洲和非欧洲之间的"碰撞",去对哲学进行"再审视"[2]。我也许可以断定,不必期待"东方"带给西方所"缺少"的,譬如东方掌握的某种神秘主义的启示——这种神秘主义也许是我们的理性主义的反面,能将我们从中解救出来(最坏的是有"宗教术士"的幻觉的东方);而是要小心地去工作,让东方给思想以自省的机会。

8. 意识形态的赌注:普遍或统一

我一开始就小心地把这个调查从意识形态的风险中摆脱出来,这种意识形态的风险,人们可能预料到了(自伏尔泰以来,模式或中国反模式等)。然而,一个新的赌注,意识形态的甚至也是政治上的,在途中显示出来了。因为在"世界"思维的时代,危险的是混淆普遍和统一。普遍是理性的概念,它建造了一种必然性;而统一是创作的概念,其惟一的理由是方便——标准的方便,刻板的方

---

① 《善与恶之外,Jenseits von Gut und Bose》,《哲学家的成见》。

② 《与僧侣的谈话》,1978,《说与写》,第三卷。

便。然而,把此当作彼会将我们引向用一种也许是将来世界的共同语言——标准语(杂交的英语)进行的伪国际"大辩论"(就像人们称之为"国际大餐")。人们会看到,从现在起,这种语言会导致中国思想的消失:因为,中国思想在翻译成起源于西方的世界性术语("本体"和"客体","抽象"和"具体"等)时,就此变得难以辨认,再也不能被理解。

更为严重的是,这样一种统一化,在普遍化的借口下流行开来,但是却没有进行有效的再分类,只会折回去重新刺激地方本位主义,甚至是最顽固的宗派主义。所以穿越中国,面对面思考它,这是故意重建间离(不让这种思想异质的机会消失),但是是在某种心智内部——这种心智原则上是共同的:有各种不同的心智,但是它们让彼此互相了解,同时互相打量。可以说,问题在于开创对话这一术语真正意义上的条件:在其中必须得有差异、地位、概念以及"逻辑"的交流。否则就会出现在环境的同语反复下因封闭而恢复愚蠢的身份的危险。

所以,在重新张开思维的时候,要采取将其从厌倦中脱离出来的方式,否则,它的因循守旧会致它于死命。① (邹琰 译)

---

① 这说明我很不热衷今天中国和美国都非常流行的观点,即东方和西方的伟大结合,在下一个千年达到大有前途的文化最终综合:"这样我们的同生态共生最终会出现,我们真心地一起高兴我们全球文化的一致。"(Kuang – Ming Wu,《一致的"逻辑"》,Brill,1998)

> ……我想在一个外在的立场观念中找到一个欧洲思维的对立面,但我不想成为一个人类学家,只想当个哲学家。我在中国找到了这种方便,因为中国为我提供了一种外在的观点,……
>
> ——[法]弗朗索瓦·于连
> 摘自《跨文化对话》第一辑《更新文化人类学研究方法,重估中国文化传统对人的认识》一文。

大美不言（下）

范曾

一、天地大和之境：天倪、天钧

啊，天地大美！

天衣无缝、天章云锦的大美，那天半朱霞、云中白鹤、山间明月、水上清风，那崇岭险巇、奇峡大壑、渺渺微波、浩浩江流，那寒光积雪、大漠孤烟，那风萧马鸣、落日余晖，何处不是造化神奇的创造，茫茫天宇、恢恢地轮，何处不是无言的大美？

"天地有大美而不言，四时有明法而不议，万物有成理而不说。"（《庄子·知北游》）天地的大美，四时的序列，万物的枯荣，那都是由于那"惛然若亡而存，油然不形而神"的本根——道——自然的伟力所致，至人在它面前无所作为，大圣也不会妄自运作。人们在宇宙本根面前，只有虔敬才是本分。在《庄子·秋水》中，在嘲讽庄子论敌公孙龙时说他无法察悉庄子的精思妙言，"是犹使蚊负山，商蚷驰河也"，以为他有限的视野和深度不过是"用管窥天，用锥指地"。说到底，在我看来，庄子本人否定一切人类智巧，人类的所有发现、发明和艺术的创造都不过是"用管窥天，用锥指地"而已，比起宇宙的大美，实在太渺小了。

在庄子看来，天地是硕大无朋的大熔炉，而造化则是技艺高超的大匠人，它们陶熔浇铸了宇宙万物，万物的生息繁衍，生死枯荣都是这熔炉和大匠的驱遣，生死存亡浑浑然一体归入于大化的熔炉之中。不必强自己所不能，一切得失都是顺应，于是生之欢乐、死之悲哀都会在这大顺应、大过程之中消融，那就真正摆脱了人生的倒悬之苦。（《庄子·大宗师》："且夫得者，时也；失者，顺也。安时而处顺，哀乐不能入也。此古之所谓悬解也"。）

当我们艺术家在人生的体验上，没有一种彻底的大解脱，在倒悬之苦中挣扎,处于这种心态便无法与大自然在浑然中邂逅,无法去了解大地无言的大美,而又欲标新立异,炫人耳目,必然如庄子书中熔炉中跃然而起一块熔金说:"我必须成为莫邪那样的良剑"一样,被视为不祥之金。一切艺术上的故意矫造,何尝不似这跃然而起的恶金?

天地大美是一种无是非、无差异的齐一淳和之美,天地万物的生息消长相禅替,开始和终结宛若一环,不见其规律,这在庄子书中称为天钧,也称作天倪,就是自然而非人为的分际,乃是一种真正的大和之境。(《庄子·寓言》:"万物皆种也,以不同形相禅,始卒若环,莫得其伦,是谓天钧。天钧者,天倪也。")

也许你不一定在争奇斗异,然而倘不能把握这天钧,不了解这不见规律的淳和之境,那么天地大美又何在呢?没有这种与大自然浑然一体的融和,你作不到大解脱,也依然会沉沦在倒悬之苦中。

二、心态高峰体验:醉意、神全

庄子哲学的观察体物,决不是明辨清晰,纤悉无遗的,庄子生就了一双混沌的醉眼对着滚滚的红尘、浩浩的宇宙。而过分的清楚,似有所得,实质却形神离散,接近死亡。把有形的东西看作无形,那么反倒气静神定。(《庄子·庚桑楚》:"以有形者象无形者而定矣。")庄子在《达生》篇中讲到一个醉汉坠车的故事,虽然他遍体鳞伤而不曾死亡,他的骨节与别人一样,而却生命独全的原因是他"其神全也,乘亦不知也,坠亦不知也,死生惊惧不入乎其胸中",所以遇到伤害而无畏惧。我想醉汉自车而坠时尚昏昏然酣睡,如物坠地,一切顺乎自然,一种彻底的放松状态("其神全也"),倒比那些临危惊恐万状、手足无措的人容易逃过大劫。因为心智在惊恐中所作判断,大体都逆乎自然。所以庄子通过关尹阐述进一步的道理,醉汉尚能"得全于酒",那更况"得全于天"的人呢?如果能真正与天地精神相往还,那还忧愁怛悼、还患得患失、还畏生怖死吗?不会了,那时你就可以过乎昆仑、游乎太虚,在无何有之乡徜徉,你就能真正的去拥抱天地的大美,这是一种如婴孩般天真无邪、如醉汉般混沌痴迷、逍遥自由、和谐统一的心态高峰的体验。庄子还会在下面向我们展示这种奇妙的境界。

三、得失之间

一切经过人为加工的、注入了人类"心智"的，一切为声、色、香、味和欲念所驱使，而自以为有所得者，在庄子看来，都大悖自然的本真情性，都是丑陋的。百年的大树，在大自然里掩抑扶苏，何等壮美，而偏偏"破为牺尊"，以青黄的彩色绘以花纹，而将断木残枝弃于沟壑。我们将这件雕饰花纹的牺尊和断木残枝相比较，固有幸与不幸的区别，然而在失却自然的本性上而言，它们却无二致。盗跖和曾参、史鰌，他们的行为和所尊奉的道德价值观不一样，然而在失去人的本性上而言，也是没有区别的。庄子以为丧失真性有五种情况：五色乱目，使目不明；五声乱耳，使耳不聪；五臭薰鼻，壅塞嗅觉直达额顶；五味浊口，味觉败伤；取舍迷心，使性驰逐。这五种情况，乃是戕害生命之大恶，这些都是杨朱墨翟所汲汲以求者而"自以为得"，这不是庄子所谓的得，苟得者反为所得而困扰，那可以说是得吗？而这种困扰和鸠鸮之于牢笼、虎豹关于圈栅、罪犯受到酷刑有什么区别？(《庄子·天地》)

世俗的凡人将上述生命之大恶如柴栅般充塞于胸，而得道的真人却非如此，他们探究穷极事物的真性，持守他们的本根，忽忘天地，弃置万物，他们精神世界不受外物的困扰，他们真正与大道至德相融合，摈弃仁义和礼乐，那时他们的内心便是一片恬淡一片清明，静如止水，寂如太虚。(《庄子·天道》："极物之真，能守其本，故外天地，遗万物，而神未尝有所困也。通乎道，合乎德，退仁义，宾礼乐，至人之心有所定矣"。)

四、体道合一、以天合天

庄子体道的论说，表面上的确与艺术不共戴天，然而他往往阐述和展示了艺术的本质。一个艺术家倘若不读庄子，而只知从后世文论画论中寻章摘句，那就不知源头所在。如果说庄子是辽阔的天宇，那何必以管窥天？如果说庄子是宁静的大地，那何必以锥测地？庄子用斲轮老手和梓庆的故事，给我们展示了一个最透彻的真理，故事本身非常雄辩，不必凿凿以言。有一位斲轮老手嘲笑齐桓公所读的圣人之书，不过是糟粕，而自己的悟性来自对道——规律、法则的自然体认，"斲轮，徐则甘而不固，疾则苦而不入"。甘指松缓，苦指涩滞，那是慢不得快亦不得，真是其中甘苦自知，"不徐不疾，得之于手而应之于心，口不能言，有数存焉于其间"（《庄子·天道》）。这是不可言说的对大道的深刻体验，这存于其间的"数"，就不是指一般的技巧分寸，而是宇宙的微妙尺度，这种体、道一如的境界，是不能喻于儿子，也不能传诸后世的。

　　庄子在《达生》篇中，讲到梓庆作镶的故事，梓庆削木为镶（刻木为夹钟），观者以为鬼斧神工。鲁侯讶之，问其技巧，梓庆说："臣，工人，何术之有？虽然，有一焉。臣将为镶，未尝敢以耗气也，必斋以静心。斋三日，而不敢怀庆赏爵禄；斋五日，不敢怀非誉巧拙；斋七日，辄然忘吾有四肢形体也。当是时也，无公朝，其巧专而外骨（外在的混乱）消。然后入山林，观天性，形躯至矣，然后成见镶，然后加手焉，不然则已。则以天合天，器之所以疑神者，其是与"？当一个艺术家，涤清胸中渣滓，洗尽世上铅华之后，忘怀得失，宠辱不惊，不只技术之巧拙置诸脑后，甚若忘却了自己的四肢形骸，那时才能真正作到眼不见绢素，手不知笔墨，下笔无非天然之生机、大造之氤氲，放笔如在眼前，下笔即在腕底，——"然后成见镶，然后加手焉"，这种"如灯取影"的境界，在艺术上只有大手笔可得其仿佛。梓庆作镶的过程，他的心路历程，他的凝神养气，最重要的是他的"以天合天"的情状，亦如《达生》篇中所谓"以鸟养养鸟"一样，一切成功的、出神入化的创造都得谐合自然的规律，手段与法则合而为一，否则，最好是搁笔。唐张璪曾记载毕庶子宏见到张璪作画，"惟用秃笔，或以手摸绢素"，即张璪作画有些不择手段，只要达到感悟，即使秃笔或用手指掌心作画都在所不计。毕宏问张璪受业于谁？张璪讲："外师造化，中得心源"，这"造化"和"心源"是二而一的，是了无间隔的，这"心源"来自天，这"造化"便是天，这正是庄子"以天合天"的精义所在。唐符载曾有一段文字记载了张璪画松的情状："公天纵之姿，欻有所诸，暴请霜素，愿挖奇纵。主人奋裾，鸣呼相和。是时座客声闻，士凡二十四人在其左右，皆岑立注视而观之。员外(指张璪)居中，箕坐鼓气，神机始发。其骇人也，若流电激空，惊飙戾天。摧挫斡掣，挖霍瞥列，毫飞墨喷，捽掌如裂，离合惝恍，忽生怪状。及其终也，则松鳞皴，石巉岩，水湛湛，云窈眇。投笔而起，为之四顾，若雷雨之澄霁，见万物之情性。观夫张公之艺，非画也，真道也。当其有事，已知遗去机巧，意冥玄化，而物在灵府，不在耳目，故得于心，应于手，孤枝绝状，触毫而出，气交冲漠，与神为徒。若忖短长于隘度，算妍媸于陋目，凝觚舐墨，依违良久，乃绘物之赘疣也，宁置于齿牙间哉！"这里张璪作画首先不为物役("不在耳目")，而重在神髓，发自心源("物在灵府")。同时他放弃了平庸的机巧，回归到大自然的空灵玄渺之境，这时他才能真正与天地精神相往还，他才能窥见万物之真情性。能"以天合天"者，便是大手笔、真艺师。除此而外，心存狐疑、下笔滞碍、胸罗渣滓、审时度势、计算精到的獐头鼠目之辈，无不是艺术之大敌。他们的作品也必是人类文明之赘疣痛疽。庄子是"伪"的死敌，是"真"的赤子，是矫情伪态之敌，是自然大造之子。

五、解衣般礴，不为物役

在庄子眼中，竭尽五色之变化不为美，穷尽五音之玄妙不为美，这一切都是人们的"小识"、"小行"，而"小识伤德，小行伤道"，是不足为训的。庄子所容忍的只有一种艺术家，那便是一种处于情态自由的、彻底忘怀得失的、般礴睥睨的、无今无古的、无功利观念的艺术家。艺术之于这类人完全是他们体道一如的象征，而不是搏取名利爵位的手段。他们的追求不是如屈原所讽刺的"忽驰骛以追逐"的鄙俗心态，而是无所依恃，无所企求，或换言之，他们追求的正是彻底的无所追求。那是一种醉汉式的自我陶醉。陶渊明笔下那"造饮辄尽，期在必醉,既醉而退,曾不吝情去留","常著文章自愉,颇示己志"的五柳先生,便是这样的艺术家。《庄子·田子方》记载了一则故事:

> 宋元君将画图,众史皆至。受揖而立,舐笔、和墨,在外者半。有一史后至者,儃儃然不趋,受揖不立,因之舍。公使人视之,则解衣般礴,嬴(嬴,同裸)。君曰:"可矣,是真画者也!"

这位画者"儃儃然"的状貌,是何等的清闲散谈,而那"解衣般礴,嬴"的神气和那醉者神全的状态何其相似。裸露着胴体,回归大自然的怀抱,扫尽一切人间的伪态、包括服饰、礼仪(受揖不立),他在释放自由的灵魂的同时,释放了受礼教束缚的形骸。这时,艺术家才能与天地精神相往还,艺术的本质是与宇宙同体,回归那宁寂而和谐的太始,忘却机变和智巧,这是中国的书、画艺术一向以朴和拙为最高境界的根本的哲学依据。

石涛《画语录》的《远尘章》中讲:"人为物蔽,则与尘交;人为物使,则心受劳。劳心于刻画而自毁,蔽尘于笔墨而自拘。此局隘人也,但损无益,终不快其心也。我则物随物蔽,尘随尘交,则心不劳,心不劳则有画矣。"在石涛看来,画,不是劳心苦志的产物,"物随物蔽,尘随尘交"则是一种无求无待的状态,这是"以天合天"、"以鸟养养鸟"的体道合一宇宙观在绘画理论上的妙说。

石涛所激赏的是新安吴子一类的艺术家:"每兴到时,举酒数过,脱巾散发,狂叫数声,发十斗墨,纸必待尽。"这使我想起怀素的自序帖:"忽然绝叫三五声,满壁纵横千万字"。这"狂叫"、"绝叫"的情态,足令世俗之人惊骇。在这凌厉而放纵的呼喊声中,它驱走的是束缚人类自身的种种枷锁,诸如宠辱毁誉、名缰利索、法则标准、礼仪尊鄙等等。这呼喊无异于回归自然的忘情歌啸,无异于对世俗尘嚣决裂的宣言;这三五声的绝叫驱散了困扰人生的尘雾,砸碎了使人类心灵就范的条框,使沉寂的艺坛风云震荡,使自诩于一得之见的艺林群氓自惭形秽。艺术不是乡愿俗客的乐土,不是趋附风雅的林园,那是真正的自然之子——醉客狂士的天堂。这些人用庄子对至人的描述是:"逍遥"、"苟简"、"不贷",他们纯任情性,逍遥于太虚之境;他们不尚浮华,生活于简朴之中;他们不施于他人,也不使自己受损;他们是纯粹的、个性的、自由自在的不受束缚茧囚的生命;他们的行迹庄子称为是"采真之游",他们下望人寰,那些受大自然刑戮的人群,为名、禄和权力所困扰的人"操之则栗,舍之则悲",永远在胆战心惊和悲哀惶惑中挣扎,那是人类万劫不复的丑陋的泥淖。

"远近丛书"又出新书三种

由乐黛云、金丝燕主编、中法两国作者共同写作的"远近丛书",为广大读者提供了一个由远及近审视自身文化,又由近及远认知异质文化的崭新视角。丛书通过实实在在的中法文化的碰撞与对话,向读者展示了不同文化环境中作者的文化体验,以及彼此的差异。在这种新颖的比照阅读中,那遥远的地域环境,悠久的历史行程和迥异的文化氛围所给予人的联想,犹如一幅幅似清晰又朦胧的画面闪现于读者眼前,令人遐想,引人思索。丛书第一辑《生死》、《自然》、《梦》、《夜》出版后,最近又出版了第二辑三种:《美丑》一书,就中法两国文化中美丑观念的异同,表现形态的各自特色及对文学艺术的不同影响,作了生动形象的记述,聆听作者关于美丑的种种发问,将会受到精神与情感的诸多启迪。《建筑》一书对中国及欧洲古代建筑(包括宫廷建筑、宗教建筑、世俗建筑、园林建筑、军事建筑)的历史沿革,文化蕴含、宗教精神、审美特征作了精辟的阐述。揭示出:建筑乃是不同文化的人文历史与精神的一种特定方式的凝聚与体现。《味》一书通过谈吃谈喝,把人们带入了一个有滋有味的"口味之趣"的独特天地。这里人们能了解中法饮食文化各自的悠久历史和独特品味,能体会到饮食之中所包蕴的文化内涵,也会对经济全球化时代饮食文化可能遭受到的厄运不无忧虑……。

一位读过该丛书的读者朋友谈体会说:"不仅自身的文化有特色,而且外面的世界也精彩。"的确,"远近丛书"可以开阔人的文化视野,启迪人的心灵智慧,提升人的精神境界。特别是在市场经济、商品大潮中颠簸翻滚,难免心浮气躁的人们,读读"远近丛书",真有"安神益智"、"补脑静心"之功效。

(李国强)

欧洲游历断想

陈焜

放暑假了，泰来和我做好了具体安排，到德国开会以后，先到日内瓦，再过境去法国看夏梦旎，最后去巴黎。行前看了一段《列子》，翻译出来记在下面：

杨子的邻居丢了一只羊，全家出动找羊，又请了杨子派仆人帮忙。

杨子说："唉，丢一只羊，为什么这么多人追？"

邻居说："歧路太多。"

找羊的人回来了，杨子问："找到了吗？"

"丢了！"

"怎么丢了？"

"歧路上又有歧路，不知走哪条路对，只好回来。"

杨子听了就愁容满面，很长时间不说话，整天没笑容。门人奇怪地问："羊是不值钱的贱畜，也不是夫子自己的。不说不笑，为什么？"

杨子不回答。门人不知道是什么意思。

弟子孟孙阳出来把事情告诉了心都子。

心都子过了几天和孟孙阳一起见杨子，问道："从前，有兄弟三人一起游齐鲁，拜同一位师长学习了仁义之道。回家以后，父亲问："仁义之道怎么样？"大哥说："仁义使我先爱身，后立名。"二哥说："仁义使我杀身以成名。"三弟说："仁义使我身名都能保全。"三种态度不同，但是都出自儒家。谁对谁错？"

杨子说："有人临河而居，水性好，勇于泅游。撑船摆渡，挣的钱可以养一百人。带干粮上门求教的人成群结队，淹死的几乎有一半。这些人是来学游泳的，不是来寻死的，但利害差

164

别这样大,你说,谁对谁错?"

心都子听了没有说话就出来了。

孟孙阳责备他:"你问的问题不清楚?夫子的回答又太奇怪?我糊涂了。"

心都子说:"道路上歧路太多,邻居丢了羊;做学问歧路太多,有的人丧了命。学问有根本和精华,也有枝节和歧路。抓住根本和精华,不在歧路上迷失方向,怎么会丧亡?"

*　　　　*　　　　*

我以前常常觉得我看见听见的是非都是确实肯定的,都可以深信不疑。但是,过了一段时间,它们就变得不是十分确实肯定的了。很多是非都变了样子,变得使人奇怪以前怎么会觉得它们是那样确实地不可怀疑。

是非终于引出了另外一个境界,没有是非。事实上,事情本来只是他们自己原来所是的样子,没有人喜欢断然判定的是和非,绝对不变的好和坏也没有。如果有,为什么总是你有一是非,我有一是非;昨天一是非,今天一是非,变幻莫测,了无确论?老子说:"天地不仁,以万物为刍狗。"也许也有一种意思是说在天这个最高的层次上是没有是非的。庄子的"齐物","道通为一",和老子的大意也是相感相通的。这是一个层次。但是,人只要生存,就要处理实际的生活。为了实际生活的需要,人还是需要对好坏有个可以接受的区别,否则就只能离开世界,于是就有了是非。即使是非依然没有绝对肯定的性质,它们也还是人必须考虑分辨的大问题。这又是一个层次。知道第一个层次自然好,但是,只有这一个层次,除非把穿衣吃饭停下来,我就不能在实际的生活中运作;只看见第二个层次,除非我不关心求知,也不愿意更加接近真实,我就会把相对的是非看成绝对的是非。所以,相补相释,相照相明,两行不悖,豁然贯通,重要的地方是每个层次都一定要把对方保持在自己的视线中,都一定要明白必须有对方的平衡才能实现自己的合理性。当

165

然,两个对立的意见都是谬误的情况显然也是屡见不鲜的常事,但是,两个意见都有真理的情况也可能比人愿意承认的情况多得多,何况目前桌面上的问题并不是相反的意见是不是都有道理,也不是折衷妥协是不是可以接受的好办法,而是性质上有些不同的大问题,形而上和形而下的统一;绝对和相对的统一。统一不起来,形而上对生活没有启示,形而下永远不能升华。所以,没有好坏,有好坏;没有是非,有是非:在最根本的意义上,两个层次一个都少不掉,少掉一个双方就都变成生硬极端的僵化了。

有是非,因为有了是非,就可以看得见没有是非,不会被是非捆绑起来;没有是非了,实际的是非还是看得见,还是可以处理实际的问题,但是就不会执着了。

两个互相排斥的观点是一个互相补充的观点。

*　　　　*　　　　*

老子的"绝圣弃智"和"无为"都是常常遭人误解的观点,好像老子崇尚蒙昧,主张人应该无所作为。其实这些观点都有深意可探索。最高真理的内容是语言文字所不能完全表达的,表达出来就失真变形了;宇宙万物的无限是难以作出最终界说的,界说出来就成了内容残缺的有限了。所以,圣人智者的思想成了最高的真理就不可信赖了;最高的真理成了最大谬误的灾难就层出不穷了。所以,老子说:"智慧出,有大伪。"难道有讲不通的地方吗?"滔滔者天下皆是",从古到今,中国外国的大伪难道还见得少吗?

"无为"的道理差不多也是相似的,妄为生祸,人事必须仰天道而为,守天道之常,不多说。

当然,另一方面,在事实上,如果人对于自己的思想并没有自恃为最高真理的妄想,在相对的意义上,人能够认识的有限依然还是具有不可穷尽的性质。人对于自己和世界不但可以得到没有止境的了解,而且还提得出接近真实情况的卓识。所以世界和自己都还是可以认识的,相对可靠的知识完全是可能得到的。

166

不过，虽然如此，老子骑牛出了函谷关就不知所终了；庄子在漆园以外解决过什么实际问题我们也不知道。所以，在实际生活中，相信"弃圣绝智"、"无为"和"齐物"的中国士人如果不做隐士就都要以或多或少地接受儒家思想作为必不可少的补充。所以，某些公堂上的儒家就会以山水中的道家为补充，在当年互相反对的道家和儒家间求得了平衡。儒家和法家的关系也一样。这类把对立思想结合起来的难题有些人处理起来常常都得心应手地做得到不抱门户之见的通融，并不在一个极端上追求舍此求彼的全或无。不过，这样的关系在佛教哲学中就想得更加透彻了：有和无二为一；有为和无为二为一；有分别心和无分别心二为一。两个层次并不是平行对等的层次，但是它们之间的同一也是绝对相对的统一。

＊　　　　＊　　　　＊

　　清晨八点到了德国的汉诺威，明天开会。艾拉斯姆斯、莱布尼兹和韩德尔都在汉诺威住过，可惜他们的房子在第二次世界大战中都被炸毁了。午后在海伦颢森公主的花园观光，忽然大雨滂沱。好像有保护神带着，路旁正好就是这个大花园大概惟一可以避雨的一个大凉棚。密集的雨珠跌碎在地上溅起了一层轻烟一样的白雾，我只是看着雨出神。哦，这德国天才生息过的锦绣土地！

　　艾拉斯姆斯在《愚人颂》中提出过非常精彩的思想。事情的真实意义经常都是表面价值的反面。乍一看是博学多闻，仔细看是愚昧无知；初看是美丽，再看是丑陋；伟大是渺小；高贵是卑贱。世俗的判断往往都必须倒过来看，是因为感官和物欲蒙蔽人，使人失掉了精神，失掉智慧。所以，讲到智慧和愚蠢，往往是聪明人愚蠢，愚人有智慧。在艾拉斯姆斯看来，苏格拉底、耶稣、圣保罗都是因为有愚处，才成了大智慧，达到了世俗的聪明人达不到的高处。

　　《愚人颂》的教益始终都是深刻醒人的。

　　世界上大凡思想文化艺术科学方面的巨匠恐怕都要有愚处、

痴处、狂处，否则很难到高处。孔子的"仁"、孟子的"不言利"以至鲁迅的犀利也都是这类愚处的一些例子。巨匠本来也未必都有常人不可企及的天赋，"性相近也，习相远也！"境遇和选择不相同罢了。不过，虽然如此，物质利欲扑灭了精神，诱惑妄想搅乱了思路，面面俱到的关注模糊了重点，患得患失的算盘耗尽了心智，琐事杂务分散了精力，权术手段毒化了人格，世故逢迎降低了格调，何况威武屈其志，富贵淫其心，等等，等等，所以都学会了世俗赞赏不止的小聪明，不能愚，结果都以无明为归宿。相反的愚处只有巨匠做得到，沾沾自喜的小聪明不肯沾染，众人不屑的大愚钝不肯放弃，一心专注高境界，才得到常人远不可及的大智慧。当然，正论未必都没有大智慧，大智慧不必都要有似非而是的假面目，都要惊世骇俗地说反话。但是，世俗的观念常常要颠倒，大智慧常常只有甘心愚钝的愚人达得到，所以愚人的智慧也就成了格调很高的大智慧了。

《乌托邦》、《愚人颂》、《唐吉诃德》、《巨人传》、《李尔王》、《第十二夜》、《皆大欢喜》，等等，欧洲文学中描写愚人智慧的名作多得令人羡慕。不过，列子的《愚公移山》也是愚人颂，和艾拉斯姆斯的意思差不多。事实上，智叟不智，愚公不愚，似是而非的智愚都必须倒过来看。聪明人聪明到像智叟那样把世俗的利害得失计算得这么清楚，没有好处的傻事不肯做，就没有能成其大事的愚钝，是小聪明，大糊涂。愚人愚到像愚公那样置眼前的利害得失于度外，专注于大处，就有能成其大事的伟大精神，是表面愚，实际智。

大雨已经下了两小时，白雾有时高，有时低。盛夏的八月上旬忽然有了侵衣透肤的寒意。

愚人的智慧当然只是智慧的一种类型，态度正经的正论也不能少，但是，一个文化的思路应该宽，不宽就拘谨，放不开。类似的问题又如幽默。中国过去没有幽默的概念，但是有幽默的作品，例如《西游记》。《西游记》幽默的情趣，格调高。嘲弄中抱着善意，可笑处看得见天真；行文出之于明快，但明快中居然到处含蓄着只求会意的风趣；笑意盎然，但是却完全没有那类常见的以损人为乐事其实又适足自彰其鄙夷的习性。作者对于他所看见的人的弱点有宽

168

厚的人文气息,他对天真自然的追求和向往又有神奇浪漫的想像;思想上的胸襟和文学上的造诣在中国文学历史上恐怕也占得上"前不见古人,后不见来者"的这一格了,一位奇才!可惜几千年,没有第二位。还有,中国文学自责的作品有一些,自嘲很少见。

*　　　*　　　*

开会中间,歇一天。泰来和我想清晨从汉诺威乘火车去科布仑斯看莱茵河,晚上再赶回来开第二天的会。饭店的人一听就摇了头,算了时间和行程,又摇头。不过我们还是去了,想不到居然还在河上乘游船从从容容地游了五个多小时。

河面上平静安详,没有在别处常常看得见的繁乱和纷扰。沿岸是稀稀落落的小村子,整齐一色的红瓦,童话世界般的小楼房,起伏不定的山峦峡谷,大片大片连接不断的葡萄园。

河岸上过一二十分钟就看得见一座中世纪的城堡。城堡的地势都险要,建筑风格又雄壮又美丽,当然就是骑士美人一见钟情的场所了。据说莱茵河自古是交通命脉,封建领主各自在领地上建立城堡,设立关隘,过往的船只都要逼着缴纳通行费。几百年的是非屈直,格斗厮杀,胜败荣辱,现在不少都是断垣残壁了,只有周围还是密布着沉默无言的葡萄园。

*　　　*　　　*

一个时代的是非为生逢其时其地的男男女女提供的舞台和角色就是一个时代的生存条件。乐在其中能不能自己怀疑自己?苦在其中有没有别的选择? 游离在是非之外的余地自然或多或少是可能存在的,但是,在许多情况下,人如果不能至少在精神上超越一点是非,剩下的除了随波逐流,与时浮沉,还有什么路?

*　　　*　　　*

会议结束了，我们来到了夏梦旎所在的阿尔卑斯群山的白朗峰下。高山电车爬到很高的山坳就进了隧道，出了隧道一转，白朗峰就自由自在地站在必须抬头仰望的绝顶了。三座锐不可挡的黑色石峰插上蓝天，山腰白云缭绕，千年不化的冰层和积雪一片寒光，窈兮冥兮的清虚间到处洋溢着磅礴万物的紫气。我从来没有看见过这样豪放明媚的奇景，惊得好半天连想说一句话都说不出来。

没有我的时候白朗峰就自在地存在着，我走了它也还是一样会存在。说不清楚，但是，物我相见于通融无迹的天穹也不是梦境，我的感觉不错。

二十世纪就要过去了。这个世纪在物理学上公认的两个最大成就，一个是解释宏观世界的相对论，一个是解释微观世界的量子力学。按照量子力学，分割到一个很小的地步时，物质就找不到了，就到了无的境界，只存在一种震动波。在这个有和无的交界点上，试验肯定地发现了意识扮演着不可思议的大角色。观察者觉得有物质，物质就跃入存在了；观察者觉得没有物质，物质就荡然消失了。这个微观世界的发现还没有和宏观世界的解释衔接起来，它的含义也还没有得到充分的探讨。引人入胜的存在之谜！

*　　　*　　　*

巴黎是我们这次旅程的最后一站。巴黎南面两个小时行程的罗瓦河一带有一些古堡，都是法国王室的正式宫殿或行宫。规模都不大，但是，里里外外轻快明亮的色彩，毫不留意对称的意趣画出了庄重和生动活泼的一种结合，下意识？有意识？与中国宫殿的气派不相同。路易十四的那幅有名的油画像是他自己派人送来挂在他住过的屋子里；亨利第四埋伏刺客刺死政敌的卧室不很大；五位王后住过的卧室很温馨很华美；法国革命中上了断头台的路易十六的王后在一个城堡住过，她的画像现在还挂在她住过的卧室里。

到现在历史学家还在争论，法国当时是革命好，还是改革好？

法国的事，我不敢插嘴。但是，一般地说，现在可以看得见，暴力革命自然不是完全没有理，历史上有过这样的必要性。但是，在社会变革的意义上，把革命看成取得进步的惟一出路而没有其他出路的观点是非常简单的，因为人类社会以和平渐进的方式取得进步是一种数量更大也更加经常发生的事实。实际上，革命常常都是在好像已经没有别的道路可走的时候才逼出来的事变，或者是还有其他道路可走的时候也人为地拒绝了其他道路的选择，并不一定是变革求新理所当然的最佳选择。把农民暴动拔高成一种革命以支持革命理论的观点是没有道理的。暴动的后果只是把同样性质的社会模式又重复了一遍，没有造成在性质上具有新内容的新变化。那种认为一个政治权力的内容和形式都绝对不可分割，要得到新内容就必须粉碎旧形式的理论也是非常简单的。一种政权的形式完全可以用来推行内容不同的政策，带来完全不同的结果。执政者利用旧形式推行新政策，取得比革命更加积极的大成果显然不是不可能。当然，改革依然有代价，没有代价的进步历史上几乎从来都没有发生过，而且在总的方向上是进步的改革依然不可避免地一定会带着恶，但改革比革命的代价小。这样，改革就显得比革命好了。当然，问题并不是在于可以一般地比较什么好什么不好，而是要看许多因素构成的既成时势导向了怎样的可能性，当事人作出了什么内容什么方式的选择。衡量一个政权的存在合理不合理应该有一个角度看一看它有没有调整革新的决心和能力，不完全是看它具不具备理想政权应该具备的新面目。一个政权在它调整革新的能力还有潜力可发展的时候是不需要退出舞台的，不用暴力而用突变也不必。相反，就一个统治集团的上层和中层的大多数说来，不能调整，不肯调整，拒绝调整，反对革新，只知道维护自是其是的偏滞，不择手段地满足一己永远不能餍足的欲壑，问题就积起来，造成只有革命或者是造反暴动才能起变化的坏形势。期待变化的力量判断不恰当，不是委曲求全，错过时机，就是渴望立即兑现的满足，只知进，不知退，也会作出遗恨史册的选择。革

171

命常常都是执政者自筑坟墓的结果，对革命者说来也常常是事与愿违的灾难。旧的毁掉了，新的建不起来，接踵而来的自然是长期不断的混乱和痛苦。暴力有暴力的逻辑，突变有突变的后果。革命者大概都害怕自己也被革了命，都惟恐不及地打杀反对派。中国一九四九年的革命已经摧毁了旧政权，摧毁了还要不断地继续摧，摧到越演越烈地镇压自己想像出来的或者真实存在的敌人、反对派。这样的继续革命是什么结果现在就不需要多说了。更早的中国历史，多少朝代都是到了绝境而还是只肯认一条老路，不知道调整；多少朝代都是在前车的覆辙面前重蹈过去的覆辙，不知道改弦更张。灾难重复了许多次。皇亲国戚，州牧藩镇，豪门权贵，宦官太监，自适一时之利，个个都只顾得到自己的一大分，大祸临头也不肯住手，贪得无厌的欲壑正是自绝革新之路自毁江山的祸首。中国文化的集体意识和集体潜意识没有改革这个字的基础。如果王莽不算，中国历史上比较认真的改革可怜只有过两次，王安石、康有为。既得利益集团的阻力太强大，没有一次改成了。清朝到最后也愿意改革了，但是，错过的时机难挽回，朝廷的衰弱已经弱到了自救完全无力的地步，一个力量小得完全无力控制局势的仅仅在一个城市发生的起义就引起了庞大帝国的倒塌，然而结果是混乱和痛苦，到现在还是中国今天所以是今天的一个前因。中国现在的问题自然多得很，但是，现在的改革是中国历史上第一次有幸成功的改革。以后怎么办，除了以中国历代王朝的覆灭为镜，以俄为镜，没有别的捷径，别的道路恐怕都不堪再试了。皇天后土，苍生社稷，中国的苦难应该是到了可以大有转机的时刻了！

回到巴黎的时候到处都是万家灯火的夜色。车辆行人很稀少，街道很平静。脚下就是昔日革命人群呐喊奔走的忙碌处，过去洒下的血迹现在都看不见了。

* * *

汽车穿梭在巴黎的城区，友人陈力川指着窗外的一座教堂说：

"巴斯卡尔葬在这里。"

从罗瓦河回来，第二天一早，我自己摸到教堂去，可惜教堂要到十点才开门。第三天上午，我又要去，陈力川说："一起去。"

巴斯卡尔的遗体葬在圣坛边的石墙下。教堂里几乎没有别的人，我们在石墙面前站了一会。

巴斯卡尔在《沉思录》中说过："有很多真理仿佛是彼此不能相容的样子，但是却一起共存在一个奇异美妙的秩序中。信仰和道德中都有这样的情形。异端邪说的根源都是因为有一些真理被排斥拒绝了。"

他又说："经常发生的情况是，在两个互相反对的真理之间，人们由于没有想像力发现它们彼此的联系，就以为接受这一个，就必须排斥另一个。他们接受一个，排斥一个。"

＊　　　＊　　　＊

卢梭、伏尔泰、雨果、左拉和居里夫人等一些法国文化名人的灵柩安置在巴黎雄伟崇高的先贤祠。先贤祠使人低回，时间空间的遥远距离突然都无影无踪地消失了，一时竟近在咫尺之间，可以耳语，心对着心。

卢梭在《艾米尔》中讲的第一句话是："万物众生出自自然造物的时候都是好的，但是，经过人的手就一切都蜕化堕落了。"卢梭的"回返自然"、"高尚的野蛮人"和他认为科学艺术使人道德败坏的观点都包含在这一句话的意思里，历来都是争议不休的话题。不过，卢梭很容易让人想起中国的道家。卢梭和道家的自然当然都是上下文完全不相同的思想，一个是法国革命前活跃进取的启蒙思想，一个是带着静观态度的古朴的文化，等等。但是，卢梭的话很容易让人想起老子的"见素抱朴"、"道法自然"、"绝圣弃智"，想起庄子的"何谓天，何谓人？……牛马四足，是谓天；落马首，穿牛鼻，是谓人。故曰，勿以人灭天，……"。

卢梭是充满矛盾的。比如说，一方面，他违背十八世纪这个"理性时代"关于理性的最高价值,批评理性。他指责理性破坏了人的自然状态的完善,谴责科学艺术所创造的人为的文化控制和支配了人的头脑和心灵,使人失掉了自己自然天性中最为神圣的品质,导致道德良心的泯灭。他号召人倾听自己的感情和良心,号召人"回返自然"。但是,他又赞美理性,相信"对于神圣性的最高理解只能来自理性",并且理性又是他自己思考论理的主要形式,等等。

卢梭的自相矛盾所以引起争议的原因也许是在于理性的原则不能接受自相矛盾的思维。反对就是反对,支持就是支持,理性要同一,同一件事情你不能又支持又反对。然而,卢梭的自相矛盾也许不是他自己一个人特有的异常而是一种更加符合真实情况的品格。人自己也许很愿意相信自己的完整性,但是,事实上,人恰恰正是许多矛盾的总和,只是不但矛盾的内容和程度不相同,而且自己对矛盾的敏感和认识的程度更悬殊;社会的矛盾不但在是非、因果和相互牵制的关系上更加复杂,而且矛盾全景的错综更超出了单线条逻辑可能构织出来的图景。普遍接受的至善也许包括着少数人已经看见了的弊病,人习惯于相信的绝对好绝对坏也许在世界上从来都没有存在过。卢梭以他的敏感不但看见了矛盾本来就是他自己和社会本身固有的属性,而且,他也看见了矛盾正是他使自己感觉到了的真实能够比较恰当地表述出来的方式。卢梭也许没有以理论的形式讲述过他对于自相矛盾的看法,但是他超出了单一方向的思路,以一个人而看到了朝两个相反的方向上求知的必要性,并且在两个方向上都以极端的形式表达了自己的思想:不要理性,要理性。

亚里斯多德说过,论证的前提必须是正确的。如果不正确,结论就会不符合基本的真理了。但是在现实生活中,绝对正确的前提其实是没有可能存在的。除非没有不可悉知的资料,没有不可控制的变数(例如数学环境),在气象万千的外在世界和精神世界,由一个相对的真理推论演绎出来的结论或许很可能不是没有认识上的价值,但是在绝对的意义上,它们包括差错的概率很可能就是百分之百。一个论理的过程在逻辑关系上的正确也许是没有疑问的,但是结论可能脱离了现实。认知的抽象在选择事实的过程中必须扬弃部分事实的必要也使分析，综合，归纳永远不能和丰富生动的现实相比拟，都一定会具有失真变形的差错，都一定不完美。何况理性压制和窒息了人的其他感知的能力；左脑压倒了右脑，理性越发展，感觉越干枯，人失掉了情感的丰富，也失掉了在其他比较素朴的时代可以看得见的智慧，例如《易经》这样的智慧。所以，理性有缺陷。不承认理性的缺陷，把理性当成万无一失的良方，结果是一定通向谬误的。但是，另一方面，如果明白理性的缺陷，在相对的意义上，理性即使不是惟一的认知方式，也是一定不能缺少的方式，缺少了也是要使人寸步难行的。所以，不要理性，要理性，在理性的逻辑上不能成立的自相矛盾是完全合理的，没有讲不通的地方。

当然，自相矛盾的统一和两个极端之间的调和是性质完全不同的范畴。孔子说："质胜文则野，文胜质则史。文质彬彬，然后君子。"他注意自然和教化的结合与平衡的中庸思想当然也是教益不浅的。但是，孔子的文没有批评教化的意思，不是在否定教化的基础上肯定教化，所以没有自相矛盾的统一所包含的意义。孔子也说过"叩其两端而竭"的话，但是意思好像也是不同的。

卢梭墓前的灯光恰恰暗到了好处，形影朦胧，他长眠其中的石棺颜色很深沉。

*　　　　*　　　　*

老子是中国文化必不可少的一个方面，但是，老子有的地方不好懂。

老子也有正论，但是读老子恐怕不能用读正论的态度读。他有一些自述，摘出来译在下面：

　　　天下都说我的道大，
　　　似乎不真实。
　　　惟其因为大，

就显得不真实了。
如果显得很真实，
很早就委细琐小了。

大道坦坦荡荡，
然而人好走捷径。

我的话很容易懂，
很容易行。
天下没有人懂，
没有人行。
我的话有宗旨，
我做事着眼于大处。
因为无知，
所以不知道我。
知我的人少，
反对我的人尊贵。
所以圣人披粗布，怀美玉。

众人都充满了欢乐，
宛如欣享隆重丰盛的祭祀，
宛如登上了迎春的高台。
独独我，无动于衷的样子，冷漠茫然地没有表情，
宛然像没有笑意的婴儿；
疲惫憔悴，宛然像已经没有家园可以归去。
众人都富足有余，
独独我，宛然贫乏匮缺的样子。
我的心是愚人的心啊，
浑浑噩噩的蒙昧！

众人都昭昭明亮，
独独我昏昏晦黯。
众人都察察精明，
独独我闷闷混沌。
漂流回环，宛然像大海，
流动荡漾，宛然不会有止息。
众人都有见识有作为，
独独我，又冥顽又鄙陋。
我独独相异于众人，
我追求大道的根本。

老子所说的"昭昭"，"察察"，"走捷径"是一些到处都似曾相识的老熟人，如果要形成概念，大概可以称呼为"聪明的意识"。

人是有正气的，人最可宝贵的精神也许就是求知求善求智慧的精神了。人一定会有谬误，有过失，但是，无论在顺境，在逆境，义理吸引人，爱心、同情和慈悲感化人，真理和智慧启迪人，人总是能够跌倒了再站起来继续进行慷慨悲歌的追求，对人生大义、世界状况和人的生存条件展开一代一代不知疲倦的探索，扩大已知的疆界，开拓未知的领域，甚至一直把视线伸向了现象世界之外的形而上，实现人可以不断完善的可能性。聪明的意识则是一种不能升华，不能对重要的意旨进行思考，不能对求知求善求智慧的努力产生兴趣的意识。聪明的意识当然还不是戕害人类的大邪恶，但是，功利得失腐蚀了追求真理的智性，物质利欲窒息了关切道德的良心，寻找捷径的态度瓦解了人格品性的尊严：不是拒绝意旨恢宏的思想，就是寻找途径同化已经成功的思想，把它们都变成同样可以利用的工具。所以，人自己的许多厄运都和聪明的意识有关系，人自己造成的导致无明的生存条件也就成了不可避免的不幸了。在这种条件下，如果世界还有另一种奇异的角度看得见聪明意识的无明，唤得起求知求善求智慧的新努力，那就是愚，以愚人的见识和勇气集中在对损益得失的利害关系完全没有知觉的愚钝中，摆脱积习成规的惯性，脱离既得利益的支配，远离暴力权力的强制和蒙蔽，自忘于大美大德、大善大智的追求，把"聪明的意识"似是而非的观念倒过来，达到对于世界状况和人的生存条件的似非而是的新理解。老子正是当中国文化还处在奠定基础的阶段时就看出了一般聪明的大弊病，并且指出了对社会的知识和价值必须也有一种角度倒过来看的大圣人，从大智若愚的思路上贡献了一种形而上观点的高层次。如果把智慧的一种类型概括成大智若愚也是智慧很高的见识，老子恐怕就是中国古典文化大智若愚的第一人了。

老子的愚处在字里行间是到处可见的。他否定世人都崇尚的聪明，肯定世人都蔑视的愚钝。"明道若昧"，"正言若反"，愚钝荒唐既然已经是智慧自来具有的属性了，老子才明知众人的聪明而不羡慕聪明，明知自己的闷闷而不悔恨闷闷，是明知愚钝荒唐而求诸愚钝荒唐。但是，老子的愚钝荒唐又是自然率真的至言，不是曲意做作的诡谲。"比于赤子"，"复归于婴儿"，大道的根本既然没有自然率真的赤诚就不可企及了，老子才明知众人追求昭昭察察而立意回避昭昭察察，明知众人耻笑愚钝荒唐而甘心愚钝荒唐，是期冀浩然"大块"的天真自然而达到了天真自然。精神脱离了知识藩篱的困扰，心灵放下了积习妄想的执着，大道根本的真谛专注不移地注视着，大智若愚就自然而然地不求而至了。

当然，高境界自是高境界，未必人人都想得到达得到。但是，既然有人想到达到了，就不能轻言大智若愚是可望不可及的幻影，何况即使达不到，了解和理解也是一定要作的努力，否则门窗紧闭，新鲜空气怎么进得来？当然，歧路亡羊，了解理解不容易，但是，道路是存在的，走通了愚钝荒唐的歧路，情况也许就会有不同。似是而非，似非而是，似是而非的非，似非而是的是，都看见了，意思就比较显明了。

老子说："下士闻道，大笑之。不笑，不足以为道。"许多事情其实他都已经看见了。

一九九九年九月十日

莱布尼茨《中国新事萃编》

——三百年前轰动欧洲的书

孙小礼

德国数学家、科学家、哲学泰斗莱布尼茨(G. W. Leibniz, 1646—1716),对中国文化极感兴趣也极为尊重。他对中国的研究,通过两个途径:一是阅读有关中国的书籍;一是与欧洲到中国的传教士们直接交谈和通信。他没有来过中国,却被人们称为"中国通"。

莱布尼茨非常重视欧洲与中国的文化交流,他在1705年8月18日给传教士维茹(Antoine Verjus)写信说:"必须用我们的知识同他们互相交换,以便补偿自己。我见你们教会的大部分人很鄙弃中国的知识,可是他们的语言,他们的文字,他们的艺术和制作,甚至于他们的游戏,与我们比起来,是很相差异

的,好像他们是另一个星球中的人似的。因而我们只要对于他们的生活习惯作一单纯而精确的描述,那一定可以给我们以很重要的知识,而且在我看来那种知识比希腊和罗马的礼节和器具知识还要更为有用。"①

莱布尼茨与传教士们的交往是从1689年在罗马与意大利神父 Fr. Grimaldi(中文名字是闵明我)的相遇开始的。他曾给闵明我开列过一个列有30个问题的单子,盼望闵明我在中国为他搜集资料。这30个问题,上至天文,下至地理,范围之广几乎无所不包。

为了向欧洲介绍中国,莱布尼茨利用传教士们的书信

和报告，于 1697 年用拉丁文编辑出版了一部《中国新事萃编》(Novissima Sinica)②。此书的详名是：《中国新事萃编——现代史的材料，关于最近中国官方特许基督教传道之未知事实的说明，中国与欧洲的关系，中华民族与帝国之欢迎欧洲科学及其风俗，中国与俄罗斯战争及其缔结和约的经过》，署名 G. G. L 编辑。G. G. L 即莱布尼茨的拉丁文名字的缩写。全书 198 页，共有 7 个部分③，目次如下：

(1)绪论——致礼于读者

(2)北京学社社长葡萄牙人苏霖关于基督教在中国自 1692 年起方得敕许传道自由之报告书

(3)南怀仁：中国皇上钦命在华印行之天文书选录

(4)闵明我 1693 年 12 月 6 日自果阿寄给莱布尼茨的书信

(5)安多 1695 年 11 月 12 日自北京发来的书信

(6)1693、94、95 年俄罗斯使臣(Murcovy)的中国旅行记略

(7)张诚 1689 年 9 月 2、3 日自中俄交界地尼布楚所发关于中俄战争及在此地缔结和约经过的书信

绪论是莱布尼茨亲自撰写的，长达 24 页，其副标题是"以中国最近情况阐释我们时代的历史"④。这篇绪论充分表达了他的中国文化观，表达了他对中国实践哲学的赞扬和对康熙皇帝的钦佩，以及他对中西文化异同的比较和中国、欧洲相互学习、平等交流的必要性。

莱布尼茨在绪论一开头就说："全人类最伟大的文化和最发达的文明仿佛今天汇集在我们大陆的两端，即汇集在欧洲和位于地球另一端的东方的欧洲——支那(人们这样称呼它)。……大概是天意要使得这两个文明程度最高的(同时又是地域相隔最为遥远的)民族携起手来，逐渐地使位于它们两者之间的各个民族都过上一种更为合乎理性的生活。"莱布尼茨对中国和欧洲作了一番对比，他说："中国这一文明古国与欧洲相

比，面积相当，但人口数量则已超过。在许多方面，他们与我们不分轩轾，在几乎是对等的较量中，我们时而超过他们，时而为他们所超过。……在日常生活方面以及经验地应付自然的技能方面，我们是不分仲伯的。我们双方各自都具备通过相互交流使对方受益的技能；在思考的缜密和理性的思辨方面，显然我们要略胜一筹，因为不论是逻辑学、形而上学还是对非物质事物的认识，即在那些有充足理由视之为属于我们自己的科学方面，我们通过知性从质料中抽象出来的思维形式，即数学方面，显然比他们出色得多。同时，我们的确应当承认，中国人的天文学可以与我们的相媲美。看来他们对于人的知性的伟大悟解力和进行证明的艺术至今还一窍不通，而只满足于那种靠经验而获得的数学，如同我们这里的工匠所精通的那种数学。……"莱布尼茨指出："谁人过去曾经想到，地球上还存在着这么一个民族，它比我们这个自以为在所有方面都教养有素的民族更加具有道德修养？自从我们认识中国人之后，便在他们身上发现了这点。如果说我们在手工技艺方面能与之相较不分上下，而在思辨科学方面略胜一筹的话，那么在实践哲学方面，即在生活与人类实际的伦理以及治国学说方面，我们实在是相形见绌了。""中国人较之其他的国民无疑是具有良好规范的民族。……他们极为尊长、敬重老人。孩子对父母双亲的关心与敬奉犹如宗教礼节，即便是因为一言一语而伤害父母感情的事情在中国也几乎闻所未闻，如或有之，也将如同欧洲杀亲之罪一样受到严惩。此外，同辈之间或者相互关系不深的人们之间也都彼此尊重，礼貌周全。"

在这篇绪论中，莱布尼茨对康熙皇帝倍加赞扬，称之为"一位空前伟大的君主"，"以国家法规形式公开允许基督教在中国自由传播"，"事实证明，正是这一雄才大略才使得欧洲技艺和科学更好地输入中国"，"我之所以视他为英明的伟人，因为他把欧洲的东西与中国的东西结合起来了"。"意大利杰出的耶稣会士闵明我以钦佩的口吻对我赞美过这位君王的贤德圣智。他谈到了他言行公正、对人民仁爱备至、生活节俭自制等等美德"，"求知欲望强烈到简直难以置信的地步"，常与闵明我"一天三四小时幽闭一室，如同师生相对，摆弄机械仪器，共同钻研书籍"；"能掌握欧几里得几何学，三角学算法并且可以用数学表示天文现象"，"还亲自编写数学教科书⑤，以期亲手将这一重要学科的基本知识传授给自己的子孙后代，使智慧在整个帝国和他自己的家族内得到继承"。"无疑，中国的这位君王已经清楚地认识到我们大陆上的柏拉图曾经强调过的那种观点，即人类只能借助数学掌握科学的奥秘。"

莱布尼茨竭力主张欧洲和中国要相互学习，他说："我想首先应当学习他们的实用哲学以及合乎理性的生活方式。鉴于我们道德急剧衰败的现实，我认为，由中国派教士来教我们自然神学（Naturliche Theologie）的运用与实践，就像我们派教士去教他们由神启示的神学（die geoffenbarte Theologie）那样，是很有必要的。"

在绪论的末尾，莱布尼茨写道："无疑中华帝国已经超出他们自身的价值而具有巨大的意义，他们享有东方最聪明的民族这一盛誉，其影响之大也由此可见。他们对其他民族所起到的典范作用表明，自有耶稣使徒以来，世上大概还没有比这更伟大的事业值得耶稣使徒去从事。"他恳切地说："愿上帝保佑我们的乐观态度是有根据的、经久不衰的。它不会因为愚昧的宗教狂热或者有传教义务的传教士们内部的纷争以及我们同胞的恶劣行径而受挫顿。"

当时这部书在欧洲很轰动，引起了许多人对中国的兴趣。于是在 1699 年又印出了第二版，莱布尼茨在书首加印了法国传教士白晋（Joachim Bouvet）呈送给法国国王路易十六的康熙皇帝四十一岁、亦即登基三十二年时的肖像，原书的六份报告和书信作为第二版的第一部分，而把新增加的白晋撰写的康熙皇帝传作为书的第二部分，这个传记是莱布尼茨亲自从法文译成拉丁文的，有128页。

据知，这部书在1926年（日本大正十五年）就有了日译文本（坂口昂译）⑥，然而至今还没有中译文本，北京大学图书馆珍藏有本书的第二版；在西方，1956年有了法译文本（Bornet译），1957年有了英译文本（Lach译），1979年德译文本的内容尚不完整⑦。莱布尼茨编辑此书的手稿一直保存在德国汉诺威的莱布尼茨档案馆里。

1997年10月，由德国莱布尼茨协会副主席、柏林工业大学哲学系教授汉斯·波塞尔（Hans Poser）发起，召开了纪念《NOVISSIMA SINICA》出版三百周年的国际学术讨论会，他在开幕辞中指出：中西合作无疑将会促进科学技术的发展、人类的进步、生存条件的改善。但不要忘记的是，莱布尼茨的大同思想还有另一含意，这就是大同的条件是保持文化的多样，促进文化的多样发展。⑧

莱布尼茨在该书绪论中表达的思想，如今读来仍有现实感。虽然莱布尼茨在其中欧文化比较中，对中国古代数学可能估价偏低，而对中国人的道德素养看来似乎过于夸大，但是正如他自己所说："全面地比较虽则有益，但需要长期的艰苦的探究，因而本文还无力做到这一点。"

莱布尼茨在绪论中指责说："人类最大的恶源自人类自身，这是千真万确的事实。人与人相互为狼，这条格言完全符合人类的实际。在已经遭受了许多自然灾害的同时，我们仍然还自己加剧自己的痛苦，似乎还嫌痛苦不够。……全人类均如此愚蠢。"他之所以赞扬中国的实践哲学，就是希望在人类实际生活中人与人之间能和谐相处。他的这种愿望至今还是人类追求的目标。1973年9月法国总统乔治·蓬皮杜来我国进行友好访问，在9月14日晚的答谢宴会上，蓬皮杜总统发表了祝酒词，其中说到："如果哲学家们允许我把莱布尼茨的一个词用在政治上的话，法中友谊的目标就是'世界和谐'，尽管达到这个目标还需要克服许多困难。"⑨

中国和欧洲相距遥远而交通又极其不便，三百年前，从中国寄信到欧洲，所需时日长达数月至十数月。欧洲传教士到中国来要历经千辛万苦。在闵明我1693年从途中的果阿（西印度的一个商港）发给莱布尼茨的信中，他曾这样形容旅途之艰难困苦："行役蛮荒，展转万里，艰苦备经，心神交瘁，……"。自明朝万历至清朝乾隆的二百年间，有一批批欧洲传教士到中国来，有事迹可考者近五百人。他们许多人都是出类拔萃的学者，离其家园，舍其福乐，虽为传教，实则献身于中西文化交流事业。⑩莱布尼茨正是依靠与耶稣会士们的通信作为他了解中国的重要途径。1990年在德国发表了他们之间有关中国的通信七十封。⑪

德中协会主席赖因博特博士（Dr. Reinbothe）在《中国新事萃编》1979年德文本的序言中写道：对于莱布尼茨来说，出版这部书的目的就在于，在西方和中国之间建立真正伟大的文化交流。西方不仅应该是施教者和给予者，而且也应当是受教者和接受者。他还说：如果西方想积极参与塑造未来多元世界文化的和平形象的话，莱布尼茨或许就是第一个在欧洲为此奋斗的人。

欧洲和中国位于地球的东西两端，由于相互很不了解，正像前面所引莱布尼茨在1705年的那封信中所说，对于欧洲人，中国像是在另一个星球似的。莱布尼茨大概想像不到，正是他在三百多年前发明的二进制算术与二十世纪电子计算机的结合，产生了威力无比的现代信息技术，使人们进入了数字化的比特时代。地球已被人们称为"地球村"，欧洲与中国已经"近如比邻"。当然，东方和西方都还各自保存和发扬着自己的文化传统和民族习俗,莱布尼茨在绪论中强调中西双方要相互学习、平等交流的主张,则仍然是我们共同追求的目标。

莱布尼茨是一位具有哲人头脑的科学家,又是对科学作出过巨大贡献的哲学家,他有许多思想是超越时代的。在三百年前的《中国新事萃编》的绪论中就表达了超越时代的思想,这是直到二十一世纪仍有重要意义的思想。

注释:

① 《Leibniz Korrespondiert Mit China》hrsg Von Rita Widmaier, Frankfurt, 1990;中译文参见 Otto Franke 著,关其桐译《莱布尼茨与中国》,《中德杂志》,1940 年 4 月。

② 此书中译名还有《中国最新消息》、《中国最近事情》、《中国新事》、《中国近事》、《中国近讯》等等。

③ 参见谢扶雅著《莱布尼茨与东西文化》,《岭南学报》一卷一期,1929;朱谦之著《中国哲学对于欧洲的影响》,福建人民出版社,1985,第 224－228 页。

④ 中译文见〔德〕夏瑞春编《德国思想家论中国》江苏人民出版社,1989,第 3－16 页。

⑤ 清圣祖康熙编《数理精蕴》,共四十五卷,1935 年收入王云五主编的《万有文库》,由商务印书馆出版。上卷为中国的河图、洛书、周碑经解,以及对几何原本的介绍;下卷从算术、代数、三角、几何到对数,其中专有一章讨论勾股问题。

⑥ 见朱谦之著《中国哲学对于欧洲的影响》,福建人民出版社,1985,第 12 页。

⑦ 见德中协会主席赖因博特所写的《中国近事》1979 年德文版序言,安文铸等编译《莱布尼茨和中国》,福建人民出版社,1993,第 85—90 页。

⑧ 纪念莱布尼茨《中国最新消息》发表三百周年国际学术研讨会在柏林举行,《哲学研究》1998 年第 2 期。

⑨ 见人民日报 1973 年 9 月 15 日第二版。

⑩ 〔法〕费赖之著、冯承钧译《在华耶稣会士列传及书目》,中华书局,1995。

⑪ Leibniz Korrespondiert mit China, hrsg von Rita Widmaier, Frankfurt, 1990.

Membres du conseil Académique

De la chine

Ding Guangxun Ancien vice – Président de l'Université de Nanjing, President de l'Institut de Théologie à Nanjing, Théologien, professeur.

Ding Shisun Ancien président de l'Université de Beijing, mathém – aticien, professeur.

Ji Xianlin Ancien vice – président de l'Université de Beijing, présid – ent honoraire du collège de la Culture chinoise, expert en études sur l'Inde, linguiste, professeur.

Li Shenzhi Ancien vice – président de l'Académie des sciences soci – ales de Chine, expert en problèmes internationaux, professeur.

Li Yining Président de la Faculté de Gestion à l'Université de Beijing, économise, professeur.

Pang Pu Chercheur de l'Académie des sciences sociales de Chine, historien, professeur.

Ren Jiyu Directeur de la bibliothèque de Beijing, philosophe, professeur.

Tang Yijie Président du collège de la Culture chinoise, directeur de l'Institut de philosophie et de culture chinoises à l'Université de Beijing, philosophe, professeur.

Wang Yuanhua Professeur de l'Ecole normale supérieure de la Chine de l'Est, Critique littéraire.

Zhang Dainian Président de l'Association des études sur Confucius, philosophe professeur à l'Université de Beijing.

Zhang Wei Ancien vice – président de l'Université Qinghua, membre de l'Académie des sciences et d'ingénierie de Chine, professeur.

De l'Europe

Mike Cooley Président de l'Association d'Innovation et de Technologie à l'Université de Brighton.

Antoine Danchin Président du Conseil scientifique de l'Institut Pasteur, professeur de biologie.

Umberto Eco Professeur à l'Université de Bologne, président du Conseil scientifique de la Fondation Transcultura, philosophe.

Xavier le Pichon Membre de l'Académie des sciences de France, membre de l'Académie des sciences d'Etats – Unis, directeur et professeur du département de géographie et de géologie au Collège de France.

Jacques – Louis Lions Président de l'Académie des sciences de France, directeur et professeur du département de mathématiques au collège de France.

Carmelo Lison Tolosana Membre de l'Académie Royale d'Espagne, directeur et professeur du département d'anthropologie à l'Université de Complutense.

Alain Rey Lexicographe francais, président de l'Association international de lexicographie.

187

Membres du Comité de la rédaction

Rédacteurs en chef

Yue Daiyun Professeur de l'Université de Beijing

Adresse: institut de recherche de littérature et de culture comparées

Unversité de Beijing 100871, Beijing, Chine

Tél. at fax: 0086 – 10 – 62752964 E – mail: tyjydy@ pku. edu. cn

Alarn le Pichon Professeur de la Fondation Transcultura

Adresse: Universitc de Cergy – Pontoise 33bd du Port 95011 Cergy –

Pontoise, France

Tél: 0033 – 1 – 34256166   Fax: 0033 – 1 – 34256267

E – mail: lepichon@ paris. u – cergy. fr

Rédacteur exécutif en chef

Qian Linsen Professeur de l'Université de Nanjing

Adresse: Institut de littérature et de culture comparées Université de

Nanjing 210093 Nanjing Chine

Tél: 0086 – 25 – 3597733   Fax: 0086 – 25 – 3309703

E – mail: lsqian@ nju. edu. cn

188

Vice rédacteurs en chef

Yang Zhengrun Professeur de l'Universitéde Nanjing
Adresse: Institut de littérature et de culture comparées Université de
Nanjing 210093 Nanjing Chine
Tél: 0086 – 25 – 3593917   Fax: 0086 – 25 – 3309703
E – mail: zryang@ nju. edu. cn
Hao Mingjiao Superviseur de l'Edition Culturelle de Shanghai
Adresse: 74, rue Shaoxing 200020 Shanghai chine
Tél: 0086 – 21 – 64372608   Fax: 0086 – 21 – 64332019
E – mail: cslcm@ public 1. sta. net. cn

Directrice du bureau de liaison à Paris de la rédaction

Jin Siyan Docteur ès lettre, maitre de conférene à l' Université d'
Artois
Adresse: 15, rue Victor Cousin 75005 Paris France
Tél: 0033 – 1 – 56240483   Fax: 0033 – 1 – 56240921

Rédacteur exécutif

Li Guoqiang Superviseur adjoint de l'Edition Culturelle de Shanghai
Adresse: 74, rue Shaoxing 200020 Shanghai Chine
Tél: 0086 – 21 – 64372608   Fax: 0086 – 21 – 64332019
E – mail: cslcm@ public 1. sta. net. cn

Sommaire

190

Secrets de "Trois"   Pang Pu

Terre sans issue et Ciel non bouché
   ——Trois angles de recherche sur l'ancienne religion chinoise
                                                              Li Ling

Arts, Philosophie, Religion et d'autres   Xiong Bingming
                                                       Qian Linsen

Esthétique taïste et esprit post – moderniste   Ye Shuxian

Pourquoi des occidentaux ne peuvent – ils faire des recherches scien-
tifiques sans passer par la Chine?   François Jullien

Grande Beuté ne Parle pas (suite)   Fan Zeng

Réflexions fragmentées de voyages on Furope   Chen Kun

Choisie de histoires chinoises nouvelles de Lebnitz
   ——Livre retentissant en Europe 300 ans arparavant   Sun Xiaoli

Le Colloque international de la littérature contemporaine chionoise a
lieu à Paris
L' Institut de recherche de l' Asie – Pacifique de l' Université de La
Rochel développer activement le dialogue transculturel

Liste des auteurs

Antoine Danchin(France)

Professeur de biologie de l'Institue Pasteur de France

Yang Huanming(Chine)

Docteur et directeur du groupe de gène humaine à l' Institut de recherche de l'héritage de l'Académie des sciences de Chine

Jacques Derrida(France)

Savant francais

François Cheng(France)

Professeur de l'Ecole de langues et de cultures orientales de Paris, poète, écrivain

Claes Ryn(Suisse)

Professeur de conférence à l'Université catholique de Washington, directeur de l'édition de Nature Humaine

Wang Yuechuan(Chine)

Professeur du Département de Chinois à l'Université de Beijing

Tao Dongfeng(Chine)

Professeur du Déqartement de Chinois à l'Université Normale de la capitale

Zhang Pei(Chine)

Docteur suppléant de l'Institut de littérature et culture comparées à l'

Université de Beijing

Pang Pu(Chine)

Chercheur de l'Académie des sciences sociales de Chine, historien

Li Ling(Chine)

Professeur du Département de Chinoisà l'Université de Beijing

Xiong Binming(France)

Professeur de l'Ecole de langues et de cultures orientales de Paris, graveur

Qian Línsen(Chine)

Professeur de l'Institut de recherche de littérature et culture comparées à l'Université de Nanjing

Ye Shuxian(Chine)

Chercheur de l'Institut de recherche de littérature à l'Académie sociale et scientifique de Chine

François Jullien(France)

Professeur à l'Université de Paris 7

Fan Zeng(Chine)

Peintre, professeur de l'Histoire des arts à l'Université de Nankai

Cheng Kun(Chine)

Savant en voyage aux Etats – Unis

Sun Xiaoli(Chine)

Professeur au Centre social et scientifique de l'Université de Beijing

Members of the Academic Committee

Members from China

Ding Guangxun Ex – vice – president of Nanjing University, honorary president of Nanjing College, theologian, professor.

Ding Shisun Ex – vice – president of Beijing University, mathematician professor.

Ji Xianlin Ex – vice – president of Beijing University, honrary president of college of Chinese Culture, expert on East Indian studies, linguist, Professor.

Li Shenzhi Ex – vice – president of Chinese Academy of Social Sciences, expert on international problems, professor.

Li Yining President of the College of Management of Beijing University, economist, professor.

Pang Pu Research fellow of chinese Academy of Social Sciences, historian, professor.

Ren Jiyu Director of Beijing Library, philosopher, professor.

Tang Yijie President of college of Chinese Culture, director of Institute of Chinese Philosophy and Culture of Beijing University, philosopher, professor.

Wang Yuanhua Professor of East China Normal University, literary Critic.

Zhang Dainian chairman of the Confucius Association of China, pro-

194

fessor of Beijing University.

Zhang Wei Ex – president of Qinghua University, academician of Chinese Academy of Engineering science, engineer, professor.

Members from Europe

Mike Cooley Chairman of Science and Technology council of Brighton University.

Antoine Danchin President of Science Council of Pasteur College, professor of biology.

Umberto Eco Professor of Philosophy Department of Bologna University in Italy.

Xavier le Pichon Academician of french Academy of Sciences, academician of American Academy of Sciences, professor and director of Geophysics Department of College of France.

Jacques Louis Lions Academician of French Academy of Sciences, professor and director of Mathematics Department of College of France.

Carmelo Lison Tolosana Academician of Spanish Royal Academy, professor and director of Anthropology Department of complutense University of Madrid, professor.

Alain Rey French lexicographer, chairman of the International lexicography Association.

Editorial Committee

Address: 74 Shaoxing Road, Shanghai 200020, China

Tel: 0086 – 21 – 64372608   Fax: 0086 – 21 – 64332019

E – mail: cslcm@ public 1. sta. net. cn

Jin Siyan: Deputy director of the editorial bureau, director of Paris Liaison

Bureau of the editorial committee, doctor of letters, associate professor (Artois University of France)

Address: 15 rue Victor Lousin, 75005, Paris, France

Tel: 0033 – 1 – 5624083   Fax: 0033 – 1 – 56240921

Li Guoqiang: executive editor, vice supervisor(Shanghai Culture Press)

Address: 74 Shaoxing Road, 200020, Shanghai, China

Tel: 0086 – 21 – 64372608   Fax: 0086 – 21 – 64332019

E – mail: cslcm@ public 1. sta. net. cn

Contents

List of the Authors

Antoine Danchin(France)

Professor of Biology from Pasteur Institute

Yan Huanming(China)

Ph. D., Director of Human Genome Program, Genetics Institute of Chinese Academy of Sciences

Jacques Derrida(France)

Philosopher

Francois Cheng(France)

Chinese French scholar and writer, Professor from INALCO, poet, author

Claes Ryn(Switzerland)

Chair of Lecturer from Catholics University of Washington, Editor – in – chief of Humanity

Wang Yuechuan(China)

Professor of Chinese from Beijing University

Tao Dongfeng(China)

Professor of Chinese from Capital Normal University

Zhang Pei(China)

Ph. D. Candidate from Institute of Comparative Culture & Literatrue, Beijing University

Pang Pu(China)

Historian, Researcher from Chinese Academy of Social Sciences

Li Ling(China)

Professor of Chinese from Beijing University

Xiong Bingming(France)

Chinese French sculptor, Professor from INALCO

Qian Linsen(China)

Professor from Institute of Comparative Literatrue & Culture Researches, Nanjing University

Ys Shuxian(China)

Researcher from Institute of Literature, Chinese Academy of Social Sciences

Francois Jullien(France)

Professor from University of Paris

Fan Zeng(China)

Painter, Professor of Art History, Nankai University

Chen Kun(China)

Chinese scholar in US

Sun Xiaoli(China)

Professor from Center of Society & Sciences, Beijing University